Shi Zhen Shi Wen Ji

史祯诗文集

史祯　著

敦煌文艺出版社

图书在版编目（ＣＩＰ）数据

史祯诗文集 / 史祯著. -- 兰州：敦煌文艺出版社，
2019.9 （2022.1重印）

ISBN 978-7-5468-1817-7

Ⅰ. ①史… Ⅱ. ①史… Ⅲ. ①中国文学－当代文学－
作品综合集 Ⅳ. ①I217.2

中国版本图书馆CIP数据核字(2019)第213136号

史祯诗文集

史　祯　著

责任编辑：靳　莉
装帧设计：苏金虎

敦煌文艺出版社出版、发行
地址：（730030）兰州市城关区读者大道568号
邮箱：dunhuangwenyi1958@163.com
0931-8773135(编辑部)
0931-8773112　8773235(发行部)

北京一鑫印务有限责任公司印刷
开本　710毫米×1020毫米　1/16　印张26.5　插页1　字数380千
2019年12月第1版　　2022年1月第2次印刷
印数：1001～3 000

ISBN 978-7-5468-1817-7
定价：59.00元

　　史祯，甘肃省定西市安定区人。1963年毕业于西北师范大学中国语言文学系，同年分配陇西一中当语文教师。1982年起，先后担任陇西二中校长、陇西师范副校长、定西教育学院副院长、党委书记。至1989年，担任中共陇西县委副书记、陇西县政协主席兼陇西县文联主席、陇西县资助贫困大学生联络协会会长。期间，主编《定西建设》，创办《定西报》并参与编写《当代中国的甘肃》。1998年退休聘任陇西县老年大学副校长。

　　自幼酷爱文学，笔耕不辍。1959年起，在《甘肃日报》《兰州晚报》《陇苗》《飞天》发表文学作品，同时，在《甘肃教育》《中学语文》《中学语文教学研究》发表论文，其中有古典文学名篇评点译注。著有《史祯文论集》《史祯诗文集》，主编《陇西历代文学作品选》。作品入编《中国散文大系·抒情卷》《中国散文大系·旅游卷》《新时期甘肃文学作品选》《新时期陇西文学作品选》《飞天60年典藏·诗词卷》。甘肃诗词学会会员，甘肃省作家协会会员。

序

史小溪

与史祯先生结缘，是2011年5月在中国西部散文学会第三届年会暨中国作家、书画家"走进岷州"采风活动时的狼渡滩。

其实，与会人员一报到，我就注意到他了，千里相逢，竟然还会有我们史氏家族一员！——不像张王赵李刘，史姓家族，走到哪里都是"少数一拨"，于是，便很是显眼了，也凭空而来一种亲近感……

是日也，细雨霏霏，花香扑鼻，洮河两岸，狼渡滩草原流淌着滚滚滔滔的诗情画意。书画家、作家咸集毡房大厅，借兴泼墨，而先生挥毫一幅"青山不墨千秋画，小溪无语万古琴"的条幅赠我。——其书法，墨气高古率真，法度自然谨严；联语信手嵌入"小溪"二字，寓意高妙，意在高抬我也。好在我们一见如故，无话不谈，书法条幅、兄长般的情谊我照单全收。

与先生虽此一面之交，然其锦绣胸怀、文人墨士之本色已深深感动了我。于是我想，《史祯诗文集》闻世，实属水到渠成、瓜熟蒂落的事了。细读书稿，我了然，做文人墨士，只是先生数十年的业余追求而已。

20世纪60年代初，先生毕业于西北师范大学汉语言文学专业，执教于甘肃文化名城陇西之第一中学，后调陇西二中任校长、陇西师范任副校长，又辗转《定西建设》任总编辑，参与《当代中国的甘肃》《定西经济理论探讨》等著作的编写，之后又赴定西教育学院任书记、副院长，此期间，他提出并躬行成人高校工作"三严"（严谨治学、严密管理、严格要求）之论题，受到同道的赞誉。一路走来，再回陇西，任县委副书记、县政协主席，退休之后任县文联主席，县资助贫困大学生联络协会会长等职。数十年一贯，公务之余，舍弃应酬，清茶一杯，坚守寂寞，为文走笔。于是，种瓜得瓜，种豆得豆，乐莫大焉，善莫大焉。

古人云：天行健，君子以自强不息！先生是这等民族精神的实践与诠释者。少年丧母，家道中落，风云突变，命运骤转，但他牢记母亲生命最后的嘱托和父亲从铁窗内传出要他坚持读书的口信，便饿着肚子，毅然决然，走出家门，上学读书。然老天不佑，贫病交加，几经挣扎，命悬一线，始终保持站立的造型，即使跌倒了再爬起来，拍去身上的泥土，一路与命运有尊严地拼搏而来。诚如孟子曰："天将降大任于斯人也，必先苦其心志，劳其筋骨，饿其体肤，空乏其身……"过去的一切苦难，总是在为造就他人生的奇迹做着充分准备：正是先生在人生初始，就与不那么如意的事情同生共长，少去纠结，让步态正常，奠定了其求学，闻鸡起舞，借萤夜读，自强不息，学业有成；教书，治学严谨，如严父慈母，桃李芬芳；为官，清正通达，悲怜弱势群体，绝少官僚气息，身虽在官场而仍能保持一种鲜活的思维和文采，为文作赋，情感激越，事关社会痛痒，事关大气的时代精神，又苦恋于生他养他的那片土地。贫苦练就其旷达而善良的心性，学养陶冶他宁静淡泊的高远境界，在当今浮躁的世风下，显示出超然独立的人格文格。细品诗文集，我们看到他另一种生活状态，品味到别样的滋味。

《史祯诗文集》包括散文随笔、小说、诗词歌赋。其散文随笔分"心海帆影"和"光影行迹"两辑。童年生活是作家挖掘不尽的创作源泉，先生也不例外，在"心海帆影"辑中，主要是眷恋故土和忆旧述感的作品。如入选《新时期甘肃文学作品选》的《童年琐忆》以及《回忆母亲》等文章，表达怀念与感恩之情，直抒胸臆，写得感情真挚，细节生动，特别是细描母亲的形象，鲜活立体，具有动人心魄的穿透力，显示先生的忠孝情怀和不凡的才气及文字技巧，读来给人以精神的滋养。唐代诗人白居易《与元九书》中说，"文章合为时而著"，先生"光影行迹"中的篇章，则多是先生从教、从政时期日常感兴之作，毋庸讳言，这些篇章难免留有时世的烙印，但无须苛求于先生。

　　细品文稿，先生写农村题材的短篇小说，肖像描写比较成功。在矛盾冲突中和人物的自身言行有机地结合在一起描绘人物的外形、神态，这种动态的肖像描写，体现出我国小说的重要民族特色和优点。诗词歌赋部分，如历代为官者，行之所至，关照民生，歌咏山川，歌吟盛世，贯穿着先生的人生观、价值观和正能量。诗如其人，情真意切，毫无造作之气，从中可感受先生的思想、性格、感情、工作和为人。洋洋洒洒之间，不乏佳构、读之令人心动之作。以上是我的见解，当然其存世的价值在于读者见仁见智，在于等待大浪淘沙。

　　先生自幼酷爱书法。有人讲，文学家不一定是书法家，但书法家一定要是文学家。正因为如此，先生的书法被评论者认为是时下称谓的文人书法之列。书写内容，笔法章法之间，不激不励，中庸典雅，透过笔墨，亦能感受到先生的修养与情怀，读出文士气息和年份的味道来。

　　史祯先生从政的光环，早已如过眼云烟，而细品先生充满人生艰辛的心路历程和矢志不移的文字追求，不禁令我深感敬意！

　　据今人溯源：先生20世纪30年代末生于陇中旱原一座背依青山、门盈小河的农家庄院，自幼卷不释手；而《序》作者小溪自述：20世纪50年代初，生于革命老区延安，一生忠诚于文学。

　　先生是我的好兄长。我们虽然远隔千山万水，我却常常不由得遥望那片深蕴人文气息的定西寥廓之域。我祝福他能继续像我们史族的许多志士仁人一样，老骥伏枥，壮志愈坚，随心所欲地再抒写出一番天地来。

　　是为序。

　　（史小溪，《延安文学》常务副总编，资深编审，文学创作一级，中国作家协会会员，当代著名散文家。）

作者的话

　　这本集子所收录的诗文是我业余时间的习作，谈不上文学创作。然而，着眼于人生风雨历程往事的追寻与回味，倒还是有一定意义。

　　我在青年时期就对文学有特殊的兴趣和爱好，始终认为文艺是世间最有生命力的东西，它的存在具有永恒的价值。青年人特有的激情常常使我按捺不住内心的冲动，梦想着想要写点什么，但是由于天赋不高，缺少悟性，加之机遇不佳，而又缺乏创造精神，最终未能写出比较有高度的东西来。对此，虽不能怨天尤人，但也留下了人生些许缺憾。

　　我是20世纪50年代末走进大学校门的。1963年参加革命工作，1998年4月退休。在将近半个世纪里，我当过中学教师，做过小报编辑，在农村进行过脱胎换骨的改造，在军营锤炼过革命意志，在党政部门工作多年。为了实现自己的文学梦，我时时处处表现出冷峻执著和坚韧顽强的毅力，付出了无数心血和汗水，体味世情冷暖的情感历练，积累了不少人生感悟，随之写了一些诗词文章。我始终相信，种瓜得瓜，种豆得豆，这是一个农民的后代永远揣在怀里的信仰。但在前进的道路上，似乎总是赶不上时代的节拍，而错过了一些触手可及的事物。我把这种现象归结为一种"机遇"，归结为一个人的"运气"，因为这世上有些所谓成功并不完全取决于自身的努力，而是与机遇和一些看不见说不清的"力"有关（尽管这不是唯物史观）。我想，我的文学创作亦如此。现在把这些文字编辑成册，觉得虽有些许缺憾，但是，我尽了力了。

　　毋庸讳言，收入这本集子里的一些文学作品也曾产生过一定影响，尤其是散文随笔，因为写的是身边的人和事，贴近生活和现实。文学是时代的能动反映，文集里一些作品的写作，历经"文化大革命"及其后拨乱反正、改革开放等新中国历史上的特殊时期，从作品内容到形式都无可避免地留有时代的印记。有些篇章还可能会读出荒唐，但它都是真实的。因为，这些文字是一个文化人为时代的"立此存照"，是一个过来人关于社会人生沧海桑田的心灵记忆。

改革开放以来，文学艺术进一步繁荣，言论出版自由，著书立说不再是教授、学者的专利，平民百姓也开始写书、出书了。这使我惊叹不已！回想过去要把哪怕是一篇几百字的短文变成铅字，是何等艰难啊！于是我又想，今天这种波澜壮阔的文艺繁荣景象，是只有在太平盛世里才能有的文化亮点。基于此，激发了我的勇气。这也许是我要出版这本集子的一个缘由了。

还有一个重要的缘由，那就是为了表达我对中学、大学时几位老师的怀念之情。20世纪50年代后期至60年代初，在那个特定的历史年代，我有幸聆听著名音韵学家赵荫堂，第三代国学大师训诂学家杨伯峻，闻一多高足楚辞专家舒连锦，国学大师章太炎先生的弟子文字训诂和古籍校勘学家彭铎，中国文学研究所研究员、著名文艺评论家陈涌，红学专家吴组缃，方言学家魏建功，现代汉语学家黄伯荣，文艺理论家刘滋培，还有讲授《文选与习作》课的鲁迅先生挚友尤炳圻以及文心雕龙专家郭晋希等先生的授课。他们都是国内著名教授、专家、学者。我常常想，如能把自己的点滴心得积累汇集成册，当作业交出来，也算是报答恩师的拳拳之心。

当然更重要的缘由，应是慎终如始，让梦想点亮晚年的征程。

中国有句古话，丑媳妇不怕见公婆。我曾有过"怕见公婆"的顾虑。后来，在一些朋友的"怂恿"下，我一边搜集整理过去所写的散文和诗词文稿，一边思考分析，进行取舍，最后决定把它遴选出来奉献给读者朋友。国画大师徐悲鸿有句名言："学艺之道无他，锻炼意志第一。"我是抱着这个态度对待我这本集子的。

目　录

散文随笔

诗词存稿

时代歌声

眷怀酬唱

乡音絮语

风物杂咏

古城记事

跋

散文随笔

SAN WEN SUI BI

童年琐忆

童年是纯真悦心的歌，童年是丰富多彩的梦；童年是一首回味无穷的诗，童年是一幅永不褪色的画。

——童年起步未来。

——题记

一

想起童年，我的眼前会立刻浮现出一幅美丽的画卷：

清晨，屋后灌木林中山雀的争鸣，会准时把我从梦中唤醒。夜幕降临，门前小河哗——哗——流动的声音，伴着一河蛙鸣，似一首天然的催眠曲，把我送入舒适的梦乡。夏天来了，村口那棵大杏树像一把撑开的巨伞，树荫下凉风习习，是我和小伙伴们追逐嬉戏的乐园；到了秋天，二伯父院子里那棵楸子树，果实挂满枝头，红的殷红，绿的滴翠，红绿相间，色彩艳丽，吸引着小伙伴们一双双"贪婪"的小眼睛，直等着果实完全熟透，二伯父一年一度给我几颗楸子果的"赏赐"……

这就是令我至今魂牵梦绕的出生地——关川河畔一座山环水抱的农家小院。

在那个安谧宁静的庭院，我无忧无虑地度过了十三四个春秋。我清晰地记得第一次离开家到外面求学时，那切肤之痛犹如婴幼儿"断奶"。我热爱那个地方，爱得如醉如痴，我熟悉那个地方，就如同谙熟自己手掌上的纹路。时至今日，年近迟暮，每当忆及那片生我养我的故土时，那有着二三十间屋舍的院落，房前屋后参差错落的树木，以及一家老小俯仰其间、温馨和谐的生活场景，分明地浮现在我的眼前。那种难以割舍、生死以之的怀恋之情，常常使我情不自禁地为之洒落几多思乡的泪水。

我家老宅坐落在将台河，小地名叫巷道口。这是个在自然地理意义上几乎可以忽略不计的陇中小村。老宅背靠大山，面临小河，日照充足，风景独特，三亩之宅，居住着父亲弟兄四家二十多口人。宅院近旁有一条荒僻的小巷，虽然野草丛生，蚊虫横行，但儿童自有特殊的审美观念，在那个陋巷中，我常和小伙伴们寻觅着自己的乐趣，同样玩得很开心。每当走过那个小巷，总要饶有兴致地绕道去碾米场旁边的窑洞里看大人们聚在一起掷骰子、玩牌九，为了几个铜子儿互不相让、争得面红耳赤的"热闹"场面。

1941年冬，我家搬进了距老宅不过三五百米的新宅。新宅院墙高，院落宽敞。第一道大门砌有青石台阶，地面铺一层碎石，门洞十多米长。进入宅院，需从这座碉堡式的高楼下面穿过，高楼和周围高高矮矮的杂屋茅棚比较起来，越发显得十分惹眼。走进大门，东侧有两间房屋，其中一间是奶奶举行佛事的佛堂。奶奶一生信佛，故而专辟一间做佛堂参禅礼佛，在香烟缭绕中参悟人生，修炼禅心，求得全家安宁。佛堂正中墙上挂着一幅"无往不復，含弘光大"的联语，语出《易经》，是劝人向善的好话。奶奶经常劝诫儿孙们，敬佛祖、积善心、做好事。"积善之家，必有余庆"，是奶奶的口头禅。正因为如此，史家"善婆婆"一生践行劝善之举，远近闻名。1947年冬奶奶逝世后，丧事很排场，仅设坛诵经就一月有余，吊唁宾客超过千人。当时定西县的县长还专程送来一块金字牌匾，上书"瑶池添座"四字，以褒扬奶奶一生的善行。再往前走，进入第二道大门，坐西向东，厅堂正中墙上挂着"会当凌绝顶，一览众山小"的草书中堂和"世事洞明皆学问，人情练达即文章"的楷书对联，两壁分别是名家的真、草、隶、篆四屏和陇上铁汉安维峻的行书四屏。父亲床头挂着兰州水梓先生"松柏老而健，芝兰清且香"的楷书对联。在这穷乡僻壤，家里挂中堂对联，本没有什么特殊的用意，但人来人往，品评玩味久了，从中似有所悟，其意义自是不凡。在人生道路上，有什么比"世事洞明"更重要？在品格修养上有什么比"人情练达"更现实？其实，那是一种人文情怀，是一种传统文化氛围，是表示父辈对儿孙的期望。院内东西厢房和堂屋右侧月亮门内的厨房，是全家人劳作和活动的场所。也是我的几个弟妹来到人世间传出第一声啼哭的地方。在这里孩子们依偎在慈祥善良的母亲身边，嬉戏玩耍，度过了一生中最难以忘怀的童年岁月，也留下了无数亲切美好的回忆。然而，斗转星移，沧海桑田，曾经是那么亲切熟悉的一切，随着岁月的流逝，都已变成不堪回首的陈迹！我儿时的家——关川河畔那座傍山临河的小院也永远地消失了。我曾写过"扫墓时节到故园，大河无语小河干。春风不解人间梦，独立苍茫问断垣"的诗句，正是对童年的留恋和对故土深切的怀念啊！

……

人这一辈子，许多大事都会随着岁月流逝而逐渐淡忘，以致完全丧失印象，唯有童年时代的经历终生难忘。当一个人逐渐脱离婴儿期完全蒙昧无知的状态，开始对周围环境朦胧地有所体察并能做出某种反应的时候，他最早接触到的人和事，肯定是至关重要的。1936年9月中旬，中国工农红军某部北上陕北经过我家门口的那一天，我来到了这个陌生的世界。据老人们说，在我降生那一刻只有外祖母陪伴在母亲身边。有个红军战士掀起门帘，看到她们母女痛苦的模样时，说声"不打扰了"，便匆匆离去……

在家庭中，父亲思想比较开明，也有文化教养，他继承着一份微薄的祖业，细心谨慎地经营着自己的家，过着勤俭有度的农耕生活。父亲对旧的传统伦理道德中的精华及时代的文明风尚采取兼收并蓄的态度，奉行孔孟之道，遵循"己所不欲，勿施于人"的做人准则，谙熟世态人情，在大是大非面前不糊涂，处理邻里矛盾，以和为贵。父亲乐于接济贫苦百姓，热心公益事业，重视乡村文化教育，曾多年担任平西乡中心国民小学董事并出资助学。父亲还凭借兽医医术的一技之长，为村子里老百姓的骡马治病，从不收取任何报酬。父亲处世为人的风范，在父辈那一代人中颇具影响，因而说父亲是旧时代农村中难得的人物一点也不过分。父亲对孩子们虽很少疾言厉色，但要求却十分严格，他热切期望自己的孩子中有能干成大事业者。记得每天晚上，在我温习当日功课、背诵课文时，他总是事先在床头立一根棍子，背诵稍有差错，举起棍子便打。平时，就连孩子们玩耍时一个小小的恶作剧，在父亲眼里说不定也会违犯家法，使得孩子们常常产生一种恐惧感，生怕无意中遭到父亲的责罚。于是，我们在生活细节和学业上不敢稍有懈怠。

人有与生俱来的情感，也有被熏陶、被教化的潜质情感。情感里最重要的一种，是母爱。母亲勤劳而贤惠，孩子们从母亲那儿得到的爱与呵护，是无法用语言描述的。小时候，我们兄妹几个睡一个大炕，十分热闹。尤其到了冬天，白天玩不够，夜晚钻进被窝，还是你推我搡，闹腾不休。这时，母亲总要放下手中的活，给每个孩子掖好被子，让我们舒适入睡。母亲有时也会发脾气，那是在孩子们淘气得使她无法忍受的时候，就高高举起笤帚疙瘩，不过真打的时候并不多，每次都是高高举起，轻轻落下。那是一个下大雪的夜晚，我玩耍时不小心打翻了油灯，母亲立刻举起笤帚疙瘩。我一骨碌爬起来，赤脚跑出门外，站在雪地里表示抗争。母亲说，你不怕冷，今晚就别进屋。我知道母亲在吓唬我。果然，她放下笤帚，立刻跑过来，把我抱到热炕上，擦去脚上的泥水。当她给我盖上棉被时，我分明看见母亲眼里闪着泪花。

我的家庭是和谐美满的，一家人尽享着天伦之乐，但如同一部宏大的乐章中难免也存在着不和谐的音符一样，在这个充满亲情和厚爱的家庭中也有着阴冷、恐惧的另一面，旧时代大家庭中特有的那种"封建色彩"在这个家庭里同样有所表现。奶奶家规极严，儿孙们若有些许差池，便要毫不留情地处罚。据说，她曾因父亲处理弟兄妯娌关系不当骑马到县衙门状告父亲，直至族人求情，邻里相劝，父亲长跪赔罪后，方才罢休。阖家上下，最辛苦、最劳累的是母亲，受斥责、非难最多的也是母亲。母亲从早到晚，张罗着一家人的吃饭穿衣，甚至包揽着一切细碎繁琐的家务活。她尤其要在婆婆面前永远做出一副笑脸，不能有一点不周和过失，还要管教孩子守规矩，不惹婆婆生气。否则，父亲便要追究她的责任。然而，公正而论，父亲也并非是那种不通情理的人，是封建伦理关系把他镶嵌在一个特定的位置上，不得不担当在封建伦理看来必须担当的角色而已。

父亲喜欢"说书"，每有闲暇，便准备一些茶点糖果，邀集邻居的大人、孩子到自己家里来，"说书"让他们听。"说书"就是讲历史故事。"薛仁贵征东""薛丁山征西"是父亲的拿手好戏。每次"说书"，他的几句开场白，常常使人们身临其境，讲到故事高潮时，只听到"啊呀呀"的一片赞叹之声。这时，父亲便来个"欲知后事如何，且听下回分解"。于是，听书的人又盼望着父亲"下回分解"的日子快些到来。

我的母亲生了五个孩子，在兄妹当中我是一个幸运儿，七岁时就被父亲送到离家二里远的将台河读私塾。父亲一生非常关心我们的学习，即使由于历史的原因，在他失去人身自由的年月里，仍然分别给我的几位伯父写信，请他们严格教育他的孩子们。20世纪50年代末，父亲回到家中，他立刻把失学在家的弟妹送进学校，宁肯自己饱受三年自然灾害带来的艰难与痛苦。这使我们几个孩子十分感动，也受到很大鼓舞。我常这样想，在父母去世后，我们兄妹之所以都能与贫病抗争，坚持学习，一步一步走出困境，是因为有父母的关爱和教诲的血在我们的血管里奔流着。

……

二

我的私塾先生姓赵，三十多岁，穿一身阴丹士林布长衫，圆口皮底布鞋，显得潇洒和帅气。我最初读的是《三字经》《百家姓》，后来加上《千字文》《五言千家诗》，再后来又加上《论语》《孟子》。我念的书，几乎全是赵先生的手抄本。三年私塾，从早到晚是念、背、讲"三部曲"。我印象最深的是每天下午的"讲书"，"讲书"相当于现在中小学语文老师串讲课文。先生用砖头支起门板当课桌，一边坐着先生，一边并排站着七八个听"讲书"的学生。先生每讲到"子曰，学而时习之，不亦说乎……"之类古文时，常常自我陶醉得摇头晃脑，手舞足蹈。先生大概信佛，他的书案右面莲台上的小香炉里常年香烟缭绕，还在至圣先师孔子的牌位前堆起厚厚的一摞书，显示出他知识的渊博和对神佛的信仰。我们走近先生时一种仰慕与崇敬之情油然而生。有一天下午，一阵雷雨过后，忽然"啪"的一声，一条蛇从屋顶掉到先生书案上，先生束手无策，立刻跪在地上，频频叩头，并吩咐学生点燃香烛，送蛇远去。但是蛇不肯离去，有个调皮的学生操起一根长长的木棍，把蛇挑起来，用力摔下崖去，先生脸上立刻露出无奈的神情，可能先生以为用力过猛会留下杀生的嫌疑。

我在上私塾前，大约五岁时，就在父亲督促下开始描红，学对对子。描红就是描帖，用毛笔把引格下面的红字描黑。帖上的字句不外是"一去二三里，烟村四五家"、"将相本无种，男儿当自强"之类。我对这种字句似懂非懂，但在长时间的描画揣摩中，却逐渐滋生了写字的兴趣。上学后，因为大楷写得认真，还会在大楷下面带上小楷，曾多次得到赵先生的夸奖。

1943年春，我转到被称为"洋学堂"的平西乡中心国民小学读书。洋学堂同私塾比较起来，在孩子们眼里，简直是换了新天地。从此不再读《三字经》《百家姓》之类的儿童读物，而是从"人、手、足、刀、尺"开始的新编国文教科书，还有算术、图画、唱歌、手工等。小小阅览室里的《儿童画报》《小朋友》培养了我的想象能力和审美情趣。后来，我上了中学、大学，始终对文艺有着浓厚的兴趣，也许与此有关。"洋学堂"课外活动丰富多彩。每周一早上，举行纪念周会，先是升旗仪式，随后是师生集体背诵孙中山先生的遗嘱。周二举行演讲会，师生们争先恐后，登台演讲，演说词大多是从《古文观止》上抄来的短文。每周末举行同乐会，先生和学生一起演"新戏"。"新戏"，就是现代题材的戏。我特别喜欢看黄先生扮演《小二黑结婚》里的三仙姑，那扮相，那举手投足，扭捏作态，那捏着鼻子的尖声细语，常常惹得师生们捧腹大笑。一年一度的田径运动会，更是吸引了不少学生家长前来观看。我参加过四年级组的百米赛跑。那时的小学生，大多穿短衫，也有穿长衫的。比赛时，有的学生为了腿脚利索，用一根细绳把宽大的裤口系紧，有的则把裤子卷到大腿，有的干脆脱去短衫，光着膀子，而我是唯一穿着长衫参加比赛的。赛场气氛十分紧张，不仅仅是为了一支铅笔或一枚信封的奖品，更多的是为了班级荣誉。比赛开始了，随着老师一声口令，我倏地冲了出去，只听"刺溜"一声，长衫前襟被踩在脚下，撕开一个大口子。我不顾一切地继续向前冲去，长衫的前襟完全撕开掉在地上。在一片嬉笑声中，我得了第二。围观的人群呼啦啦涌向终点，我的班主任鲁先生，一手撩起长衫，一手推开人群，从地上捡起那半截长衫前襟，跑来对我说："要不是这长衫绊你，准得第一。"鲁先生近似安慰的夸奖，减轻了我对撕裂长衫的后怕，可晚上回到家里，还是被母亲训了一顿。母亲连夜剪去长衫的后襟，改成了短衫。从那时起，我也成了穿短衫的学生。

……

1945 年 8 月，抗战胜利，全国沸腾，喜讯很快传到学校。有一天上午，全校师生正在上课，忽然，阅览室前大柳树上的铜钟急促地响了起来。"当当当！当当当……"只见校长手里拿着一叠报纸，小跑似的走上主席台（升降旗的高台，平时，校长讲话就站在台上，师生列队站在台下），连声高呼："胜利了！抗战胜利了！我们胜利了！"学生潮水般涌出教室，一齐涌向主席台前，欢呼着，跳跃着："胜利了！抗战胜利了！我们胜利了！"校长把各色的传单抛向空中，传单雪片似的落在操场上。顷刻之间，"大刀向鬼子们的头上砍去，全国爱国的同胞们……"的歌声响彻校园。那支歌，我们唱过无数遍，可从来没有像那天那么嘹亮，那么高昂，那么雄壮，也没有像那天那么激动人心。抗战胜利，也着实让我们高兴了大半年。从那天起，校园里洋溢着一股轻松自由的空气，校长脸上也流露出从来不曾有过的喜悦与温情，特别是在纪念周会上师生们朗诵孙中山总理遗嘱时，气氛更加热烈。"余致力国民革命，凡四十年，其目的在求中国之自由平等。积四十年之经验，深知欲达到此目的，必须唤起民众，及联合世界上以平等待我之民族，共同奋斗……"那种抑扬顿挫的独特语调，透露出抗战胜利的喜悦气息，像早春大地上涌动着一股暖流，温暖着每一个人，感染着每一个人。

……

三

中国几千年来，黎民百姓把过年当作一年之中最大的一件事来对待。过年的习俗几乎渗透到人们生活的各个方面。透过过年的习俗，不仅可以看到折射于其中人的性格、思想，而且可以体会到人事沧桑、历史前进的脉搏，领略到中华文化传承的气息。

　　抗战胜利后的那个年显得格外隆重、热烈，呈现出一种时代特征，至今我依稀记得，那个年大约在腊月上旬就揭开了序幕，喝过"腊八粥"后家家户户就忙着置办年货、杀猪宰羊，直忙乎到腊月二十三的祭灶。据说，灶君菩萨每年腊月二十三日夜上天，年三十夜回来。祭灶时，父亲先把贴着"上天言好事，下界降吉祥"对联的灶轿放在灶板上，然后穿戴整齐、恭恭敬敬跪在灶前膜拜。接着，我们兄弟姊妹一齐跪拜。父亲特意拿出一块加热变软的灶糖涂在灶君菩萨嘴上，据说是央求灶君见了玉皇大帝，多说好话。其实孩子们不管灶君上天说什么话，他们只是对祭灶神的糖果糕点感兴趣而已。正如宋人吕蒙正在《祭灶诗》里写的"一碗清汤诗一篇，灶君今日上青天；玉皇若问人间事，乱世文章不值钱。"清人范祖述在《西湖竹枝词·谢灶司》里说得更明白："俗例家家谢灶司，竹灯为轿纸糊之；煎糕炒豆糖兼果，惹得儿童得意时。"送灶这种习俗，唐时就有了。罗隐《送灶》诗，"一盏清茶一缕烟，灶君皇帝上青天"的诗句可以为证。

　　我家是方圆二十里地屈指可数的大户人家，人口多，家产稍显殷实，因而过年的气氛更加热烈。二十三送灶君之后，大人小孩开始忙碌着各自分内的事。母亲要干的活儿太多，常常请我的一位堂嫂来做帮手，帮助母亲从蛛丝尘封的柜子里，取出质地细腻的各种碗、碟，进行一年一度的彻底擦洗。把初一到十五的主要吃食，包括猪肉、鸡肉预备充足，各种菜蔬，该切出来的全部切好，免得初一到十五再动刀，动刀是不吉利的。母亲则把大人孩子们的新衣新帽，都拿出来抖弄一番。年三十，父亲穿上只有过年才穿的黑布长袍，蓝布短褂，戴上礼帽，从书箱里取出一幅幅字画，仔细品味着，然后分别挂在堂屋、厢房，并在门上贴上春联。还一改往年的习惯，没有再在两道大门上贴秦琼、敬德门神，而是贴上了庆祝抗战胜利的大幅年画。中午过后，父亲便领着我和二弟，开始祭祖，从上供、拈香、点烛、磕头，整个过程，大约三四个钟头。接着是吃年夜饭，这顿饭对庄稼人来说非同寻常。全家人聚在一起吃，意味着一家人的团圆，异常隆重热烈。再就是放爆竹，"爆竹声中一岁除，春风送暖入屠苏。"标志着新的一年开始的放爆竹是孩子们最开心的事，也是我们民族传统中的文化娱乐活动，接辈传辈玩了几千年。冲天炮、二脚踢、地老鼠，直到可以与今天的"烟花"相媲美的爆竹，应有尽有，五光十色，响彻夜空。那一夜，家家灯火通宵，人人欢天喜地，除了很小的孩子，没有人睡觉，这就是家乡人讲究的"守年夜"。"守年夜"就是守平安，全家人围坐在一起，畅谈心中的喜悦，从天上说到地下，从今年的丰收说到明年的打算，一直说到天亮，说到高兴处，父亲往往唱上一段戏文。而我们孩子们却希望父亲快点儿发压岁钱。清人吴曼云在《压岁钱》诗里，说家长把钱分给孩子，孩子喜滋滋地压到枕头下藏起来，兴奋地商量着买点什么最好，一夜睡意全无，"百十钱穿彩线长，分来角枕自收藏；商量爆竹谈箫价，添得娇儿一夜忙。"分压岁钱的意思是使未成年的人在新的一年里也能有福，表现家长希望子女一切顺遂的苦心。

大年初一天一亮，全家人都换上新衣服，我和二弟穿着四个口袋的制服、戴上军式帽子，显得格外精神。早饭后，父母忙着招待前来拜年的客人。我和二弟给父母磕了头，便抱起香匣，开始到大伯、二伯、三伯家拜年。登堂入室，点燃香烛，趴下磕头，直磕得晕头转向，才完成了父亲交代的任务。从正月初五起，到处欢声笑语，锣鼓喧天，人们开始闹社火了。父亲是村上社火队的"头家"，从初八开始，每晚领着社火队，轮流参加各村社社火队的会演。这是展示社火队的实力、演技的平台，每个社火队都要拿出吃奶的力气拼搏一番。父亲自然是出钱、出力，大力操办，不甘落后。社火队里有旗手、高灯、蜡花、太平鼓、龙灯、旱船、高跷、舞狮，还有各种杂耍，阵容庞大，气势恢弘。唱"大戏"是最亮丽的一个看点，"大戏"就是秦腔。我最爱看镇上著名丑旦饰演的《柜中缘》里的老婆婆，他那扮相一登场就引人发笑，特别是几句道白，常常使我笑得流出眼泪。他咧开大嘴说道："世上三个煮不烂，肝子豆腐老鸡蛋！""世上三种毒物，蝎子、长虫、媒婆！"他那逼真的形象，得意的神情，真像镇上摆卦摊的林家婆子。我小时多病，外祖父告诉母亲，骑一回社火队里的狮子，就会消灾祛病。舞狮开始了，外祖父把我扶上狮子脊背，我双手紧紧抓住狮子鬃毛，忽然狮子抖动着身子直立起来，把我吓出一身冷汗，差一点摔到地上。后来母亲说，我自打骑了狮子以后，身体结实多了。我曾扮演过蜡花姑娘，外祖母夸我扮相好看，我听了心里高兴，跳起蜡花舞来格外起劲。正月十五元宵节，也叫灯节，据说，已有两千多年的历史，早在西汉，汉武帝便在宫中张灯祭祀天神，以求风调雨顺。到了唐代把元宵放灯作为一项礼制继承下来。而家乡到了这一天，一些人结伴到镇上去观灯，闹社火便接近尾声。

家乡过年，从置备年货，祭灶开始，到玩社火收场，近一个月，犹如一气呵成、高潮迭起、环环相扣的大型剧目。老百姓以虔诚的心情年年重复着这一切，并从中寻觅到无限的乐趣。抗战胜利后那个年，是我记忆中过得最隆重、最热烈、最有趣味的一个年。

……

四

1949年春，残雪悄无声息地消融着，绿色的信息沿着关川河谷弥漫开来，虽然春播早已结束，但大地乍暖还寒，一股股冷风穿透人的脊梁，村头巷尾似乎发生着某种不易察觉的变化。一些老人常常聚集在村口那棵大杏树下，十分谨慎地议论着正在发生的战事。这期间，小学高年级的学生，常常三三两两，走出校门，打闹玩耍。我和几个要好的小伙伴，下河摸泥鳅，上山捉松鼠，但我印象最深刻的是老师发了工资后，奔跑着上街抢购粮食的情景，跑在最前面的是用蓝布长衫兜着金圆券的我的班主任鲁先生。

那年七月中旬的一天，一阵钟声响过，那是我在平西乡中心国民小学听到的最后一次钟声，只见穿着黑色中山装的校长和穿着长衫短褂的老师们，依次走进全校师生平日集会的大教室。我的班主任鲁先生，一脸庄重严肃，走在最前面。他脱去上课时穿的灰布长衫，换上褐色布褂，圆口布鞋，腰间系一条玄色布带，手里提着污垢油光的布包，像是出远门打短工的那种装束。在弥漫着沉闷、冷清气氛的教室里，鲁先生主持着毕业典礼。六年级八个毕业生，四年级十二个毕业生，胡乱挤作一团，没有笑容，没有歌声，没有掌声，但校长的讲话，语调却异常凝重。他说了些"光阴似箭，日月如梭"，"子在川上曰，逝者如斯夫"，"百尺竿头，更进一步……"之类的话，便把毕业证一张一张地递到学生手里。当我从校长手里接过毕业证时，分明感到他的手在颤动，心里产生了一种异样的感觉。

我把毕业证书揣进怀里，急急忙忙往家里走去。轰隆隆，轰隆隆，一阵阵猛雷似的炮声，从宅院大山背后滚滚而来，把正在田间劳作的人们，瞬息间集合到村口的大杏树下。"你听，这是解放兰州的炮声!"早年牛乡长家失去音讯多年的雇工，外号叫"瞎陈"的流落红军，正在向人们报告解放战争节节胜利的消息，脸上流露出难抑的喜悦神情。村上的几位老人，还有朱镇长等地方头面人物，边招呼着"瞎陈"，边围拢过去，只见"瞎陈"黑布衫前襟敞开着，露出斜挎在腰带上的"盒子炮"。挤在人群里的牛乡长笑着试图向"瞎陈"打听点什么，不料"瞎陈"摆摆手说："我'瞎陈'当共产党不认人，认人不当共产党!"牛乡长一听睁圆了眼睛，一动不动地站在人群里。

……

五

一场疾风骤雨后，我怀着少年的梦想，只身远离家门去外地求学。弹指一挥，那座有着三四十间屋舍的深宅大院，早已陌生成了另外的世界，显得无比苍凉与清冷，远远望去，俨然是一座在岁月的风霜中依然不愿倒下的古堡……

六十年过去了，至今仍依稀记得，在我走出家门的那一天，黎明的曙光洒满关川河谷，屋后的山雀正自在争鸣，那深宅庭院里，传出了琅琅的读书声和父亲乘骑的那匹枣红马不已的嘶鸣……

（入选《新时期甘肃文学作品选》散文卷）

岁月留痕

母亲离开给她无数伤痛与凄楚的人世，屈指一个花甲了。然而，母亲临走时留给我那块银元的记忆却时时压在我的心头，永远压在了我的心头！——抬头看天，诚实走路，任凭岁月悠悠，而母亲倚门望儿的音容却青山依旧……

——题记

一

那是端阳节过后的一天下午，是母亲去世的一七。外祖母捎来口信，要我去野鸽子河见她。——野鸽子河是关川河在故居门前绕了一个大弯的地方。在我儿时的记忆里，河两岸红柳茂密，一片绿茵茵的苜蓿地，是春天母亲常带我去掐苜蓿芽的地方。不远处那座突兀的高台，是1370年元廓括帖木尔与明徐达决战沈儿峪时构筑的点将台，此刻更显得苍凉而凝重。

听说外祖母在野鸽子河等我，我立刻穿好蒙着白布的孝鞋，一路小跑来到野鸽子河。老远见外祖母身穿一套破旧的黑色裤褂，席地坐在河畔的沙地上。我隔河岸叫了声奶奶，眼泪不禁刷刷地涌出眼眶……

——母亲走了，顿然没人呵护我们兄妹。此刻见到外祖母，心里更加难过，只觉得，在这世上，外祖母是我心里唯一踏实的依靠了！

"你妈临走时留下一块银元，说你从学校回来——"外祖母难过得说不出话了。她颤颤地站起身，向河水边挪了两步，从怀里掏出银元，隔着七八米宽的水面，把银元抛到我面前。外祖母哽咽着："你妈——上次你回家时，只给你半块银元……"我弯腰捡起银元，呆呆地站在河岸边，和外祖母隔河相望，又想起了上次回家时，母亲给我那半块银元的情景……

回到家里，已是掌灯时分。我从口袋里掏出银元，小心翼翼地抚摸着。二弟和小妹神情专注地看着银元，谁也没说话。这块银元，一个星期前还装在母亲贴身的衣袋里，此刻似乎还散发着母亲身上特有的温暖气息。——唉，如今回想，这块银元传递着母亲临走时对儿子今夜晚餐在哪里扯不断的牵挂啊！

……

母亲突然走了，噩耗传到学校时，夕阳正落入山畔。那是永远刻在我心上的日子：1951 年农历 4 月 29 日。那天，镇上通往我家的那条土路上空腾起一股黑色烟柱，宛如一条巨蟒缓缓蠕动，那是最后一拨赶集的车马刚刚走过去的景象。高远的天幕下，一群归巢的乌鸦，急匆匆向山坳深处飞去，咕咕的叫声伴着一河蛙鸣，像饥饿的孩子在哭叫。近处大路两侧的柳树、槐树，随风摇曳，沙沙作响，如怪兽龇牙咧嘴。我的哭声惊动了山脚下打麦场上纳凉的人们，他们硬是拦住我，留我在一个远亲家住了一宿，因为再往前走就是常有狼群出没的甄家沟口。

第二天天麻麻亮，我来到家门口，迎面碰上堂侄抱着我不满周岁的小弟，去找我的堂嫂喂奶。小弟一见我，便呜呜地哭，眼泪顺着两道泪痕往下淌，惊恐地看着我，似一只孤独的小鸟在诉说：妈妈不见了。

我跪在母亲灵柩前，许久许久，眼泪干了，喉咙哑了。我呆滞的目光落在母亲生前用过的一件件器物上，细心搜寻着母亲最后走出家门的情景，联想母亲短暂的一生，她从未放弃向不幸命运的抗争啊！二伯父拉着我的手，说，不要哭了，哭瞎了眼睛怎么行啊！

母亲的逝去，一股悲壮凄凉的气氛刹那间笼罩了这个昔日热气腾腾的深宅大院。送走了母亲，犹如生生夺去了我生命的一部分，难以抑制的悲伤撕碎五脏六腑，内心一下子变得孤独而空荡，我常常会有莫名的疼痛。母亲喂养的小鸡不见了，依偎在弟弟炕上的小花猫没了踪影，忠实的小狗也远离了家门，最令人揪心的是那竹编的针线篮里的二尺花布不翼而飞，那是母亲为小弟做衣服用的花布啊！

……

有句古话，叫祸不单行。丧母之痛竟然使我的眼睛突然模糊，甚至一度失明；父亲也因过度操劳，身心俱疲，一病不起。这时，我的三婶，一位善良忠厚的老人，不声不响地来到我家，洗衣做饭，料理一家人的生活。直到后来父亲卷入政治风云，失去自由的年月里，仍然一直陪伴、帮助我们兄妹艰难度日。

三婶为了治好我的眼疾，每天早上太阳刚冒花，就牵着我的手，来到大门口的马路边，面朝东方跪下，让我跪在她的左侧。她把蚕豆大小的二十一块土疙瘩垒成三个圆锥形的小山，先取一块拿在手里，在我眼前绕圈，口中念念有词，向上苍祷告："老天爷，可怜可怜这没娘的孩子吧！"然后让我对着土疙瘩吹三口气，扔掉，直到把二十一块土疙瘩扔完为止。太阳落山的时候，面向西方跪着，和早晨一样再进行一番祷告。

用这种法子治疗眼疾，不知是三婶的独创，还是祖传"秘诀"，说不清楚。但三婶的虔诚祷告终于感动了天地，经过七七四十九天"疗治"，我的眼睛居然一天天亮了起来。这样的疗效让三婶特别高兴，捎话让外祖母来看我。一天下午，外祖母来了。由于独生女儿突然离去，外祖母目光暗淡，白发如雪，显得苍老了许多。但看到我，脸上的愁容在渐渐散去，皱纹似乎也舒展了一些。看着我的弟妹在院子里玩，脸上还不时露出一丝淡淡的笑容……

似乎已经过了好久好久，我仍像一只失去妈妈的小羊羔，趴在自己早已散去温暖的窝里以泪洗面。寒冬笼罩大地，我带着一脸茫然和无知走出大门，听房前屋后树木窃窃私语，眼前呈现着的是一个正在变化着的世界——土地改革运动如火如荼，席卷关川河两岸。

……

1952年4月的一天，是开天辟地以来关川河畔惊天地泣鬼神的日子。一大早三婶把我从梦中叫醒。我一骨碌爬起来，穿好衣服，走进厨房。三婶把一只黑色的小瓦罐端过来说："快给你老子送饭去，不能在下世里当饿死鬼！"我接过瓦罐，是苦荞面搅团，母亲活着的时候常做这种饭食。三婶特意把她家仅有的一小撮辣椒面，一小勺胡麻油调进去，较往日的饭食，似乎精致了许多。也许三婶已有了某种不祥的预感，所以今天特意做了这种"上等"的饭食让我送给父亲吃，并且用了"老子"这个词，平日里她没有让我这样称呼过父亲。我一路小跑来到关押父亲的地方，黑色瓦罐被背着马刀的民兵小伙子提着走进了一扇漆黑的大门。这时镇上那条狭窄破旧的街道，被摩肩接踵的人流挤得水泄不通。扛着钢枪、长矛、大刀的民兵，穿过人群，向设在关川河畔的土地改革公判大会会场走去。空气里弥漫着一股黑色烟尘，夹杂着泥泞路面散发出来热乎乎的味儿，使人有种喘不过气来的感觉。我呆呆地向四处张望，不知什么时候，黑色瓦罐，灰色瓦盆，土苍苍的竹篮，已摆放在大门口的台阶上。我揭开瓦罐盖子一看，罐子里的搅团原封未动。

我提起瓦罐，急忙奔向会场，姐早已在专门用白灰划定的圆圈内坐着。这时，关川河两岸，人山人海，阵阵歌声，伴着阵阵呐喊，冲向云霄。那是一股排泄千百年来大地忧伤的巨浪，力拔群山的气势，刹那间涌向了天的尽头。我不由自主地挤进人群，忽然眼前出现一幕一幕父亲教我读书认字的情景，不知不觉视野里缓缓蠕动的人群，沿着关川河谷散去……

我挪动沉重的双腿，向家里走去。一进门，二弟扶着缩在墙角里的小妹，坚毅的目光正视着我，三婶看着我不由自主地摇着头（三婶有神经性的摇头习惯，遇到难事，摇得更厉害），几次想要问我什么，却总未能张开口……

父亲背负着沉重的精神枷锁要去很远很远的地方劳改。阴沉沉的天，我们兄妹立在大门外的十字路口等待父亲。这里是通往县城的必经之路。父亲被押着向他的儿女走来。他原本并不高大的身躯显得更加瘦弱矮小，满脸皱纹，两鬓斑白，头发稀疏而零乱，但造型依旧坦然挺拔。那双炯炯有神的眼睛，慈祥而自信，仔细看着眼前的几个儿女，似乎急于从他们身上寻找一年来艰难度日的印痕。父亲嘴唇嗫嚅了几下，只说了一句话："书，好好念。"看着父亲失去自由的背影，我心里一片荒芜。我和小妹都失声痛哭，唯有二弟没让眼泪流出眼眶。倔强的二弟拉着小妹的手，望了一眼祖宅大院，向只属于我们的一孔土窑洞走去。路，近在咫尺，但，是那样遥远啊！

母亲走了，父亲如同荒原上的老胡杨，会挺过来吗？

这一夜，如豆的孤灯下，三婶讲了"四个年幼的孩子送爸爸妈妈远行"的"古今"。我和弟妹听着听着哭了……

二

我热切希望生活中有爱和温暖，那是在母亲去世后我不得不苦苦追求的宝贵财富。

1953年，陇中旱塬是个没收获的年成。从开春到立秋，几乎没有落一场透雨，夏秋田连籽种都拾不回来，人畜饮水困难。国家的救济粮、救济款、救济物资，陆续下拨到村社，分发到贫下中农手里。同样没有农业收成的我家，却不是国家救济对象，吃饭没了着落，继续上学更是没了指望。

从此，父亲那顶地主成分的帽子，像沉重的十字架，压在我心上，使我幼小的心灵没有了阳光。

然而，山不转水在转的奇妙，在于天无绝人之路。一天晚上，我去邻居家找生产队长接受劳动任务。刚走出家门，迎面碰上来找我的班主任邵益三老师，他从自行车上跳下来，急切地说："县城中学补招10名学生，每人每月9元旱灾补助费，你去参加考试。带上毕业证，今晚就走！"

听说学校发补助费，我高兴得连声说："我去，我去！"我家离县城七十华里，没有自行车，出行靠两条腿，单程也得走大半天。邵老师骑车走在前面，走一阵，停下来休息一会儿，我和几个学生，背着杂粮熟面、洋芋，一路紧追，天快亮时，到了县城。学校一位工人模样的人，安排我们几个考生住在一间空闲的教室里。教室里放着一张乒乓球桌，我找了两块砖头当枕头，坐在乒乓球桌上，翻开课本加紧复习。想起前不久参加省城师范学校招生考试，我若不是迷路迟到没能进考场，说不定这会儿已经是师范的学生了，心里暗下着决心，这次一定要考中。

考试一天就结束了，我利用等待发榜的空儿收拾行李。忽然，邵益三老师走进教室说："这次补招，有130人参加考试，只考算术、语文……"话音未落，一位年轻教师走了进来："谁叫史祯？"他看着我问道。我连忙说："我是。"他笑着拉住我的手："你考得好，第一名。"我一听考中了，心里激动得竟然当着他的面哭了。我擦干眼泪，他的形象便永远留在了我的心里：一身月白色卡基面料的中山装，黑色圆口皮底布鞋，留着小平头，皮肤白净，眉宇之间透视着年轻知识分子特有的洒脱自信，明亮的眼睛闪烁着智慧与慈善的光，举手投足，显得十分得体。这就是我上中学时的第一任班主任——黄云昇老师。

中学三年，是一段衣食无告的日子啊！弟妹分别寄养在二伯、三伯和外祖母家，再有谁能供给我口粮啊！我常常下课后才去借粮，吃了上顿保证不了下顿，但是少年的活力与苦难的日子，迸发出的紧迫感催促着我学习的韧劲从未放松。有时也和富裕人家的孩子一样，快乐的校园生活也给我带来短暂的愉悦。但1954年春一场重病，几乎改变了我的生命轨迹。在病情最严重的一天傍晚，他们（我不知道具体是谁）让几个学生把我抬到总务院子的一间屋子，由名叫庞学统的同学看护我。

那一夜，我躺在床上，不停地咳嗽，高烧使我处于半昏迷状态。

时过午夜，夜深如海，月色像一抹银色瀑布从苍穹一泻而下，铺满大地，偌大的校园寂静得没有丝毫声响。偶尔，南山丛林中猫头鹰咕咕的叫声，伴随着附近村子里一阵阵的犬吠，在空寂的夜里仿佛从远古穿过茫茫的历史钻进耳膜。倏忽间，我的灵魂像游离到久违的故乡，禁不住泪流满面。——那记载着几千年农事的犁铧，锈迹斑斑地躺在深宅大院的墙角；辘轳静静地守候在院中心的井口，颤悠悠地旋转着，那一泓清凉的井水，滋润着母亲栽种的豆荚和白菜；一群鸟儿划过袅袅炊烟，往家的方向飞去；老牛卧在月色里，抬起毛发稀疏的头，眯着眼睛，开始咀嚼田野耕作一天粗重的喘息；村口历经数百年风霜，躯干斑痕累累的老柳树上的鸟巢随风飘摇；树下青石板上坐着飞针走线纳鞋底的中年女人。蓦然，祖宅厨房的月亮门前，母亲向我走来了，她，满头青丝，娴雅淑静，若悲若喜……

啊，一个人将要与这个世界告别的时候，无论离开故乡有多久，离开母亲有多远，对故乡的依恋更加深切，在他心里永远站立着的是他的母亲。

……

黑夜过去了。我的眼皮动了一下，学兄庞学统顺着我的牙缝滴进了几滴水……

第二天，黄老师从外地出差回来，请来一位西医大夫诊断、治疗。我出生以来第一次注射了盘尼西林。我被几个学生挪到一间空着的学生宿舍。也就是在那天夜里，生与死进行了最后较量。大概到了下半夜，我突然苏醒过来，感到浑身轻松，呼吸正常，高烧也退了。我伸手摇醒睡在我旁边的同学，急切地说："我的病好了？快点亮灯看看，真好了！"庞学统点亮了煤油灯，我的班主任黄老师，面带笑容，高兴地说："好了，真是好了。"一个脆弱的生命即将终止的时候，竟然奇迹般改变了运行的轨迹。

我奇迹般地活过来了成了一条爆炸性新闻。那些日子，老师、学生都在议论我患重病的事，只要我走出宿舍，便会立刻感触到从各个角落里投来关注的目光。班主任黄云昇老师送来了《钢铁是怎样炼成的》，我读着读着，保尔·柯察金给了我无穷的勇气和力量，成了我在困境中求生存的榜样。特别是保尔人最宝贵的是生命的一段话，不但鼓舞我战胜病魔，而且一直影响着我的人生道路。虽然我是一个最平凡的人，没有过轰轰烈烈，也没有过豪言壮语，但母亲去世后，为了生存，为了温饱，我有了不尽的体味世情冷暖的感情历练，这一切在我心里留下了深深的印痕。

1956年9月，我被保送到陇右一所中级师范读书。下了火车，仿佛转瞬间穿越时空隧道，进入一条历史长河，古朴凝重、雄伟壮观的丝路重镇呈现在眼前。我不由自主地远远伫立着，凝望着钟鼓楼紫燕穿云，凝望着四周的建筑群，凝望着熙来攘往的人流，沿着渭河岸边的车马古道涌动。这时，夕阳西斜，晚霞透出缕缕金色的光线，余晖返照，山光水色，古城村寨交织成一幅飘动着的画面，古朴而瑰丽。走进学校大门，一种全新的感觉迎面扑来。明亮的教室，气派的大礼堂，宽大的体育场，还有图书馆、乐器室、实验室、生物园，到处是一派生机勃勃的景象。浓郁的学术气氛，丰富多彩的校园生活，这一切都被一种浓浓的文化氛围浸染着。

然而，那年到了暑假，麦子成熟，家家等着吃白面馒头的日子里，不幸，沉疴在身的二弟，一个花季少年，在与贫穷、病魔抗争中无可奈何地离开了这个世界。那是1957年夏天。

永远难忘二弟弥留之际的情景，当我趴在二弟的病床前，将左手放在二弟的额头上，右手抚摸他苍白无力的小手时，处于昏迷状态的二弟，突然用生命最后的力气，紧紧抓住了我的手，嘴唇吃力地张合："我死后——埋在妈妈的脚下，哥——"顿时，我的心碎了，和善而顽强的二弟最终没能扛过病魔的无情，他紧攥着我的手，一直紧紧地攥着，但体温却一丝一丝从二弟瘦弱的躯体上无情地散去了……一根顶梁柱垮塌了，我顿时跌入了黑色的恐怖中，一种虚无感攫住了我，迷茫，痛苦，不能自拔，透彻心肺的寒冷。

……

人类繁衍万物的土地，不但生长善良、希望、奋发向上，也生长孤独、痛苦、绝望，一言以蔽之，生长着五彩缤纷的大千世界。1958年"大跃进"及其随后"反右倾"运动，在农村、在城市上演着大放"卫星"、批判"小脚女人"的滑稽戏，挨到了1959年，那年春天是个饿死人的春天。日子漫长而无奈，漫长得仿佛度日如年，无奈得如同肝肠寸断……

我常常独自徘徊在苍茫大地，细细地回味着一路走来的沧桑，曾多次伤感地试问大地，疲惫而僵硬的泥土回答我：一分耕耘，一分收获，机遇对任何人都是平等的，关键在于如何把握。

这年初秋的一天，公社派人来叫我去接听电话。电话里说，"你的毕业成绩优秀，符合保送甘肃师范大学读书的条件，请你按时报到注册上课。"我一口气跑到家里，把这个消息告诉父亲，不料父亲却哭了。在走过那样凶险艰难的日子里，没掉一滴眼泪的父亲，在他的儿子即将走进高等学府的时刻却任凭泪流满面。是啊，父亲一生最执着的愿望就是让孩子们上学读书，成人成才，虽然他读书并不多。即使在他失去自由的那段年月里，也多次写信给我的几位伯父，要他们一定帮助自己的孩子上学念书。也许，我保送上大学的消息，使父亲的心灵和感情世界受到了难以承受的震撼！要知道，一个农家的孩子，从中学保送上中等师范，又从师范保送上师大，这不但实现了一个农民教育子女光宗耀祖的最高价值观，而且，"保送"，无疑意味着公家对自己的儿子高看了一眼，使这个绝望的家庭看到了依靠自己的智慧和汗水可安身立命的希望。

送我上了大学，刚刚获得自由的父亲面对奋斗半生的失败，没有人生苦短的哀叹，内心滋生出要活下去的强烈愿望。于是，大炼了一阵"钢铁"的父亲，扛起铁锹，背着铺盖去了引洮工地，挥洒着苦涩的汗水……

三

一个走出农村的穷孩子，初来乍到省城有名的高等学府，宛如走进一个色彩斑斓的新世界。坐在明亮的教室里聆听全国一流教授的授课，第一感觉是人生在世的尊严与高贵。大学四年，我先后聆听了鲁迅同期著名学者、音韵学家赵荫堂，第三代国学大师训诂学家杨伯峻，闻一多高足弟子楚辞专家舒连锦，国学大师章太炎先生弟子文字训诂和古籍校勘学家彭铎，中国文学研究所研究员、鲁迅研究专家陈涌，红学专家、作家吴组缃，现代汉语学家黄伯荣等先生的授课。名师激扬讲坛的魅力，顿然打开了我丰富的文学世界，在领略不同授课风格、治学理念的同时，感悟着国学经典的丰厚意蕴和生存智慧，体味文学带给人生的精神力量和阳光。另外，学校还开设鲁迅研究、郭沫若研究、曹禺研究、《红楼梦》研究等专题讲座，使我有机会和国学大师近距离接触。先生们深入浅出的讲解，精心指引的理解门径和鉴赏方法，开阔了我的视野，也提升着"会当凌绝顶，一览众山小"的治学境界。先生们各具特色的做人魅力亦影响着我对人生的解读。人这一辈子，年轻的时候总有立志高远的不同目标和追求的梦想，而相同的是，不管身处顺境还是逆境，不管身居什么地位，自己的一切行为都要趋向尽善尽美，这样，才能使自己卑微的生命获得应有的意义和尊严。我以为，发奋读书是实现这一向往的唯一途径。

……

在一个寂寞的冬天，人们还没有从三年自然灾害的艰难中解脱出来，父亲就带着无尽的遗憾猝然离世。这个在苦咸酸辣的凡俗日子里浸泡半世，在历史转折不可预知的动荡颠簸中，把土地当成唯一发家致富的庄稼汉，终于离开了土地。父亲的后半生活得非常惨淡，只有伤痛和贫困相伴。于是，我更懂得了父亲。父亲的一生，是短暂的，虽有过些许辉煌，但更多是艰辛与磨难，但是，他扛过来了，并且始终保持着人格的尊严而承受苦难，因为，他相信厄运终将过去。

父亲走了，因为他太累了。

其实，苦难本是一笔宝贵的财富，是锻造人性的熔炉。缺乏悲剧体验的人，其意识处于一种混沌、蒙昧状态，换句话说，他们与客观世界处于一种朴素的原始的统一状态，既不可能了解客观世界，也不可能真正认识自己。从苦难中，我终于读懂了父亲，读懂了父亲的一生。正如美国作家海明威说："只有阳光而无阴影，只有欢乐而无痛苦，那就不是人生。"我无意颂扬苦难，如果允许选择，我宁要平安的生活，但事实是，生活的艰辛、身体的病痛，甚至流血牺牲，这诸多的苦难是人生的必含内容。一旦遭遇灾难，不悲伤，不放弃，想到冬天过去春天会来，就必然会通过承受苦难而获得精神价值的一笔特殊的财富。

时间可以治愈一切伤痛。我也时常这样想，生离死别的痛苦，无疑使身心受到痛苦和打击，那种承受生命的痛留下的创痕，可能需要用一生的时间去抚慰、医治。但是，人常常是这样，就如我的父亲，奋斗的失败，梦想的破灭，回头看，在他似乎并没有失去什么，那样的年华，那样的追求，那样的执着痴迷，是他灵魂中的宝藏，永远映照着他生命的亮度，坚持在自己朝圣的路上。

我这一生，在漫长的灵魂自我建设中，在为梦想奔波的旅程中，深感幸运——万花筒般的社会现实，给了我参悟人生的能力；困难和曲折，磨炼了我的毅力和意志；清贫寡欲，陶冶了我的思想和品格。虽说世风、物欲会摧毁人性中许多美好的东西，但终久摧毁不了世间最可宝贵的血脉亲情和深藏在人心底里的善良和包容，因为它有着一种不可剥夺的精神力量。我相信这是人类永远生存下去的希望所在。

……

岁月悠悠记梦痕。关川河畔我少年时代苦乐交融的琅琅书声，渐渐远去了；叠印着母亲辛劳的脚步、聆听父亲"过庭之训"的温馨宅院，无奈雨打风吹去，唯有大门前那棵已高达数十尺的老榆树，犹如刚健的父亲，任凭风雨劲挺在那里，望着我，望着我的儿孙们。啊，有缘于这方土地的我，载着安放我记忆飘荡在岁月忘川上的诺亚方舟，驶向了远方，又驶回了血脉的源头，重与我不谙世事的金色童年相遇，与劳苦了一生的父亲相遇，与为活下去而逝于关川河畔的母亲和母亲留给我的那块银元的记忆相遇……

岁月留痕啊，让我记住了苦难中奋起的命运和足迹，记住了一个个站着活下去的造型！

……

附记：点上《岁月留痕》的最后一个标点，一抹朝霞已涂抹在天边。推窗而望，一幅赏心悦目的画面呈现在我的眼前：上大学二年级的孙女晶晶和即将赴大学读书的蕾蕾、菡菡、龙龙结伴在广场晨练。远处凌云在舞剑，近旁，上幼儿园大班的青青却专注于扎西银果演练"螳螂拳"。一瞬间，初升的阳光照亮了他们的脸，我一侧目，老伴笑脸上分明闪着两滴莹莹的泪光……

（入选《新时期甘肃文学作品选》散文卷）

去日悠悠

乡愁是一种记忆，一种情感，一种文化，通过感悟和认知，得到收获和信念，这便是乡愁赋予人们的一种力量。

——题记

一

说起渭源这个名字，你可能觉得很陌生。但凡是到过鸟鼠山、首阳山的人，有谁没有在这座古城歇歇脚呢？

过去的岁月里，"渭源"两个字常常浮现在我的脑海里，尤其到了清明节，还会产生几分敬畏和特殊的情感，因为那里有一条千年名街——上集。民国十八年（公元1929年）春天，外祖父一家，从安定逃荒到此落脚，外祖母生前曾向她的儿孙们多次说过在上集的辛酸经历，其实，在她的前半生，还有许多至今不为人知的故事。我一直追寻着深埋在渭水河畔的那些故事。今年四月四日是外祖母诞辰120周年，正值清明节，我决意去渭水源头寻根祭祖，顺便看看渭源古城那条名街的变迁。

从古郡陇西出发，一路向西，一个小时车程，便到达渭源。车在城西广场停下来，我疾步奔向渭河岸边，首先搜寻古城渭源的标志性建筑——霸陵桥。多少年前桥下那片河滩地从河边往远处延伸，依次是光滑的鹅卵石，软绵绵的细沙，葱绿的树林，阳光充足，空气新鲜。这里，便是母亲小时候和同伴们洗菜、淘米和晾晒衣服的地方。河对岸那座古城，因1943年甘南农民大起义而彰显着岁月的沧桑与历史的悲壮。难以想象那场战争的惨烈。起义失败后，那些空荡荡的院子，那些坍塌的房屋、裸露的房梁，那些颓败的石墙，还有那些被烧得树皮爆裂的老树……一眼看下去，都会令人毛骨悚然，无限感伤，在老一代人们心灵深处至今有着挥之不去的阴影……

<h1 style="text-align:center">二</h1>

外祖母祖籍礼县，时人称秦皇故里。据史载，秦先祖非子在牧马滩（历史学家谓今天水市东南之盐官镇）为周天子养马，因养马有功，被周天子封为附庸，准许在此建邑，赐姓嬴，号秦嬴。公元前770年——前383年，秦公三代，在那片古老神奇的土地上，繁衍生息，厉兵秣马，积聚向外扩张的实力，开创一统天下伟业。外祖母其先祖居住地在离盐官和秦都城西犬丘不过数百里的康家大庄。我的母亲曾经说过，外祖母自幼家境贫寒，十几岁时，为求生存，跟随太爷、太太，辗转七百余里，落脚安定，租种几亩薄田，艰难度日。外祖母的父亲人称老康爷，母亲康氏，勤劳善良，淳朴厚道，崇尚中和，善待四邻。三口之家，春种秋收，虽然日子清苦，倒也安宁。民国二十一年在渭源逝世，葬老君山下之黄土岗，当地人称之为乱人坟。

从记事起，每逢清明，外祖母便打点行装，让舅舅去渭源为康太爷、康太太扫墓。舅舅的父亲民国十八年遭饥荒而殁后，年龄尚小，是外祖母收留了他。看着舅舅一身出远门的装束，背着行装走出大门，眉宇间流露出喜悦之情。后来，哥哥参加工作，常常把拜谒过太爷、太太坟茔的事说给外祖母，给外祖母一些安慰。20世纪70年代初，外祖母嘱我去渭源寻找太爷、太太墓地，她看到屋后山脚下多处墓地坟头被生产队修梯田时铲平了，心里不免生出几分忧伤。尽管如此，她依然每逢清明，独自跪在大门外涝池旁的草坪上，烧一束纸钱，且念叨许多思念的话，看着一片片烧化的纸钱朝着渭源的方向飘飞而去，这才安然地起身回家。后来，小弟长大了，年年陪着外祖母在涝池旁焚烧纸钱。一次，小弟说他长大了，挣了钱，给太爷、太太糊一匹纸马骑，外祖母听了，笑得十分开心。

外祖母仙逝后，清明节，小弟无论在何方，都要朝着渭源的方向，给康太爷、康太太烧束纸钱。——那是外祖母在世时，在涝池的草坪上，小弟跪在那里向外祖母的承诺！

为实现外祖母的心愿，我曾多次想去渭源而未能成行。在那个年代，对于个人私事总是无暇顾及。直到20世纪80年代中期，外祖母逝世10周年的日子，当地政府官员帮助我找到了外祖母在上集居住和生活过的地方。房东是一位与母亲同龄的女性长者，在那个院子里度过了半个多世纪。她一见到我，立刻显露出惶恐、不安和疑惑。当她明白我的来意，从"陈年旧账"中翻捡出那些深藏的记忆时，难抑的感情激流涌出眼眶，激动得不知说什么好。外祖母和母亲的故事我是第一次听说。说到老君山下黄土岗太爷、太太的墓地，因为开发建设，早已荡然无存。

我在那个小院子里徘徊的时间并不长，但它留在我记忆里的却是永久的珍藏。此时此刻，我仍然能够感知它的每一个细节，比如，外祖母住过的那间房屋洋溢着暖洋洋的气息，那瓦楞上随风摇曳着的黄褐色蒿草，那叠印着几代人脚印的石板台阶，那历经百年沧桑的破旧大门，以及庭院里那棵躯体斑驳的老树矢志不渝的坚守，使我明白什么是心痛，知道人生的不可捉摸和难以把持。

时光如流水，一切的一切，越走越远，越来越朦胧，越来越让你心生念想，你的心与时光一起飘零，如烟似雾……这心痛难以与人说啊！我的父母怎么早早离我而去？我和弟妹们永远不会有机会感知父母的恩爱，永远不能回到父母的怀抱享受父母万般慈祥与小心翼翼的呵护啊！永远……

三

一股清风，拂面而来，河水微漾，涟漪婀娜。啊，渭河原来是从这里上路的，然而，却是纤弱而艰难地匍匐于陇坂崇山峻岭的褶皱中。进入秦岭与六盘山的夹缝后，便一改当初蹒跚而舒缓的步履，突然冲开巉岩，惊涛拍岸，以雷霆万钧之势，飞出宝鸡峡，然后悠然地步入八百里秦川。

这不是和人生一样吗？人从出生那一刻起，便开始上路，历经坎坷，一路前行。

河对岸是我魂牵梦绕的上集。我静静地仰望，默默地沉思，把一颗飘零的心和着泪水的温情，向上集奉献赤子无言的悲怆，110多年前的情景展现在眼前：

上集，这是古城南门外、清源河左岸，用鹅卵石铺成的一条千年历史名街。街不宽不长，住着百十户人家。麻雀虽小，五脏俱全。街道两旁，老字号的南式点心铺、平民饭馆、中西药店、杂货铺、斗行一字排列。时尚的洋布行、照相馆、缝纫铺、当铺分布其间。在与下集交接的十字路口，还有铁匠铺、木器行、磨面、榨油、酿醋、造酒作坊一应俱全。那时节，外祖父年富力强，他和舅舅当店员、打短工，为富户种植鸦片，挣来的银钱勉强维持六口之家的生活。外祖母经营一间杂货铺，酱醋油盐，香蜡纸货，生活用品，应有尽有，也有微薄的收入补贴家用。虽然日子过得清苦，但在人生历练中，外祖父以他的精明能干，和外祖母善于持家的勤俭与操守，撑起了这只远洋航船的风帆，驶向温暖的港湾。

外祖母，虽性格刚强，但宽容柔韧。她无论走到哪里，都会受到街坊邻里的敬仰与爱戴，因为她懂得爱人，懂得忍让，更懂得知足。初到上集谋生，虽然仓里没有一粒余粮，口袋里没有一分钱，但她坚信靠自己的一双手，能够养活一家人。尽管遇到过各种各样的苦难，但都能够坚强地活下来，而且活得有滋有味有信心，就是因为生活中充满了爱，充满了温暖与信任，充满了希望和幸福。那年代，一个固守传统的农村女人家，虽穷，但在为富不仁者面前保持挺胸站立的尊严，那高贵的人格力量，令人永远仰望！

上集，亦城亦乡。上集人，亦农亦商，生活节奏特别快。他们遵循一年之计在于春和一日之计在于晨的农事法则，早晨起得特别早。天一亮，一家起来，家家接着起来。这是在谋生道路上养成的生活习惯。见面打个招呼，互致问好，是一种风尚，也是一种礼节。谁家有事，主动上门帮忙，是一种善举，也是一种责任。上集虽小，但人们遵守生活秩序，遵循和睦相处，和气生财，和衷共济的处世准则，祖露着人性的高贵与尊严。

夏日的上集是天然的避暑胜地。即使炎热的七月，也是很凉爽的。房子都在绿树丛荫之中，庭院里长着树，庭院外长着树，街道两旁长着树。这绿色的长廊是上集人得天独厚的居家和活动场所。大家坐在自家门前的小木凳上，吃饭时，捧着饭碗，拉着家常。遇到哪家做了好吃的，便搬张小桌子，聚在一起，有人进屋提瓶烧酒，每人喝上几盅，连小孩也来凑热闹。谁家切了西瓜，也是摆在门前小桌上，嚷嚷着各家大人小孩一起来吃，哪里分你家我家。

雨过天晴，远山近树，翠色欲滴。天上的白云，轻轻漂浮着，变化着各种形状，有时像仙女的裙带，有时如细软的丝绸。太阳透过云彩，无数的光与影织成了五彩缤纷的世界，梦幻一般美丽，水晶一般纯洁，让你痛快淋漓，顿生放飞灵魂之感。这时，外祖父过足了烟瘾，放下烟枪，穿戴整齐，向街上走去。鹅卵石路面刚被雨水冲洗过，一种甜丝丝的清凉味迎风扑鼻而来，精神为之一振，加快了脚步。他一面和人打着招呼，一面左手撩起长衫前襟，跨过小桥，登上一间铺面台阶，走了进去。铺子里一伙人正在玩"牌九"、掷"骰子"、摇"单双"。外祖父嚷嚷着掺和进去，和当地一些好家论起输赢来。这是外祖父一生中忙里偷闲的一种爱好。

秋日的上集是一个丰收的季节。庄稼刚刚收获完毕，又迎来一个接一个逢集日。十里八乡的老百姓纷纷来到上集，妇女们提一篮鸡蛋，孩子们抱着鸡和鸭，老人们牵着羊，牛车载着粮食、木炭，手推车装着药材、猪肉。他们用自己的劳动果实，换取各自所需的生活用品，陕青茶、白砂糖、雪花盐、带洋字头的洋碱、洋火、洋胰子、各种洋布、洋火车头帽以及女人们用的玳瑁发卡、针头线脑，都是他们的首选。这时候，上集家家门点上都有生意，人人脸上喜气洋洋。

进入冬季后，年味一天比一天浓。上集人除了谋划来年的生产经营外，就是紧锣密鼓地准备过年。还有一种特别的爱好，就是看牛皮灯影子。皮影戏的唱腔是道情，也有的是秦腔。连续十多个晚上，看过许多悲壮缠绵的折子戏，一年辛苦带来的疲劳便烟消云散。有时外祖父也吼上两句，来抒发半生不得志的内心的酸楚，这只有外祖母能听得懂其中的韵味。

上集人辛辛苦苦，忙忙碌碌，活着与这片土地为伴，死后化为黄土，无怨无悔。这片土地是上集人世世代代永远写着追求美好生活的一张纸。我的外祖父母，曾经在这张纸上也写过一笔，只是被无情的岁月悄悄带走，未曾留下些许痕迹！

四

夜幕降临，也许是那一年就像今天这个夜晚。外祖母推开屋子的窗户向外张望，街上是微笑的街灯，天上是眨眼的繁星，老君山下两位老人安详而卧，享受美好的夜景，内心瞬间产生由衷的安然与满足。外祖父开窗临风，享受清新空气的同时，放眼不停地变换着的云影星景，观赏着、迷恋着、猜测着，一幅来年生活的画卷展现在眼前，顿时心生暖意，精神得到抚慰：大山凹处，卧风向阳，春暖夏凉，父老乡亲，勤劳善良，永远依旧——成为他决心回到老家安定的理由。于是，他和外祖母盘算一番，于民国二十三年（公元1934年）春夏之交，领着一家人回到安定老家。

清明节前夕，我以家长学校校长的身份，被邀参加渭州学校一个班的主题班会。老师说到国家把清明节确定为法定假日的意义时，引用了威廉·华兹华斯"岁月给母亲忧愁，但未使她的爱减去半分"的一句话，此刻又回响在耳际。是啊，外祖母为使这个风雨飘摇的家顺利渡过一道道难关付出的太多太多，可做子女的有几人"报得三春晖"！我们弟兄的成长，是外祖母和母亲用不懈的拼搏，用美好年华，用额头层层叠叠的皱纹，用满脸纵横交错的沟壑，用一天天的衰老、病痛甚至牺牲生命换来的。而对子孙们何曾有过些许要求？时至今日我未能完成外祖母生前的嘱托而深感内疚。去日悠悠，那是一辈子难以了断的情结啊……不敢再想下去，就着老君山下微暗的灯光，划根火柴，点燃一叠纸钱……此刻，外祖母的嘱托，让我读出了历史的沉重，世态的炎凉，人心的冷暖，大地的苍茫，令我幡然参透了生命的玄机，原来坟茔所维系的亲情和乡愁切实难以估量。国家把清明节确定为法定假日，就是为了追思先人，传承亲情。清明节那遍地飘飞的纸钱，就是播撒亲情的种子，传承感情的温暖，而且是那种超越时空的亲情和感情。

回忆外祖母

　　外祖母生活的年代是19世纪末至20世纪70年代中期。在这大半个世纪中，平凡而又平凡的外祖母镇定自若，小心翼翼地驾驭着她的家庭小舟，驶向充满人间温情的港湾。外祖母家境十分贫寒。据老人们说，外祖母的父亲，地无一垅，房无一间，民国初年他带着外祖母从陇南礼县辗转来到渭源，待我的母亲出生后，他又从渭源举家迁到定西，民国十八年病殁于渭源。可以说，这在旧中国堪称典型的"搬家儿"——农村大地主的佃户。在颠沛流离的艰难岁月中，非但没有使外祖母憧憬未来美好生活的梦想破灭，而且锻造了她坚强刚毅、勤劳善良而硬气的性格，对幸福生活更加执著的追求，对儿女倾其一腔心血万般呵护。她崇尚节俭，却无半点吝啬，她坦诚直言，却无些许偏见，在方圆几十里地，她以贤惠著称，以厚道闻名，受到当地贫苦的人、特别是挣扎在社会底层的劳动妇女的爱戴与敬仰。

　　外祖母是独生女，她的一生和她的独生女儿——我的妈妈的不幸命运紧密联系在一起，外祖母为她的女儿受尽了磨难，操碎了心，流干了泪。她为我们三代家庭建立了不朽的功绩，为维系家庭小屋不倒，用瘦弱的脊梁苦撑了半个多世纪。尤其是对她的几个外孙的生存和成长更是倾注了全部心血。在她去世后，我们外孙子们用"恩重如山"四字挽幛表达感恩之情，但哪及外祖母养育我们的恩情于万一啊！外祖母在我心灵深处留下许多故事，用笔写下这些故事也许对我的弟妹了解我家的过去会有启发，对儿女们珍惜今天来之不易的生活更有好处。

　　在我记忆的长河中，到外祖母家做客是我最开心的事。每年农历四月，秋夏播种完毕，稍稍有些空闲，妈妈便带着我到外祖母家去玩。我和妈妈一走出大门，迎面便扑来一阵阵泥土伴着野草的香味，甜丝丝、湿漉漉的，顿时感到外面的世界要比我家那深宅大院的小天地自由得多、新鲜得多。我的外祖母就生活在那田野中的自由世界里。我跟着妈妈，一路小跑，快到外祖母家的时候，我老远就看见小河对面山坡下那块打麦场上站着一个人。妈妈脸上立刻溢出笑容说："瞧，你外奶奶在等你哩！"我顺着妈妈手指的方向看去，小河岸边还站着一个年轻人，我问妈妈："那是谁？""你舅舅"，妈妈说。舅舅笑着走过来，二话不说，转过身先背我过河，然后再背妈妈过河。我们走到外祖母身边，外祖母和妈妈真是亲热极了，两个人各自说着在心底里深藏了很久的话，仿佛在这个世界上只有她们两个人似的。我心里想，噢，原来是这样。我朦朦胧胧似乎懂得了什么。

外祖母的家坐落在关川河北岸的白杨岭下，傍山临河，风景独特。一座环形的大山，一条弯曲的小河，把整个庄院与邻近的村庄隔开了。所以，这里平日异常安静，除了偶尔几声鸡啼，和不时传来屋后树上的鸟鸣而外，别无嘈杂的声音。外祖母的院子坐东朝西，站在院子里向四周望去，可以看到远处的山庄村舍。这里真像是书上说的世外桃源。我们一走进外祖母住的地方，她便上灶忙乎开了，妈妈也开始帮厨。

整整一天，院子里沉浸着人间亲情、天伦之乐的温馨。外祖母和妈妈有说不完的知心话儿。也许她们用这种方式，交流着人活在世上最可宝贵的经验，也许是相互诉说着过日子的难肠和做人的不易，也许是对儿孙们未来生活的憧憬。而我和哥哥，却另有一番情趣。我们爬上院子后面的高山挖野蒜，跳进院子前面的小河摸光滑的石子、抓泥鳅，最有趣的是攀上山崖掏鸟窝，钻到悬崖下捉松鼠，如果捉住一只小鸟和一只长尾巴的松鼠，那便是最大的收获了，真要高兴好些日子。

当太阳缓缓落下西山，夜幕渐渐低垂，远近池塘河沟的青蛙发出低沉的叫声的时候，我和妈妈便怀着依依不舍的心情，离开了外祖母，向那深宅大院走去。

有时，外祖母带着哥哥到我家来，也是我儿时生活中最快乐的事。太阳刚刚露出笑脸，妈妈便催我起床到大门口去迎接外祖母。我和妈妈刚一趴上我家打麦场那低矮的墙角，便老远看见外祖母和哥哥正向我家走来。

那是事先约定的时间。妈妈大步迎上去抱起哥哥，心痛地说："这是谁呀！"不料哥哥脸儿顿时憋得通红，哇的一声哭了。外祖母急忙说："别怕，这是你妈妈呀！"这时，我看见妈妈眼睛湿润了，但她没有让泪水涌出眼眶，极力控制着自己，抱着哥哥亲了又亲，长舒一口气，带着泪花笑了，说："乖乖，你连妈妈都不认得了！"外祖母拉着哥哥的小手，小心翼翼地走进大门，穿过二门，径直走进厨房，那是妈妈和我居住的地方。妈妈立刻端来头天晚上准备好的食物，让外祖母和哥哥品尝，有腊肉，有油饼，还有大豆、红枣等。吃着可口的食物，外祖母和妈妈照例说着，笑着，可哥哥总是坐在外祖母身边，一动不动，只是瞪着圆圆的眼睛，看看妈妈，又看看我，仿佛这里的一切对他来说都是陌生的。

　　过了一会儿，妈妈也坐在炕头上，拿起窗台上的一面大镜子，一把将哥哥抱在她的怀里，镜子里立刻映出了妈妈和哥哥的影像。妈妈问："这是谁呀！这是你妈呀！"哥哥眼睛睁得又圆又大，先看看外祖母，仍有些迟疑，当外祖母笑着说"叫妈妈"时，他便勉强地叫了一声"妈妈"！

　　哥哥的一声"妈妈"，惹得外祖母和妈妈笑了，可是，我分明看见她们泪盈于眶，顺着脸颊滚落到她们胸前的衣襟上。——因为哥哥自出生后，一直生活在外祖母身边，所以对妈妈感到十分陌生。孩子毕竟是孩子，乘外祖母和妈妈各自拿起一件针线活儿的时候，我便和哥哥在院子里玩游戏。我领着哥哥几乎跑遍了宅院里的各个角落，最后我们爬上了高高的堡墙。我们从垛口望出去，看到远处的山脉、河流，近处的大路、庄稼地。我们看到了外祖母的那个村子。哥哥兴致很高，他指着那泛着碧绿的大山，津津有味地说个不停。

　　"外奶奶要走了！"这是妈妈的声音。我们正玩得高兴，哥哥一听外祖母要走，一转身从墙上跳下来噔噔几步跑到外祖母跟前，一把抓住外祖母的衣襟，好像生怕把自己丢下似的。我和妈妈把外祖母和哥哥送出大门，又送了很长一段路。我跟着妈妈往回走的时候，妈妈一声不响。走进院子，院子里空荡荡的，我心里像丢了什么心爱的东西。此刻，我朦朦胧胧地似乎明白了什么。

　　在我被封存多年的记忆中，最使我心灵深处受到震撼的是发生在20世纪60年代初的一件事。那时，我刚刚走进大学校门，母亲和祥弟的去世，在我心灵上造成的创伤还未愈合，无情的命运又把我抛向饥饿边缘。一九六〇年春天，春寒料峭，乍暖还寒，正是在这种时候，我独自一人冒着纷纷扬扬的大雪去看望外祖母。一走进外祖母家的大门，我像往常一样喊声奶奶，半天悄无声息。我慢慢走进窑洞，仔细一看，啊，只见外祖母蜷曲着身子睡在炕的一角。听见有人喊，她慢慢用一只手撑起身子，用眼睛审视着我，半天不说话，顿时，一股冷冰冰的气氛笼罩了窑洞和院子。

外祖母终于认出是我来了，脸上立刻绽开了一丝笑容，硬是要我上炕暖和暖和。我拗不过，只好爬到热乎乎的炕上，和外祖母拉起家常。原来在半个月前，外祖父怕饿死一家人，为了减一口人，剩下的两碗面养活在家的孙子，便和村上的一些人，坐上火车下陕西活命去了，家里只剩下外祖母，还有我的小弟和大侄儿。这天，外祖母给我做了两碗苞米面糊糊，我当时没有问外祖母，这救命的苞米面是哪儿来的，便几口吞进肚里。若干年后，特别是我当了爷爷以后便常常想起这件事，辛酸的泪水不由淹过心头。

记得小时候，我到外祖母家去玩，有一天晚上，全家六七口人正吃洋芋，邻居二外祖父和他的儿子、孙子三人走进窑洞，各自抓起一颗吃了起来。这时洋芋不多了，外祖母从盘子里拿起一颗黑透了的坏洋芋吃着。我一看连忙说："奶奶，那是坏洋芋！"她笑着说："我喜欢吃坏洋芋，怪甜。"我当时还以为外祖母说的是真的哩！可过了几十年后，我才真正懂得，原来外祖母吃坏洋芋是为了把好洋芋留给大家吃。

天黑了，风雪铺天盖地。外祖母送我走出大门，顺手塞给我一张五斤面额的全国通用粮票，我推辞不下，便装进口袋，难过地低下头，任眼泪扑簌簌地从眼睛里涌出来，顺着面颊流淌。当我一阵小跑到了河对岸崖坪的时候，只见外祖母还站在家门口，任凭风吹雪打，一动不动。

……

啊！在外祖母百岁诞辰之际，枯笔含情，和着泪水，我写下以上文字，以表达对她老人家深切的怀念。

回忆母亲

我早就想写一篇怀念母亲的文章，但在母亲去世后的半个世纪里一直未能动笔，究其原因是多方面的，最主要是，每当我铺开稿纸，眼前立刻出现一幕幕令人极为伤心的情景，顿觉心乱如麻，不知从何写起。

母亲是在封建礼教的桎梏与暴风骤雨式的阶级斗争夹缝中度过了她短暂的一生。她没有盼到生活道路的前头出现一缕希望的光亮，没有等到儿女长大给她带来一丝安慰就辞世而去了。但在我们兄弟姐妹向前走的路上，无不浸透着她的心血与汗水。她对我们的教诲、影响与期盼使我们终身受益。

母亲是最不擅长亦不屑于追名逐利的人。她自幼在勤劳、善良的外祖母的熏陶下，学不来矫情伪饰、阿谀奉承的小聪明，甚至连女人操持琐事独有的精明与细致亦与她无缘。但贫困艰苦的生活，磨炼出她坚毅刚强的意志，上苍慷慨地赋予她豁达开朗和与世无争的聪慧，这便注定了母亲超凡脱俗的思想品格。正因为如此，她在家庭中没有丝毫长者的威仪，她疼爱、呵护儿女，但从不护短，更重视儿女的培养教育，直到逝世。

母亲非常重情重义。友情、亲情、乡情是母亲生命的全部，也是唯一能让母亲为之伤感、为之动情、为之流泪、为之欢乐幸福的。我自出生以来，母亲极少精心规划我的未来，但对我的关爱总是无微不至。上小学住校，她反复叮嘱我："晚上睡觉时，一定要铺上羊皮褥子。时间长了要放到太阳下晒晒，防止虫咬。"她给我缝制最多的生活用品是布鞋、袜子和鞋垫。母亲不会写字，也不会画画，可是，她做的鞋垫件件是工艺品，各种图案小巧玲珑，清丽淡雅，有的还绣上"诚实"、"勤奋"等字样。我知道这些都是请父亲画在布面上，她一针一线绣上去的。她说："天天跑跑跳跳的爱出汗，垫了鞋垫对脚好。"鞋垫上那些画、那些字的寓意，用长针细线绣在一起，做儿的心明如镜——那是母亲的情，母亲的爱啊！母亲待人慷慨热情，无论是亲友、邻居，凡是前来投奔求助的，母亲无不慷慨应允。特别是遇到灾年，对一些家境苦寒的邻里常常送点旧衣物，送点米面，帮助他们渡过难关。

母亲的一生是不幸的一生。母亲自出嫁以后，就像一只鸟被关进笼里失去了自由。打我有记忆时起，母亲很少走出我家那深宅大院，除做饭、带孩子外，常常坐在厨房门口的小石凳上，眼里是一片旷远的凄凉。有时她独自一人站在院子里，看蓝天、白云，似乎在期待着什么。我感受到母亲的孤独。只有大门外传来咚咚的货郎鼓声，几个顽皮的孩子扯着她的衣襟去买糖瓜、花生的时候，她额头上早生的皱纹才被天伦之乐熨得舒展开来。

母亲也有开心的时候，那就是领着我和弟妹去外祖母家做客。外祖母住在离我家约一里多路的白杨岭下，几孔窑洞，背依大山，面向小河，是个风景很独特的小村庄。母亲每次去看望外祖母，外祖母总是显得异常忙乎，我们兄妹几个则围在外祖母膝下尽情玩乐。只有外祖父和母亲说着说不完的话，有时说着说着便争论起来，争得面红耳赤，外祖父的大声呵斥，夹杂着母亲的哽咽的饮泣，使院子里和谐的气氛一下子变得冰凉，空气像凝固了似的。这时候，外祖母总是出来打圆场，于是外祖父又心平气和地"咕噜咕噜"吸起水烟来，母亲立刻擦干了眼泪。

母亲虽是外祖母的独生女儿，但母亲身上没有一丝一毫骄矜的气息。每当和外祖父争论后，便悄悄地拿起外祖父穿脏了的衣裤洗起来，像没有发生过什么事似的。这种情景，虽然过去了半个多世纪，但这个存在我童年心灵中的记忆，则一直陪伴着我，成为我人生中最留恋最温馨的一幕，也是困扰我大半生的难解之谜。

母亲的内心是孤独的，但对于她的孩子们来说，她却是一盆烈焰腾腾的炭火，烘暖孩子们度过严冬迎来春天。由于母亲对我特别偏爱，使我养成了倔强的脾气。记得那是一个冬天的夜晚，因为我干错了事，母亲生气并说了我几句。我一骨碌从炕上爬起来，光着身子，赤着脚跑出门外，站在雪地里表示自己的不满，母亲看见了，说："你不冷就站在院子里别进屋！"话虽然严厉，可母亲很快跑出来，一把拉起我，把我抱到热炕上，帮我擦去脚上的泥水，盖上了棉被子。她没有再责备我，只是轻轻地叹息。在昏暗的灯光里，我看见母亲眼里含着泪花。那一幕直到多少年后我才明白，母亲总是把难言的苦衷深深地埋在自己的心底，儿子长大争气是她唯一的精神支柱。

后来，母亲去了。我上小学、中学、师范，直到大学毕业走向社会，多少年过去了，我忘不了母亲为她的几个儿女的成长所付出的艰辛劳动，我更深切地体会到了母亲在我身上寄托的殷切期望。每当想起这些往事，每当我端详着母亲一生唯一的一张照片，我总能从她那深沉的眼光中，看出母亲对儿子的企盼。每当这时，我的心里就会产生一种向上的力量，这种力量驱使着我努力进取，做一个对社会有用的人，我知道，这也是母亲最大的心愿。但这一切，我可怜的母亲没能看到！

在母亲去世前的一年多时间里，她不再像过去那样孤独了，而是异乎寻常的忙碌，几乎是从早到晚没有些许休息时间，特别是平素很少出门的她，竟然频繁地走出家门，到外祖母家去，有时也去别的亲戚家，像是在操弄着一种神圣的大事。

一个夏天的夜晚，夜很深了，我家那盏油灯，还在亮着。弟弟在炕的一角酣睡，小妹在炕的另一角说着梦话，母亲背靠着墙，抱着一岁的小弟，缝补着我们的破衣服。如豆的油灯闪着橘红色的火苗，陪伴着奔波了一天已疲惫不堪的母亲，后来不知什么时候她把头重重地靠在窗台上睡着了。

天有不测风云。就是在这多事之秋，我又患上了严重的关节炎，膝关节不能弯曲，甚至寸步难移。在治疗中母亲一刻也不离开地陪伴着我，开始只有在她的扶持下才能蹒跚地移动脚步，当我疼得大汗淋漓，嚷嚷着不肯再动时，母亲便低声地嘱咐："再坚持一会儿，坚持一会儿！"但我还是坚持不住，当我生气地看母亲时，发现母亲额头上闪着密密麻麻的汗珠，便不再吭声。母亲却说："看你这样，以后咋活下去呀！"后来在生活的道路上，每当我被风霜雨雪所困时，母亲的这句话，便回响在耳畔，激励我坚持下去，义无反顾地前进，哪怕只能迈出半步。

在母亲的精心护理下，我的关节炎奇迹般地痊愈了。就在我离家到十五公里外去上学的那天，母亲脸上溢出了欣慰的笑容，乐呵呵地为我准备衣物，还特意做了几样平时我最喜欢吃的饭菜。我和母亲站在院子里许久许久，母亲抚摸着我的头，仔细地端详着我的脸，我也仔细地望着母亲。我发现母亲眼里隐隐约约闪烁着异样的光，并不住地用衣袖擦拭着眼睛："孩子，不要记挂家里，要安心念书，学会照顾自己。""妈，您放心，我会好好学习，我会学会照顾自己，还会照顾弟妹的……"母亲听着，勉强地笑了笑，便立刻转过脸去。看着面容憔悴的母亲，满头的青丝有一半已经变成了白发，我拉过母亲的手，多少年了，我还是第一次这样握着她的手。这是一双什么样的手啊，粗糙如枯树皮！指关节肿大变形，手背上爬满了一条条蚯蚓状的青筋。看着这双抚育我长大的手，我的眼泪像断了线的珍珠落了下来，声音哽咽着，再也说不出一句话来。——在我的印象中，每到冬天，母亲粗糙的手便会裂开一道道往外渗着血的口子。于是便接了男孩子的尿，用铜脸盆盛着放进火炕煨热用来洗手洗脚，然后抹上凡士林，缠上白布条。有时我不小心碰到那渗血的口子，母亲的手便会猛地颤抖一下。那是一种什么样的刻骨铭心的痛啊？我泪眼模糊地向前走了很远，回头看看，母亲依旧站在路口似乎极尽目力不舍地望着我。谁知这一别竟成了我与母亲的永别。

我心痛和无尽的内疚。为什么那时没懂得母亲望我最后一眼那饱含热泪、不舍的眼神啊！

母亲用瘦弱的脊背驮着我们兄弟姊妹度过了温暖的童年，唯独没有想过自己。尤其是在最困难的时候，她带着四个孩子，无论是与死神擦肩而过，还是命悬一线，始终镇定自若，毫无畏惧与抱怨，这使我们幼小的心灵得到呵护与慰藉。最终，我只能从内心说，母亲这一生把佛教般的爱全部留给了她的儿女。

半个世纪过去了，在我的记忆里，母亲慈祥和蔼的模样总是时时浮现在我的面前，我的心灵深处总会时时升起一股对母亲的无限眷恋和万分怀念之情。尤其是母亲最后一次看着我的眼神，那眼神，充满着难以用语言表达的万般悲悯啊！充满对儿女的期盼与鼓励！感悟那眼神，诚如在菩萨面前坦露心声一样，我始终用母亲的教诲来丈量自己，规范自己，不因善小而不为，不因恶小而为之。以仁善回报世人，以仁善化解怨愤，谦恭地面对每一个人。母亲是我心中的偶像，母亲是我心中的佛。

如今，我年过花甲，总会凝神静思：正是由于母亲坚强性格的影响和不懈的教诲，在我大半生坎坷旅途中，养成了勤奋、简朴、仁义、向上的生活作风，以至于在当今市场经济的大潮冲击下，不为金钱名利所动，信念中只有诚实、善良和对生活情趣孜孜不倦的追求。我认为只有这样，才能报答母亲的教育与恩情，才是对母亲最大的安慰！

母亲在这个世界上只生活了36年！

母亲像天上的一颗星，在儿孙生命历程中永远熠熠闪光！

我的心在那里　将会到永远

　　我的弟弟史祥，生于1941年，1957年农历7月11日去世，一回首，已50周年。

　　祥弟天资聪颖，自幼好学，大约五六岁时，就喜欢听我朗诵课文。那时，抗战刚结束，我才上小学，每晚回家，总要念一阵书。他睁着一双圆圆的眼睛，仔细地瞅着我的嘴巴，聚精会神地听着、听着，不经意，就能背诵下来了。后来上了学，凡读书，似乎可过目不忘，族人和邻居都惊异他的聪明，母亲却歔欷着，眼里闪烁着忧虑的光。因为，她多次听人说，过于聪明的孩子是要折寿的。祥弟的聪慧似乎成了母亲的一块心病……

　　真是天有不测风云啊！就在母亲去世六年之后，父亲又老年丧子。——我亲爱的祥弟，在贫病与风雨的交加中，只抗争了十六个春秋，便与世长辞了，那一天他刚过16岁生日。在过去的半个世纪中，祥弟的音容笑貌常常浮现在我的脑海里，是那样清晰，那样真切，那样使人难以忘却……

　　1951年到1952年夏，我和祥弟、小妹在三婶的陪伴下苦度时光。1952年秋，我和祥弟商量，他去学校上学，我留到生产队劳动，可到了开学的时候，他却改变了主意，坚持要我去上学。我上学去了，祥弟去了二伯父家，妹妹铁花去了三伯父家。我的小弟在母亲去世后，外祖母早已接到自己家中。从此，我的弟弟放弃上学的机会，挑起了生活的重担，走上了苦难艰辛的生活道路。我多次想，在当时那样衣食无告的环境下，弟弟做出那样的决定，真不知他幼小的心灵已达到了怎样包容善良的境界啊！其实，母亲去世后，他突然变得像个成人似的，从早到晚不停地干活，吆喝着牲口往地里送肥料，套起牲口在田间耕作，爬上高山砍柴，挑起比自己还高的水桶下河担水，一切累活全压在他稚嫩的肩膀上，却从不叫苦。这一切似乎表明，他的聪明，也显示他懂得做人的坚韧、退让、善良与包容，妈妈去世了自己就应该如此。

1953年暑假，我从学校回来去看他。正值中午，我站在二伯父大门口等着。蓦地，弟弟从对面山坡上赶着牛，扛着犁下来了，我急忙迎上去，他放下犁，拉起我的手说："哥哥，你来了!"看着弟弟原本白净的皮肤，变得黧黑憔悴，我的内心顿时五味杂陈，大脑一片空白，竟然一句话也说不出来。只是他那双眼睛中透出一束坚毅与自信，我心里有了几分安慰……

那些年，我几乎没有看见他有过笑脸，也没见他同孩子们一起尽情地玩耍，在他身上所有童年的天真烂漫与乐趣，随着母亲的去世永远消逝了，他默默地吞食着人世间的苦难，强咽着艰辛生活的苦水。每当农闲，他去70里外的县城建筑工地打工，当挣来几元钱时，便悄悄塞进我的口袋，自己却舍不得买一个二两面的大饼充饥，或买一支两角钱的钢笔写字。没有，他从来不想自己，只想着哥哥和弟弟妹妹。祥弟如同苦瓜，苦瓜和各样菜煮在一起，不会让它们变苦，不苦别人，只苦自己。说起苦瓜，我就想起他，就要落泪。

1956年秋，我离家到陇西师范上学。他用自己挣来的钱买来一块花布，给我做被褥面子。这是他送给我唯一一件让我终生念想的礼物。九月初的一天，祥弟背着我的简单行装，送我去陇西上学。头天晚上，下了一夜大雨。第二天中午，当我们走到将台河时，如泥浆的河水，哗哗地流淌着。祥弟卷起裤管，先把行李送过河去，然后不由分说背起我过河。祥弟瘦弱的身躯，颤颤悠悠，两手倒过来挽起我的腿，艰难地移动着。看到祥弟脖子上青筋突突地跳，我心里涌上一股酸楚，眼泪哗哗地流了出来，掉在他冒着热气的头上。从家里到巉口30多里路。我和祥弟说不完相互鼓励的话。我从祥弟肩上接过行李，向车站方向走去，临分手时，他一再叮嘱我，努力学习，锻炼身体。因为自从母亲去世后，弟弟知道，我接连几场大病，身体不好，不能干活。不久，我写了一封家信，请父亲设法准备我过冬的棉衣，祥弟给我的回信是这样写的：

亲爱的哥哥：

您近来身体健康吗？学习进步吗？关于您在信上说叫我问一问四爸早些想办法解决一下您的穿的问题，我问四爸说等到秋收完了以后给您想些办法，还有一件事情您在定西加洗了一张相片，由史纪常带来叫我寄在信里面带给您。最后祝您身体健康学习进步。

您的弟弟史祥

半个世纪过去了，这封信一直珍藏在书柜里。这是弟弟留给我永远的思念。

1957年春天，是一个不寻常的春天。那年的三四月间，反右斗争开始了。当我度过一个令人惶恐不安的夏天回到家里时，祥弟的病已经很重了。——其实祥弟患病时间长了，由于家庭经济困难，没有得到及时的治疗。他之所以能够忍受常人难以忍受的病痛，坚持上学，靠的就是他坚强的意志和顽强的毅力。春季开学不久，他再也无法坚持上学。六一儿童节快到了，他编写的小剧正在排练。同学们一来，他立刻挣扎着站起来指导排练。剧中有他的角色，他却指定一个同学来顶替自己……此后，同学们多次来家探望，也多次写信安慰……

父亲多次请来医生，为他治病，但终因经济困难，缺医少药，治疗未见效果。后来父亲竟讲起迷信来，求神问卦，祷告神灵，什么药方都用了，什么办法都想了。族人和邻居私下议论，说祥弟的病怕是没法治了。有一天上午，我和父亲去河西岸的白马庙，庙墙因多年风雨剥蚀，残破不堪。我和父亲和泥补墙，祈祷神灵保佑。这也是尽力挽救祥弟的生命的一种法子呀！

尽管父亲终日奔忙，求医问药，日夜操劳，可最不幸的那一天还是来了。1957年农历七月十一日中午，父亲去30里外请医生还未归来，弟弟已含怨谢世。当父亲陪着医生急急地进门，见状，怎么也不肯相信这是现实，扑上前去，双手抱起他可怜的儿子，哭唤了一个多时辰，难以舍弃啊……

记得，那天吃中午饭时，弟弟爬在炕沿上看我，似乎想要说什么。不料，我刚走出家门，就听到有人喊叫，我急忙回到家里，弟弟已在弥留之际："……把我埋在妈妈的坟茔……"看着弟弟一脸的无可奈何，我的心碎了！可我竟然哭不出声来。祥弟病重以来，凭他的智慧，他一定想到过他的后事，想到过自己最后要说的话。他知道，大人们无回天之力，自己更是无能为力。他微闭着眼睛，看着眼前的亲人，似乎在说，事情原本就这样，哥哥、妹妹、小弟，再见了（我坚信此刻祥弟的意识还是清醒的）……

我的弟弟史祥，是个聪明懂事的孩子，惹人喜爱的孩子，熟谙世事的孩子，也是最能关心大人，体谅兄弟姐妹的孩子。他在最困难的时候，把方便留给亲人，宁可自己吃苦受累，从无怨言，默默承受着生活的压力，坚强地挑起生活的重担，忍受着常人难以忍受的痛苦与病魔抗争，直至耗尽了全部心血，还深情地看着这个使他曾经充满希望的世界，看着自己的亲人，想着逝去的妈妈，去了，永远地去了。他的去世，给我留下了永远的思念，给我留下了一生的悲痛！

祥弟的去世，在族人，在邻里，在周边村民心里，都是一次巨大的震撼。那些日子，我无论走到哪里，听到最多的一句话是："人爱的天爱呀！"可我想，我更爱他，我曾在妈妈面前说，要照顾好弟妹，可我没有做到啊！我欠弟弟太多了……

祥弟走了，50年里，我时时惦念着掩埋他的那抔黄土，我的心在那里，将会到永远……

巷道口那棵老榆树

一

　　树是有灵性的。巷道口那棵老榆树，对于我就像祖先一样亲。它是我生命中关系最亲密的树，像凝结着的乡愁，像祖祖辈辈传承着的精神家园，无论走到哪，都会想起它。

　　从记事起，我家就住在关川河畔的巷道口村，离传说中女娲娘娘炼石补天、抟泥造人的七台山只有六七十里地。巷道口村有三棵老树。在出入村子的小巷与平襄大路交叉的十字路口有一棵老柳树，身躯高大，三人合抱不拢，在离地面三米高的树杈上，因雷击形成一米深的黑窟窿，有如上世纪干旱山区农民盛水用的木桶一般。儿时，一次土匪进了村，我慌忙钻进树洞躲过一劫。不知道那棵树究竟存活了多少年，只知道它是太爷的"祖上"。村西头山脚下，毁于清同治年间一场大火的豪宅遗址门前有一棵老槐树，那可是棵千年古树。我隐隐约约记得，树干半边枯空，每年春天在残存的枝上开着细小的白色花朵。老树虽然伤痕累累，苍老黝黑，但依旧昂首挺拔，犹如不屈的豪宅主人。那空洞的树干，在向过往的人们诉说那场战乱的惨烈，那一年一度的朵朵白花，似乎在为被战火夺去生命的无辜村民寄托着哀思。还有奶奶的佛堂门口与父辈同龄的一棵老榆树。奶奶一心向善，佛堂是奶奶礼佛的场所，有房屋五六间，被高大的树荫遮盖得严严实实，走近它，仿佛到了蓬莱仙境，顿时，产生灵魂升腾之感。这三棵高大的树成三足鼎立之势，鹤立鸡群一般庇护着这个不起眼的自然村落，虽然生活资源匮乏，生存空间狭窄，但由于七零八落的生活故事被三棵老树串成一支遥远无际的歌而彰显着岁月的古老和历史的悲壮。

最早的时候，这里生长有很多树，1958年大炼钢铁，赶英超美，村头巷尾的大小树木，都被投入熊熊的炉火。老榆树成为其中唯一的幸存者。这棵老榆树想必曾无数次惊诧于自己有幸逃过一场疯狂劫难，也必定目睹了特定历史年代"卫星"上天的壮观景象。从此，它像一位风烛残年、依门怅惘的老人，不到近前细究，还不知道它是一棵已存活了一百多年的绿色生命。大大小小的树木，在人们的视野中悄然消失，是湮灭于天灾、人患，还是毁灭于战乱、兵火？现在只有活着的它知道了，刻录于年轮，记载在它的内心，常常一阵风吹过，万千形态异样美丽的叶子，眉飞色舞，窸窸窣窣，纷纷向我们回顾讲述，但我们无法听懂，因为那是树独有的言辞和造句。人们老远望见它，心里不由涌起一腔敬重之情！

仰望它，思绪翩翩，会立刻勾起我温馨的童年回忆。我家祖宅仅剩下新农村旁顽固独立的一座老屋，老屋的屋檐两侧的风火墙上，偶尔发现一些闪闪亮亮的细小嫩草在阳光下泛着绿色绒毛，那老屋如沧桑老人的脸，写满了孤独、落寞和无奈。可那棵老榆树树干粗壮，褶皱的树皮纵横交错，裸露的根系疙里疙瘩，依然昂首挺立，耐住风寒，耐住寂寞。它是我眼中最美的风景，每到榆钱花飘香时，一嘟噜一嘟噜的榆钱挤挤挨挨、嫩嫩绿绿，一片一片榆钱边缘薄薄，中间鼓起，像一枚枚的铜钱。母亲说，榆钱像钱币，是"余钱"，吃了榆钱，今生今世就不愁没钱花了。我听着，赶紧爬上树去，捋些鲜嫩榆钱，放进嘴里。从记事起，每年春天到来，榆钱的醇香便弥漫开来，醉了我家老屋，也醉了我的童年。每个春意盎然的清晨，走进它，听不知名的小鸟鸣唱，抬头仰望挂满枝头的绿珍宝似的榆钱，顿时感到有一种爱，犹如烈焰，在心间燃烧……

村民们之所以对老榆树有着养育之恩一般的感情，是因为那棵老榆树，夏天撑起一片绿荫，成为联系周边村民的使者。老人们把盛满山泉水的瓦罐摆放在树荫下，热情地招呼过往行人歇息纳凉。赶集的小伙子，端起瓦罐一阵牛饮，咂咂嘴，舒坦得眼睛眯成一条线。冬天抖落一身枯枝败叶，厚厚铺了一地，会过日子的女人家，争先恐后拾掇回家，煮饭、烧火炕。在那个没电、缺煤的年代，也算是物尽其用了。特别是因为它在一个饥荒之年，从春夏为村民提供榆钱，到秋冬为村民献出树皮使全村百十口人与死亡擦肩而过。

20世纪60年代，一个戴红袖标的小青年，爬上老榆树，抡起斧子，砍它粗壮的枝干，不料却有人高声制止："砍不得！""神树，砍不得！"于是，"红袖标"溜下树，悻悻地逃走了。真应该感谢当初一声断喝的那个人。不管他是政府官员，还是有话语权的长者，不管他是生态环境保护的专家，还是在树上系上红布条，使老树枝枝丫丫、丝丝缕缕间显出几分神秘的佛家弟子，总之，老榆树终于躲过一劫，幸存下来，不能不说是一个奇迹。

如今的巷道口村，今非昔比，人们居住了成百年上千年的土坯房、崖窑洞，早已荡然无存，取而代之的是新建的四合院，还有造型别致的小洋楼，看上去错落有致，煞是风光。2015年陇中250万人民期盼了半个多世纪的引洮梦终于实现，引洮工程正式通水，为特色农业和科技推广注入活力，生产进一步发展，粮食产量大幅提高，养殖、加工各业兴旺，村民仓里有粮，兜里有钱，出行有车，过上了准城市化的生活。那棵老榆树也焕发出沉雄葳蕤的生命气象。春天到了，它枝条上吐出红褐色的芽，伸展碧绿的叶，爆出满枝墨绿的榆钱儿，在万物萌动的季节它变成了一种代食品，小伙伴们总会爬上树捋下几把放进嘴里，齿颊间就透出甜甜的清香。若是拌以玉米面蒸糕，贴饼子，就是一道令城里人羡煞的佳肴了。树叶渐渐覆盖了枝柯，遮住了天空，无垠的阳光，被密密匝匝的枝叶筛成细碎的光斑，随风摇曳，像湖面粼粼的波纹。老榆树无疑成了巷道口村的一个独特标志，过往行人向它投去敬畏的目光，客居他乡的游子从远处归来，老远望见老榆树，就知道已经到了家。

二

我是在巷道口村那棵老榆树下长大的。记事时最先知道的，是老榆树，后来在外地求学迷恋的，仍然是老榆树。特别是1957年送走二弟，我竟然抱着老榆树痛哭了一场。所以，我参加工作后，每回乡探亲，总要怀着一颗敬重之心抱抱那棵老榆树，摸摸那棵老榆树沧桑而粗糙的树皮。它不像白杨那样挺拔伟岸，也不像垂柳那样纤秀婀娜，它一身沧桑。树干沧桑，树皮沧桑，树枝上倒挂的如老人胡须般的细枝末梢沧桑，甚至连叶片也透着沧桑。也许沧桑是一种美，一种境界，一种精神，一种守望。我伫立树旁，暗自思忖，老榆树在沙砾下生根，在风霜里发芽，以瘦弱的枝条，抗击严寒侵袭，才有了今天的苍劲。我仿佛感觉到它那双穿透世纪云烟的眼神，充满了悲悯与善良，直抵我的心灵：坚信这位长者一定知晓关于巷道口村的人文故事和沧桑岁月。

我曾查阅过《巩昌府志》，其中有这样的描述：春秋时代"森林广布，遍于渭河上游并远及洮河、祖厉河流域"；秦汉时代"大山乔木，连跨数郡"，渭河以北"林茂草丰，牛马衔尾，羊群塞道"。沟通中外经济、文化的丝绸之路，联系汉藏关系的纽带"唐蕃古道"通过陇中，商业贸易十分发达。到了明代，"岷县货殖之利，唯林木最广"，"远近商贾，入山采买，自洮州、岷州、临洮直达宝鸡、咸阳"，内官营成为汉、回、藏各族人民商业贸易市场，马营成为国家著名的养马中心。陇中人民与西北少数民族茶马互市达数百年之久。可以想象，那时的巷道口村也一定是个亦农亦牧的富庶之地：天空蓝得透明，河水清得见底，高山绿得滴翠，大地鸟语花香，云蒸霞蔚，生机盎然，简直是动植物和谐生存的天堂。也许正是在那时候，我的祖太爷、太爷，率领着史氏族人，跋山涉水，披星戴月，从山西大槐树下启程，一路西行，看到这个地方依山临水，卧风向阳，土地肥沃，雨水合节，是一处绝好的生存之地，于是便落下脚来。斗移星转，光阴荏苒，张王李赵，纷至沓来，繁衍生息，和睦相处，用双手创造着人类文明。老榆树见证了巷道口村的历史变迁，记录着巷道口人的行踪。再往深处想，还一定记录下了农耕文明的社会生活图景：在人类社会的发展进程中，农耕生活是极其宝贵的一段，因为它所产生和发展的文化核心最适于人作为一种有灵性的动物在这个地球上生活、繁衍、延续。巷道口村是平静而和谐的。村民们三三两两，有的忙碌着务庄稼，有的背着柴火刚从山上归来，将之整齐地摆放在院墙一角，庭院中晒太阳的老人，用粗糙的手翻着老黄历悉数日子。不远处的寺庙里香烟袅袅，村民们每逢节庆，对天敬祈，期盼风调雨顺，事事平安。男女老少相见一笑，万种情怀，尽在不言中。我想巷道口那棵老榆树一圈圈的年轮，是一条深不可测的时空隧道，储存着深不可测的时光，年轮的波纹留下了时间清晰的印痕，在树的内心，像大脑的回沟，存储着年景、旱涝、温湿、声音、气味，以及风和人间的故事。因此，在其年轮倒转八十圈的地方，一定可以找到我两岁的哥哥和刚刚出生的我的影像，找到年轻的父亲，以及跟我如今一般年龄的爷爷。我家祖孙三代几十口人同它一起呼吸着这片沃野的空气，享受着这片蓝天的阳光，吮吸着这片土地的水分和营养，接受着它的荫蔽，从来没有离开它的注目和护佑。

　　事物的源头充满神秘和诱惑。陇中近代以来"苦瘠甲于天下"，曾发生过许多鲜为人知的故事。老一辈对躲避兵灾和逃荒要饭的辛酸经历至今记忆犹新。这些故事，必然记录在老榆树的记忆库中："民国十八年饥荒。上年甘肃全省大旱，本年夏收前，树皮、草根、麸皮、油渣均被食尽。"那一年，外祖父率领着外祖母及其岳父、岳母和我13岁的母亲，还有亲房邻居，一行12人，肩挑破烂，身背破烂，从巷道口起程，一路南下，风餐露宿，行300余里，到达渭源县城上集，落下脚来，拾荒度日。我敬佩外祖父骨子里那种固有的倔强和挣脱苦难的性格。老榆树也一定镌刻着1931年"九一八事变"，1936年红军北上，1937年全面抗战，1949年中华人民共和国诞生等历史性画卷。

　　1973年周总理看过反映定西人民生产、生活状况的纪录片后，立即委派由中央14个部委组成的工作组，赴定西救灾慰问，并叮嘱尽快改变贫穷面貌！改革开放以来，党和国家领导人胡耀邦、江泽民、胡锦涛、习近平先后踏上定西大地，同广大人民群众共同谋划发展。弹指一挥间，三十年过去，巷道口人的日子一天天好起来。对此，老榆树的记忆库中一定有着浓墨重彩的记录！

　　……

三

　　记得儿时，每年春天，父亲便带着我在房前屋后种树。一次父亲指着一棵老榆树意味深长地说，树是人生的见证者，一个人从跌撞的蒙童，攀爬的少年，到有为的青年，成功的壮年，直到拄杖的耄耋……它会像亲人一样陪伴着你。不久母亲走了，后来父亲也走了。我终于像父亲说的那样，独自面对人生中最艰难的一段时光。我的外祖父对树更有着独到的见解，他告诉我，树为人而生，为人而活，为人而亡，饥荒之年，都是树先枯，人后亡，因为果腹的最后一样东西，是树皮。人只要熬到春天，就不会饿死，这时候，树抽芽，野菜生……

"峣峣者易缺，皎皎者易污"。巷道口那棵老榆树打从落地生根，既不张扬，也不傲物，一心一意向天空扩展着枝干，向地下延伸着根须，向村民提供着花朵果实。它品行高洁，性情刚直，为了能在与周遭扭曲的世界相互妥协中生存下去，它遵循自然的要求，不断做出相应的调整。故而，我坚信，它会永远活得枝繁叶茂，永远记录巷道口村民和史氏一族的平凡故事和辉煌业绩。

人必有根，宅必有树。在人落地生根之前，树的根就在大地上。村庄还没有形成，树就在村庄里。所以，几千年来，凡居家，必在一棵身躯伟岸的大树下；凡村口，必有一棵神采奕奕的老树。无荫不成庐，无林不成族，就是这个道理。即使再穷的人家，凭靠祖宗栽的树，也能撑起一片荫凉。史氏宗族之先祖，系何年何地迁徙于此，已难以准确考证，亦无必要，或为生计，或系商旅，抑或戍边。但那棵老榆树是史氏祖祖辈辈赋予子嗣最简朴、最根深蒂固的遗产。它代表着一支史氏族人的"祖"的符号，传递亲情，承载光阴与家世；耐劳长命，伴着年轮的涟漪和皱肤，像高寿的家族长老，俯看儿孙绕膝。我的三伯父茶余饭后，看到孩子们在院子里玩得高兴，便憨憨地说："问我祖先何处来，山西洪洞大槐树。"一言以蔽之，树是"家舍"的象征，是地方的参照物，它比屋大，比人长久。树和人比起来，人的生命脆弱得不堪一击。表面上强大的人，没有办法抵御时间和病痛，人从咿呀学语到终老一生，顶多就是一棵老树的年轮，有很多人还没等一棵树长些许年轮就画上了句号。人生一世，来去匆匆。离家时，最后一眼看到的是树，返乡时，最先看到的还是树。我多年在外奔波，时时眷恋家乡，对此，感受再深刻不过了。

每一个人都应该有一棵关系亲密的树，因为"家"绝不能失去树荫的庇护！为此，我要为老榆树祈祷，祈祷老榆树枝干交抱，绿荫匝地，子孙满堂，与世长存。

　　附记：点上文章的最后一个标点，我忽然想到，浓重的家族观念，深厚的家乡情缘和强烈的爱国情怀是融合一体的。这便是为何近百年来，从祖国大陆走出去的华侨常常捐资给家乡和祖国的原因。中国传统文化里的家国情怀，在这片神圣的土地上将代代传承！

根的品格

有人喜爱花，它芬芳、艳丽；有人钟情叶，它潇洒、典雅；有人羡慕果，它丰厚、质朴。而我，却深深崇敬植于泥土怀抱中的根，因为它博爱无私，坚韧不拔，百折不挠，求索向前，埋姓、埋名、埋头在地下用功夫，支撑着地面上永远见不到的锦绣与烂漫而无怨无悔。

《辞海》诠释根的关键词是：根，植物吸收养分和赖以固定的器官，担负着从土壤中吸收供植物生理活动需要的水分和无机盐的职能。根是整个植物生存的基础……毫无疑问，没有根的辛劳，植物就不可能发芽、生长、开花、结果。

纵观根的一生，是为大自然的绚丽多姿默默奉献的一生。为了整个植株在地面上的生机勃发，它匍匐着修长的身躯，在黄沙土丘下，在岩壁缝隙中，无惧生存条件的艰难，上下盘缠，纵横交错，顽强地掘进奋斗，永不停歇地拓展着自己生活的疆域。据植物学家研究表明，植物整个根系凭借它敏锐的分辨能力从土壤中吸收养分，源源不断地供给整个植株，目标只有一个，就是为了整体的繁荣和发展。君不见，西北高原的秋天，千姿百态、五颜六色的菊花，不畏严寒，傲霜怒放，散发着缕缕沁人心脾的清香，直到完成它作为花的使命为止。它那凌霜绽放的丰姿，不就彰显着中华民族不屈不挠的精神吗！它那坚韧伟岸的性格，不就象征着我们民族的尊严与骨气吗！但须知，地面让人点赞的多姿多彩是地下的根为其付出了巨大力量和无私无畏的牺牲啊！

色彩鲜艳的花，生机勃勃的叶，装点大地，自是风流；香甜可口的果实，供人们尽情享用，煞是得意。只有根永久扎伏泥土里，从不居功自傲，从不邀功请赏，在深深的土层中吮吸着大地的营养，哺育着花、叶、果的成长。这就是根的心愿，这就是根的品质！

根为奉献人类，实现自身价值，攻坚奋进，永不停止。只要是有土石的地方，就有根的存在。哪怕是在酸碱过度的土壤中也不怕被灼伤，在积水湿地中不怕被泡朽，在干涸的旷漠中不怕被晒干。无论环境多么严酷，整个根系，都在地下永不停歇地探索着，无所畏惧地向四周更深更远的地方扎下去，不知有多少根须在探索中献身，为着地面的花叶、果实竭力搜寻输送需要的营养……

据植物学家研究，一株黑麦有1400万条小根，总长623公里，小根上长满了根毛，约有150亿条，加起来有10600公里。苜蓿的根长12米，骆驼刺15米，在非洲有一种叫巴蒲的树，根长达30米。人们可知道，根每前进一厘米，要付出多少劳动，战胜多少艰难险阻啊！

瞩望遥远到1亿3千万年前的春夏秋冬，胡杨老祖的根茎已经有能力穿透20米以上虚软漂移的流沙，植根于地层深处，以寻找沙层下生存的泥土和水源。胡杨的根，练就了从深深的沙土中吸取和贮运水分的能力，以撑起一片生命的绿为自己神圣的使命。君不见，数千万亩的根哺育着数千万亩的胡杨林，与沙漠对峙，承载着西域三十六国繁荣昌盛的绿色使命……走近胡杨，你会发现其嫩枝上，有密生的、紫红的披针形的花，长长的椭圆形的稀疏的果，以及片片叶子都是纯粹的绿，只要沙漠仍然是沙漠，它会永不休止地伸出无声的手臂，竭力供养绿叶再生。胡杨树的根对生命意义的不懈追求，是对风沙肆虐、夜色垂涎的苦难的抗拒和反击，是独立、坚强和永不退缩、矢志不渝的坚守。它是深刻地诠释着一个树种"生下来千年不死，死后千年不倒，倒下去千年不朽"的宗教般的信仰！——阅读胡杨树根的生命历程，不禁使人想起人类修炼《金刚经》的金刚心！

这就是胡杨精神。胡杨精神正是中华民族居安思危、自强不息的精神！

如果你曾经生活在大西北，或是到过西北荒漠，你就会知晓，沙枣树是西北大地上极不起眼却生命力无与伦比的固沙植物。它无意于土地的肥沃与瘠薄，更不追逐锦绣闻达的生存环境，只是把根深深地扎进坚硬的戈壁沙滩，在根的支撑下，以惊人的毅力用自己的躯体直面干旱的九蒸九晒，抗击风沙的千难万磨；以坚硬的枝干编织一道道树墙，遮护人们居住的庄院和地里的庄稼；以博爱的心胸为单调、干涸的黄边大漠生存的众生绽放希望的花香，奉献微酸微甜的沙枣果儿。你再瞧，沙漠边缘的戈壁上生长着一种名叫"苦苦草"的小草，也叫沙打旺。它的根在与干涸环境的抗争中，即使株干旱死了，根却仍然在干涸到极限的戈壁中活着，只要老天爷落一场透雨，它就会迅速蓬勃起来，诚信地为人类奉献沙米——一种奇特的营养食物。就秉性而言，扎根戈壁荒漠的沙打旺酷似创业人的性格，丰富着我们民族"富贵不能淫、贫贱不能移、威武不能屈"的正气内涵，是炎黄子孙的传统美德。说到此，我们不会忘记郑板桥对生长在石崖中的竹子的赞美词："咬定青山不放松，立根原在破岩中，千磨万击还坚劲，任尔东西南北风。"——无论沙打旺，无论沙枣树，无论竹子的品格，尽管它们因时因地表现各异，但其根的品格总是一脉相承——意志何其坚强，功劳何其伟大！

夏去秋来，花叶凋零，寒冬一到，更是一片枯黄。唯有忠诚无畏的根，仍在封冻的泥土中蓄积着新的能量，以迎接一元复始，万物萌动的春天的到来，向大自然无私馈赠七彩绚丽的花朵，鲜嫩滴翠的叶片，甘甜饱满的果实，年年如此，岁岁如是。

思念着根的走向，我的思绪又回到了故乡，回到了母亲的怀抱。因为根在，满山遍野的山花璀璨烂漫，把故乡的干山枯岭装扮得生机盎然，四季分明。顿时，那渗透泥土的花香草香，朝着我的心湖潺潺而来。

心远梦远，穿越时空，让我感受到了岁月的余温，想起了儿时的甜蜜时光。母亲用心血抚育我长大，培养我刻苦读书，诚实耕田，早晚向礼佛的祖母问安的往事历历如在眼前……

母亲是集责任于一身的严格教育者。她以安静、潜移默化、充满温暖的方式，培植我像一棵小树般根扎泥土，守信正直，身心健康地长大成人。在求生、求学、观世界的路上，母亲盼望着的这棵小"树"，抗击病苦，穿越风雨如磐，终如期开花，如期结果，长得郁郁葱葱！

是母亲给了我营养，给了我勇气，给了我智慧……她把根的传奇在我的生命历程中从牙牙学语续写到如今……

（入选作家出版社出版《中国散文大系·旅游卷》）

寻访渭水源

　　西部翰墨客，结伴渭源游。乙未年春，天高气爽，风和日丽。西部散文学会和甘肃作协的文友，乘车沿着渭河风情线陇渭高速西行，不到半个小时车程，便进入渭源地界。老远望见影影绰绰、连绵起伏的群山为渭水源头拉开了一道锦绣画屏。这个10平方公里的5A级国家森林公园，在古城渭源西南悄然耸起，山势奇险，峰峦叠嶂，怪石嶙峋，林木森森。最著名的是鸟鼠山和首阳山，有丰富的文化遗存，流传着美丽的历史传说，堪称一部无字天书，昭示人们在这片沧海桑田的悠悠古韵里读解无常韵律的真谛。时近中午，我们来到了景区新建的大禹庙山门前，一幅高山流水风景画映入眼帘。遥望巅峰，直插云霄，紫气萦绕，不辨尊容。近观眼前，黄花遍地，红果满枝，溪水潺潺，诱人沉醉。进入山门，屋宇轩昂。穿越幢幢殿堂，静谧肃然，顿生灵魂升腾之感。在两米宽的登山步道上缓缓前行，只听得游客啧啧称奇，抬头见悬崖绝壁处，依山势镌刻着"大禹导渭"四颗红色大字熠熠生辉，字体拙中藏佼，柔中见刚，是清陕甘总督左宗棠书法集字，读来意味深长，玄机可悟。同行的青年诗人[1]，激情难抑，赋诗点赞，引起一阵掌声：

> 佳节同游渭水源，
>
> 山中飞瀑响流泉。
>
> 松林深处藏奇景，
>
> 大禹功成一线天。

　　一首《游渭水源》七言绝句逼真地描绘出了大禹导渭的奇特景观。峭

---

　　[1]何强，中华诗词学会会员，获第四届"诗词中国"传统诗词大赛一等奖。著有《三省斋吟钞》。

壁巉岩，一线天开，清流飞瀑，水势急湍，疑似为疏浚水路而劈。"一线天"，是大禹的鬼斧神工抑或宇宙魔术大师在天上地下挥洒出来的浓墨重彩，对我的震撼太强烈了。它所展示出来的人与大自然的完美融合，人的精神世界的旷世璀璨，足以让我沉醉三年。

《尚书·禹贡》中有"导渭自鸟鼠同穴处"的记载。《史记·集解》引孔安国注："鸟鼠共为雌雄，同穴处此山，遂名山曰鸟鼠。"《山海经》《水经注》都有"鸟鼠同穴之山，渭水出焉"的记载。《渭源县志》说"鸟鼠同穴之山"，有遗鞭泉。传说李世民西征途经此地，不慎将马鞭落入泉中，后来这条鞭子顺流而下，漂流到长安城北的渭河边被人捡起。闻名遐迩的鸟鼠山宛如一条巨龙，昂首起伏，自西向东蜿蜒而来。一座座高山，拔地而起，雄伟巍峨，拱围鸟鼠山，千姿百态，峥嵘万状，真是一派"名山矗立万千年，详注水经代代传"的宏伟景象。我国著名历史学家顾颉刚曾于1937年专程赴鸟鼠山进行考察，写下一副对联："疑问鼠山名，试为答案岐千古；长流渭川水，溯到源头只一盂。"这是说鸟鼠山南侧的"品字泉"是渭水源头无疑。显而易见，大禹导渭的传说，绝不是空穴来风，而是有缘由的。

历代人民为了纪念大禹导渭的功绩，曾在"品字泉"旁建造禹王庙。千余年来，经风雨冲刷，庙宇摇摇欲坠，但文人墨客追本溯源之风延续至今。据史料记载，禹王庙始建于周朝，历经秦汉，多次扩建，规模宏大，气势不凡。庙中有一石碑，传说为大禹后裔所立，字体峋嵝，人称"峋嵝碑"。唐宋以来直至民国，多次重建，多次被毁，但大禹治水"三过家门而不入"的故事，感天动地，口耳相传，成为渭水源头人的一种精神寄托，至今刻印在人们心中。新建的大禹庙，较之禹王庙，其建筑风格确是别有一番风味。游客们穿梭于树林花草之中，抚琴赋诗于亭台阁楼之上，偶见翘起一方屋角，皆是仿古建筑，高低错落，虚实结合，倒也给这一胜景平添了时代气息。游客们在新与旧的对比中观赏形态万千的人文自然景观，感悟大千世界的人生真谛，赏心悦目，十分惬意。

在"大禹导渭"不远的斜坡上有一小亭，游人如织，赞叹之声不绝于耳，寻声望去，看到一女孩牵着奶奶的手，一男孩牵领着爷爷，满脸汗珠，气喘吁吁地沿着石头台阶向上攀登，心情格外激动，又见原《定西报》编辑山泉正搀扶着他的老母沿四十度步行道一步一步走来，眷眷孝心，日月可鉴。我即兴口占一首赠他：

> 清明一字雁北归，
> 携母郊游又一回。
> 过路仁君凝目处，
> 动情寸草报春晖。

我伫立路旁，忽然想起，历史上清明节，曾经与寒食节，和更为古老的三月三上巳节，前后连绵为一个探访春天的节日季。踏青与祭祖，都是中国人心中的念想，在中国人心中，是一种守候、是一种徘徊、是一种牵挂。故而清明节是一个令人缠绵悱恻的时节，是一个有着淡淡忧愁的时节，也是一个令人多思的时节。这一天，它像一个容纳百川的君王，山川万物各领风骚，一个无比生机活泼而又清明的世界展现在世人面前……

一路向上攀登，穿过洞穴，豁然开朗：山势渐缓，溪水淙淙，野草疯长，奇花争艳，蜂飞蝶舞，翠鸟争鸣。极目远望，青烟袅袅，细雨如丝，似是人间仙境，顿时使人忘却尘世烦恼……

二

览胜"一线天"，乘兴谒首阳。一位同行的当地村民自告奋勇当起义务导游。说起首阳山的历史掌故，著名景点，滔滔不绝，如数家珍。看得出，他为家乡有此名山而感到自豪。一阵工夫，来到首阳山脚下，抬头望去，红日洒下一片金辉，微风徐吹，烟雾蒸腾，揭开了首阳山神秘的面纱，主峰像一位盘腿端坐的慈母，显露出挺拔俊秀的身姿。最先映入眼帘的是坐落在三面环山平台上的伯夷叔齐墓冢。墓前一座石碑，正中为左文襄公篆书"百世之师"和楷书"商逸民伯夷叔齐之墓"碑文，碑坊门砖上是陇西书法家王霖手书的对联："满山白薇，味压珍馐鱼肉；两堆黄土，光高日月星辰。"顶端匾额是"高山仰止"。肃穆而高雅，尊贵而寂寞。现存碑坊系1934年重修。墓后是唐贞观年间修建、清同治十五年重修的清圣祠，尚存正殿厢房，殿前碑石林立，皆系清光绪年间所立。此刻我想，人们拜谒双冢，是寄寓着某种精神。华夏文明从口耳相传的远古时期开始，许许多多的志士仁人，秉承坚韧不拔、舍身成仁的大仁大义精神，维护社会秩序或社会制度。这种精神在推动人类文明的进程中发挥着不可替代的作用。清圣祠前，人头攒动，青年诗人正吟诵他的即兴之作：

采薇而食首阳山，

抱节持忠万古传。

翠柏参天伴双冢，

顽廉懦立效名贤。

品味着历代文人雅士所撰之联语、诗词，我心潮起伏，百感交集，不可遏止。特别是青年诗人的一首七言绝句使游客们的悠悠情思从远古回到现实中来，动情地回味着这份韵味悠长的精神快餐。来到园区女墙前，见三五村民正在建筑工地施工，一位管理人员邀我走进游客接待处，品茗聊天。我对首阳山有了进一步的认识和理解。

首阳山出自昆仑，沿岷山蜿蜒东来，因居群山之首，阳光先照而得名。相传公元前11世纪孤竹国（今河北省庐龙县）君的两个儿子伯夷叔齐相让嗣君，相偕至周，闻武王伐纣，叩马谏阻，因武王拒谏，遂愤而不食周粟，西行至首阳山，采薇而食，后饿死。首阳山由此成为陇右名山。秦汉在此建首阳县。登上山顶，举目远望，群峰突兀，环抱相依，四野开阔，偶露峥嵘。中间五峰，形似莲花。正像清代甘肃临洮诗人吴镇所描绘的那样："孤鹤泪烟海，遥投仙客家。五峰云散尽，涌出碧莲花。"首阳山由形状独特的11座山峰组成，有殿宇200余处，散布于群山沟壑之中。自古以来，凡过往官员、文人墨客总要在此歇脚，探幽怀古，游览名胜。相传东汉捕虏将军马武西征西羌时曾屯兵于此。元朝巩昌便宜都总帅陇右王汪世显，明万历年间户部主事杨恩，清陕甘总督左宗棠，还有诗人胡缵宗、牛树梅等，曾留下诗词文章。半山腰有一小亭，造型精巧别致，因风雨剥蚀，周身沧桑，透彻悲凉与冷清，但这却是这座古祠中最炫亮最耀眼的地方，比之那些牵强附会的摩登古迹，张冠李戴的舶来之物，要厚重文明得多。我曾经读过一篇关于渭河溯源的文章，说"黄河是中华民族的摇篮，渭河是黄河最大的支流，为摇篮中之襁褓"，"登首阳山之巅可尽览黄河如带的醉人景色”云云。于是，我想，黄河远在几百里之外，且有重重高山遮挡，可想而不可及。但我相信，站在首阳山顶，一定能够欣赏宏伟壮观的景区之美，从东到西，了无际涯的是层层叠叠的高楼，造型别致的民居。到了晚上，满眼火树银花，萤蠕蚁动，真是人间天堂。

阳光散淡，光影浮动，眼前景物，意趣可掬，恍惚而柔曼，确有令人怀古追远的气质。于是，我忽然想起1985年夏天，陪同美国密根大学教授张春树先生拜谒首阳山双冢时，他写的一首诗：

改朝换代自古有，
首阳山路绝处游。
清义称圣徒两冢，
世事何处有回头。

是啊，站在历史的角度，回望五千年文明史，令人心驰神往的渭水源头，它记忆着文化，承载着乡愁，哪怕是一草一木，一砖一瓦，一栋建筑，一个传说，一段历史，一种眷念，在历史的洪流中变得更加立体而鲜明，即使改朝换代、世事回头也罢！

我安静地坐在这个飞檐翘角的亭子里，因为思绪的空间感凝固，时间仿佛静止。我心里想，我与时光一起坐在这个色泽已斑驳且弥漫着旧时气息的凉亭里打盹或者佯憩，眼前是亘古沧桑的风物，感知的却是历史的深幽与绵长，这种沧桑似乎灼伤了我的双眼，刺痛了我的灵魂。

品味着古时与现代相融的美，一首小诗随着感情激流从心底款款流出：

别渭三载思悠悠，
又去源头品自愁。
我羡千秋神仙地，
青山绿水拥翠楼。

三

汽车在斜阳余晖里奔驰，我贪婪地看着车窗外闪过的景色，捕捉熟悉的气息。山脊上的村庄少了千脚落地的茅草房，多了瓦房、间杂着水泥楼房，白墙在阳光下显眼，电视接收锅盖抢目。公路旁停放着摩托、车辆，让人不难想象乡村公路上各种交通工具有多繁忙。瞬间，见远山隐隐约约的轮廓里，星星点点闪烁着几束瘦弱的微光，似乎从地平线冉冉升起，向着最高处延伸，和天上的星星遥相呼应。我心想，那是攀登老君山步道上的路灯。在山的最高处，闪耀着一簇簇瑰丽无比的灯火，像竞相怒放的繁花。那是老君庙。忽然间，西北角窜出一片灯的海洋。啊，古城渭源到了！

沧海桑田，如今一切都那么美好！你看，那如同白昼的广场，那五彩缤纷的灯楼，那奔驰流动的灯线，那若明若暗的灯角……都在那么忙碌地跳跃着、闪烁着、灿烂着、诡秘着，千姿百态，气象万千。我掏出手机，想把霸陵桥的影像留存下来。可忽然心里一阵酸楚。这个承载着我思念的温度和情结的古建筑是这个城市凝固的相册，每一页都记录着游子的乡愁。一旦有一日被拆毁（也许我是杞人忧天），我们的情感，会不会像一只迷途荒野的小鸟，找不到可以栖落的枝头？

始建于明洪武年间的霸陵桥是一座造型古朴典雅，浑然厚重的仿古悬臂拱式桥。长40米，宽5米，高15米，底部逐步递级，飞挑凌空。顶部为飞檐式廊房，四角飞翘，砌脊瓦兽，桥身拱起，桥体宛如长虹卧波，倒影悠悠，水禽相戏，野趣天成，素有"渭水长虹"之称，具有独特的民族风格和较高的艺术价值。清陕甘总督左宗棠驻节安定，曾题写了"南谷流长"匾额，爱国将领杨虎城及民国政要都曾题写过对联、匾额，撰写过诗词、文章。由此，霸陵桥一直以来，为陇右著名文化景观，今日之爱国主义教育基地。

我伫立桥头许久许久……

　　　　春风情脉脉，
　　　　碧水韵滔滔。
　　　　幽谷如虹卧，
　　　　清流比泽膏。

青年诗人笔下之霸陵桥如一幅山水画那样美，使我颇多感慨！倏忽间，思绪穿越时空隧道，飞向一个无法想象的空间，一个更大的图像世界飘然而至，顿时周身的血液在涌动，真切地感受到思乡是一种难以抵制的诱惑，是一种人类共有的、最美丽的人生情结，已成为民族文化、民族精神的重要元素。它——无时无刻唤起人们真实的记忆。

　　想着想着，激情难抑，便也写下一首诗，算作寻访渭水源的感受吧！

谷静人稀暮噪鸦，
踏青忘归夕阳斜。
轻车过渭情思涌，
隔岸灯火是吾家。

绿的浅唱

2011年农历辛卯年五月十七日是岷县二郎山花儿会。"走进岷州暨中国西部散文学会第三届年会作家采风活动"在这里举行。狼渡滩一望无垠的草原，腊子口峭壁巉岩的松林，二郎山重重叠叠的碧树以及洮河两岸的片片草坡，展现着岷州大地风味独特的自然风光——满目是厚重的绿，黏稠的绿，金属一样瓷实的绿。仿佛绿色浇筑了层层叠叠的群山梁峁，鸟儿的啁啾是绿的，羊儿的欢腾是绿的，甚至从远处吹来的风也是绿的，浓雾飘来劈头盖脸的水珠更是绿的。伸出手，似乎就能攥住满把的绿，张开双臂像投入绿的浴场——一言以蔽之——绿——绿的色彩，绿的气息，绿的韵味，如同泼墨一般的苍茫的绿，简直要把我整个的身心都染成了绿。野芍药虽已呼啦啦开过，但是更多的花正在这绿的海洋里次第开放。开淡黄色小花的是黄芪，叶子长圆形，毛茸茸的，看着可爱；开黄褐色小花的是党参，叶片细长，最惹人怜；开小白花的是当归，伞形花序，有许多细根，整体有特殊香气；还有红芪……这是岷州药材"四绝"！啊，这岷州的绿，确实迷人，各般形态，种种斑斓，巨大的湛蓝天幕，云彩飘浮，无边的山峦草滩，牛羊成群，大地静默，万物呈祥，阳光金子般的灼热……我不禁要为这绿说一番心里话。

花朵的事业是美丽的，果实的事业是尊贵的，绿叶的事业是默默低垂着的绿荫织成的梦。

我挚爱花，红的、白的、黄的、紫的，但对绿叶有着更特殊的感情。在我童年无数美好的记忆里，总少不了一片片清新的绿叶。

有人说，绿色属于青年，然而，年过花甲，我更加钟情绿色。因为我出生在一个没有绿的季节，成长在一个缺少绿而需要播种绿的年代。

　　绿是神秘的梦。孩提时，我常常跑到我家后院的小园子里，小心翼翼地搬起有点松动的石头和瓦片，扒开龟裂的土块，细心地搜寻绿的萌动，和煦的春风帮我拽出又白又嫩的小芽，鲜亮、纤细、青翠、嫩绿，仿佛用手一摸就会溢出水来。我担心这样的绿不能长成永久的绿荫，装点自然，令我欣赏。因此，我在10岁那年，便在家门口巷道拐弯处，栽上一棵筷子一般粗细、一米多高的小榆树，目的是为了实现自己绿色的梦。

　　"绿树阴浓夏日长，楼台倒影入池塘。"默默低垂的绿荫，撑起一片清凉怡人的小气候，伴我成长。清晨，我在村口锻炼心智，呼吸一口绿的空气觉得馨香满腹，心旷神怡；傍晚，我在树下惬意小憩，占有一片绿的庇荫，蓦然悠见南山，荣辱皆忘。大地原本是绿的世界。这绿的色彩，一直伴我走过少年的时光。十八岁那年，我生命的麦穗已经成熟，刚想把成熟的金黄献给大地，来年再播种大片的绿，然而，事与愿违，命运却将我抛甩到高楼林立的城市经受坚硬的洗礼。我怀着极低的情绪告别了小榆树……从此以后，我循着时间的隧道，潜入上古的原始森林。在那里我听到了绿，看到了绿，闻到了森林积淀得化解不开的浓绿的气息。那浓绿的气息，是永远神秘的梦啊！六十年过去了。今天，那棵在缺少绿的地方艰难生长的榆树，经历幼年、青年，再到壮年，已长成一棵令全体村民敬仰的神树，高高耸立，撑起了一片巨大的绿荫，我却在沧桑巨变中由一个顽童变成了老人。

　　绿是奇妙的谜。绿常常从我的双眸注视下悄然而去，可是装在我心里的绿是永远不落的。因为，我生来有缘和书结伴，书是绿的憧憬。我先上小学、中学、大学，随后，当教师、干部、报纸编辑，始终嗜书如命，把绿栽在格子里。绿的希望在一天天回归，爬满绿的稿纸始终是我至亲至爱的芳草地，真是惬意极了，满眼一片绿色！

　　但是，绿的播种是艰难的。每当夜深人静，在灯光照射下，一个小格栽一棵秧苗，一寸耕耘完成一分追求——密密麻麻的格子长成繁繁茂茂的绿叶。这期间，老师、同学、同事、朋友，时时在鞭策我，督促我不懈追求。绿叶是我亲密的伙伴，难以想象，如果哪一天忽然看不见绿的倩影，只剩下灰色的高楼、街道，灰蒙蒙天幕下穿梭的车辆，拥挤的人群，一定会使我的心灵突然荒芜。

"云闲望出岫，叶落喜归根。"绿叶长在树枝上，不停地进行光合作用，为花朵果实供给养分，枯萎凋落就埋在地下，化作春泥，为来年蓄力。绿是生命，绿要诞生。严冬过去，春天来临，大地在躁动中褪去身上的枯黄，绿冲破沉重的硬壳，从灰色的褶皱里钻出来，露出尖尖嫩嫩的小芽，开始抗击风沙，磨砺自己，实现自己的价值。我珍惜这绿的不屈不挠和坚韧顽强，我希望绿色永驻。不管是严冬，不管是酷暑，绿能静静地守候在身边，如遇到烦恼，她会颔首致意，眉目传情，浸润我灰颓的心灵；如遇上麻烦，在我困顿之时，她就会仰起笑脸：留点儿激情和梦想吧！这不仅是绿的献身意识，更重要的是，在昭示人们：不要只忙着乘凉！而要去点绿、种绿、引绿、栽绿！让没有绿色的地方成为绿的海洋。

河岸边星星似的野菊花，山坡上鲜红的打碗花，山坳深处俊俏的鸡冠花，还有漫山遍野无名的小黄花，他们稀稀疏疏地点缀在草丛中。如果你俯下身来细看，这无名的小黄花分为四瓣，几根花蕊细小的犹如发丝一样。如果你采撷一朵，用鼻子嗅一嗅，这野花竟散发出缕缕芳香。看来，这种绿虽然纤弱的可怜，这贫瘠的山岗却是它们的世界。在这里，它们经受风吹日晒、雨淋霜杀的考验，忍受着鼠类的践踏和鸟雀的蹂躏，凭着顽强的生命力，它繁衍生息，世代相传，延续着绿，假若没了大地的一片绿织成的绿的海洋，那些花会是什么样子的呢？

"浓绿万枝红一点，动人春色不须多。"红花还需绿叶陪衬，没有绿叶色彩的衬托，红花的娇艳亮丽就会大大失色。绿能激扬生命，苏醒万物。我常想，正因为如此，世界，因为有了绿而成熟；世界，因为有了绿而年轻。然而，世间还有人砍伐绿、摧残绿、烧毁绿，这种破坏人类福祉，摧毁文明的行为难道不应该停止吗？

大家都拿起这绿的笔来，赋诗作画，再造祖国秀美山川，让天更蓝，水更清，地更绿吧！

（入选作家出版社出版《中国散文大系·抒情卷》）

故乡组曲(五章)

　　故乡是一个人的根。他不仅是一个地理上的概念，也是一种精神上的依恋。

——题记

官　道

　　古村那条大路，我的爷爷辈一直到父辈都叫它官道，自古以来，它是连接通西、定西、安西、平西，直至黄河岸边八九座古城的一条大路。在那条大路上，曾发生过许多战事和历史事件。明洪武三年（1370年）三月，元明最后一仗，就发生在定西、安西、平西附近的沈儿峪。这一仗彻底摧毁了元朝在甘肃的势力，使刚刚建立起来的明王朝政权得以巩固。如今，那条承载着一千多年厚重历史的官道消失了。我记得人民公社生产队曾把那条土路变成了"沙石路"，改革开放"村村通"变成了平坦的"马路"，前几年新农村建设又变成了现代化的"柏油路"。虽然车行没有了颠簸，也不见了车辙，更告别了雨后的泥泞，但是，这分明让人看到古村在建设中日复一日的萎缩，大路在"新与旧"的反复交替中消失，心里不免产生一种无奈与惆怅之感。因为从那条大路我走进了原来陌生的日子，来来往往奔走了半个世纪，品尝过酸甜苦辣，也记得寒来暑往，同时也感知着那条官道点点滴滴的变化，偶尔还会想起寒冬时它青灰色的路面上皲裂的纹路，和炎夏经过多日细雨褥湿的那份柔软。令我至今难忘的是，一次土匪进了村，来不及逃走，慌乱中我和一个堂哥爬上官道十字路口的老柳树，钻进树杈上的树洞，才躲过一劫。

　　在过去的年代，行走在那条大路上，往往可以看到村口那棵历经近百年风霜的老榆树，老榆树躯干虽已斑痕累累，但却依然枝叶繁茂，鸟儿们在树杈上筑巢，野蜜蜂在树的最高处营造蜂巢酿蜜。老榆树下的青石板上，常常坐着年轻女人，她们一边说着各自的男人在县城赶集时听到见到的新闻趣事，一边飞针走线地做着各自的针线活儿，还可以看到家家户户屋顶上升腾着袅袅炊烟，一股古村特有的乡土气息向你扑来，暖烘烘的、甜丝丝的。过路的人们打这些人家门前经过，时不时还有老爷爷和老奶奶或打个招呼，或进屋煮一杯香喷喷的"罐罐茶"，端一盘脆酥酥的"破草帽"，你临走把从城里带来的水果糖什么的，抓一把给他们的孙子，乐得老爷爷老奶奶脸上像绽开了一朵牡丹花。

我常想，路是缔结村庄的藤蔓。一个村庄的盛衰，一个村庄的大小，一个村庄是古老还是年轻，你看看道路就明白了。道路镌刻着村庄变迁的历史。人生下来，总要走在路上，古村里的人也是这样。他们有的沿着越走越宽的大路走向远远他乡，有的肩扛锄镐从村巷踅向杂草丛生的田间小路，或腰插镰刀沿着羊肠小道去高山砍柴，或踩着湿漉漉的泥路去河湾、去老井。

现在，那条官道消失了，原来的土坯房变成了庄稼地，甚至道旁有些人家也不见了。我先前的邻居，姓高，那户人家没了。老人们西去了，后人听说出了车祸，他家的那孔窑，无人居住，年久失修坍塌了，那户人家连同那条大路一起从地球上永远消失了。

地上本没有路，走的人多了就成了路。崎岖的、平坦的、宽阔的、狭窄的，只有不畏艰险，一步一步走下去，才会走出来一条路的。

啊，永远留在我记忆里的古村的"官道"！

石　桥

古村那座桥，是20世纪三四十年代方圆几十里的一道亮丽的景致。那是一座钢筋水泥桥，桥长20米，宽10米，高2米，6个厚重的菱形桥墩，深深扎进河底，支撑坚固的桥体，看上去稳重牢靠，走着心里踏实自在。那座桥坐落在古村东十二三公里的河道上，它是古村连接东西的交通枢纽，一年四季，驮着青盐、土硷的驮队，贩运粮食的脚户、脚夫，载着百货的胶轮马车，以及肩挑两只竹箱的货郎，肩摩毂击，从西部戈壁、塞北草原经金城关，走下车道岭，跨过那座桥，在离古村不远的镇上休息打尖，然后，一路顺风向东而去。而由东西去的客商和车队，也是在古镇休整一番，然后齐心协力跨越车道岭，北渡黄河经河西走廊，直至关外。那年代汽车很少，交通运输主要靠胶轮马车，老百姓称之为拉拉车。胶轮马车多是做百货、盐碱和皮毛生意的，往往五六辆，甚至十多辆一拨。车队行至车道岭山下，便卸下车上的骡马，往往十几匹套在一辆马车上，车把式拉开架势，"驾、驾"几声吆喝，长杆车鞭"嘎嘎"作响，只见马车像一只蜗牛缓缓爬上陡峭的大狼咀——一千多米的六十度斜坡，向山梁高处走去，那阵势挺有气势，路上行人也要停下来注目观看，并为胶轮车让路。接着用同样的办法把一辆辆胶轮车拉上陡坡。这时，你会看到车道岭三十公里曲折的山梁上，飞起一股黑色烟尘，像一条长蛇蜿蜒爬行，车把式们这才扯开喉咙，"走西口"高亢雄浑的歌声，刹那间，飞向高山峡谷。

古镇那座桥，是西兰公路上一座较之左宗棠在安定境内修建的永定桥，更有其重要意义。1924年建成通车，抗日战争爆发后成为大后方支援前线的重要物资运输通道。解放战争期间马家军为阻挡中国人民解放军解放大西北的步伐，对石桥进行破坏，炸开三个缸口一般大的窟窿，但这只是马家军垂死的挣扎，中国人民解放军步骑炮兵战车，铁流滚滚不分昼夜，跨过那座桥，浩浩荡荡向西进发！伤痕累累的石桥为解放兰州，解放大西北立下了汗马功劳，它永远留在人们的记忆里。

如今，那座桥静静地横卧在干涸的河道上，偶尔有猪狗之类从桥上走过，向着杂草丛生的荒坡走去觅食。由于工业废水和生活污水无休止地注入，河的血液里充满了毒素，大量的建筑取沙造成河道坑坑洼洼，河的血管布满瘢痕。昔日的风光与荣耀被冷清寂寞所替代。桥左前方的一片庄稼地，那是60多年前的古镇旧址。夏日的一场特大山洪泥石流把古镇的老街、新街荡为平地。桥右是一片新天地，国道、高速公路、铁路以及新建的引洮工程高架桥，并驾齐驱、宏伟气魄，一派现代化城市景象。

14岁那年，母亲送我上学走过那座桥，临别的时候，叮嘱我：人往高处走，水往低处流，一个人一辈子走过的路比走过的桥长得多，但桥是坎儿，脚下路怎么走，前头的坎儿怎么跨过，自己拿主意。

半个世纪以来，天南海北，我的足迹几乎遍布全国。路越走越多，离家的行程也越来越远。汽车、飞机、火车、轮船，成为出行的交通工具，一次次渡过难关，越过坎儿，顺利走过来了。我终于明白了承载着母亲无限希望的古村的路成了我最深的回忆，特别是夜深人静，总有一种力量拽着我回到那座桥上，那时光隧道传来的声音，使我最能强烈感受得到的母亲真切的存在，从而也成了我精神上永久的依托。

啊，石桥！

古　寺

在我国，西北高东南低的地势决定了大江大河的流向，由西北流向东南，这是水选择的方向。然而，我国地域辽阔，小河的流向却不一定是这样。古村那条河就是由南向北流入黄河的。在古村河道两岸各有一座古寺，河东半山腰那座，名曰"紫云寺"。"先有紫云寺，后有平西城"，是说那座古寺在平西城之前就建成了，距今至少有一千多年的历史。传说，那座古寺有一口四吨重的铁钟，在一次罕见的山洪中被冲入百里之外的黄河，后被黄河中游一座寺院僧众打捞起来，悬挂于该寺院大殿之上，年年月月，发出洪亮的声音，传遍黄河两岸。河西台地那座，名曰"朝海寺"，也是一座千年古寺。听老人们说，那座古寺，大约在清朝末年被一把大火化为灰烬。我记忆当中的朝海寺，是一生向善的奶奶化缘，照原样重新修建的一座大殿，原寺院配殿、亭台、楼阁、长廊、僧房、残存的墙头、台阶和柱石仍历历可见。

那座古寺，香火旺，佛事兴，每年农闲时节，寺院便唱大戏、演皮影。这是当地老百姓为求神灵保佑举行的敬香还愿盛举。每逢戏场，奶奶总要炸一油笼油饼让我背到戏场卖，一角钱一个。那时，人们生活贫困，兜里少钱，但还是要买一个给孩子吃，或带回家孝敬老人，说吃史家善婆婆的油饼是为了图吉利，保平安。至于每回卖了多少钱，奶奶也不在乎。因为她知道，跟着大伙去看皮影戏的，还有顽皮的孙子，孙子们吃奶奶炸的油饼哪还给钱？

　　到了20世纪40年代末，即1949年，那座古寺里办起了夜校，成立了农民识字班，1952年土地改革运动中，成了乡农会的办公场所和村上开展群众文化活动的地方。每到晚上，古村的年轻后生，俊俏媳妇，都去那里唱歌、扭秧歌，长胡子老爷爷带着孙子们去看热闹。"解放区的天是明朗的天……"的歌声响彻云霄，场面热闹非凡。这些文化活动，把广大贫苦农民吸引到革命队伍中来，我的几个堂嫂，二十大几，三十不到，也不例外。她们和邻居家的姑娘、媳妇们结队而去，有的唱歌，有的扭秧歌。我的四嫂和六嫂，随着"咚咚嚓嚓"的锣鼓的节拍，迈开大步，甩开臂膀，扭动腰肢，精神抖擞地活跃在秧歌队伍中，可算是一道靓丽的风景。解放了，天亮了，生活在社会最底层的女人，一夜之间，脱下了尖尖鞋，穿起了大布鞋。因为脚小鞋大，为了走路稳当，便在鞋里塞上一团破布棉花什么的，但总显得不很合脚，也很别扭。原先扎着黑布带的肥大的裤口也放开了，走起路来"哗啦哗啦"，很像八十年代改革开放初期那阵的喇叭裤。她们那种入时的打扮，那种执著的精神，那种激情地投入真叫人感动不已。看着她们略显别扭的步伐，累得发红的脸蛋以及渴望自由与向往新生活的眼神，不禁一种怜悯之情涌上心头。有时扭着扭着，一不小心来个劈叉，仰面朝天，露出腰间绣花的大红肚兜，轰的一声，引出围观者无可奈何的笑声，更叫人心疼。

　　光阴一闪即逝，如今四嫂没了，六嫂远走西部草原。她们住过的老院子没有了，当年的小孩子都长大了，长大的孩子没有一个住在老院。父辈们住过的老宅，只剩下年近九旬的七嫂守着，她虽双目失明，但有儿女的精心照料，内心始终安详，只是院子老了，人也老了，唯一不老的是留在脑海里那些记忆……

　　公元2009年春，我离开家乡60年后回到古村，老远发现那座古寺不见了。我离开公路，向河岸走去，细心搜寻那座古寺的痕迹，忽然看到，古寺旧迹上还有点燃的香烟袅袅升腾，空气中飘散着特殊的清香……

　　生活原来就是这样，那座古寺不也随着新农村建设，随着水泥路的延伸永远地消失了吗？

咸　河

古村那条咸河干涸了。

绕村而过的那条咸河，略带酸碱味，但人畜仍可饮用。自古以来，世世代代哼着一首古老的民谣，每转一个弯儿，就变个调儿，换个词儿，跳跃着，欢唱着，记录下村里多少往事，叙说着人们的各种心情，有欢乐和愉悦，也有惆怅和伤感。在夏天晴朗的日子里，十几米宽的河道中间，裸露着白的、黑的、褐色的石头，身材修长的红嘴鸟儿，小巧玲珑的燕麦雀，常在上面歇息，神情专注地梳理着身上闪闪发光的羽毛，不时，用清脆婉转的歌声，诉说着它们赖以生存的大自然里的各自见闻。一场大雨过后，天高云淡，沿河参差错落的灌木林，挂起晶莹透亮的水珠，在阳光照射下，宛如一串串五颜六色的珍珠，空气里弥漫着醉人的泥土气息。这时，麻雀们开始梳理翅膀下和尾巴上略带潮湿的羽毛，不时惬意地叽叽喳喳几声，炫耀它们自以为美妙的歌喉。随风而动的灰色云层下，燕子们忙着在高空中捕食，因为过不了多久它们就要飞往南方去过冬了，用自己的羽翼丈量天下，追求新的梦想。这时，长胡子爷爷，戴一顶草帽，光膀赤脚，漫步在河堤上，一会儿哼着小曲，和着咸河拨弄的琴弦，尽情放飞发自内心的喜悦之情，一会儿俯下身子，看看豌豆的长势，摸摸高粱的结节，听听蟋蟀的弹奏，望望远处的羊群，心里盛开着一朵朵花，真是心花怒放啊！

酷暑来临，天气奇热。中午饭后，在咸河的拐弯处，别有一番情趣。那里是年轻后生为消除农事劳作的疲劳，游泳洗澡、撒欢嬉闹的地方。那里水流平缓，水深可达2米，有的地方发大水形成了堰塞湖，更是深不可测，却是他们大显身手的地方。他们从高处一头扎下去，没入水中，又从老远的水面上漂浮起来，展示各自的本领。在河道宽阔的河面上，河水清澈见底，河滩细沙柔软而洁净，几个中老年妇女洗衣服，晾在石头上、树枝上。有的把自己的尖尖小脚放进河水中，用粗糙的手婆娑着，一派悠然自在的神情。年轻妇女，躲在比较僻静的角落，而且为了防男人们的眼睛扫过这片天地，特别让一个小女孩站在远处监视可能发生的事。她们一个个小心翼翼地脱去鞋袜、布褂和长裤，走进河水较深的地方，露出白胖胖的小腿，露出从未见过天日的小乳房。先是悄无声息，过了一会儿，便和那些年轻后生一样，撒起野来，追逐嬉闹，不可开交，而胆小点的，卷起长裤，在水里来回地走，有时试着蹲下去，似乎想尝试把身子泡在水里是什么滋味。

秋天的夜晚，月光安静均匀地为大地铺着碎银，河里那轮月亮，笑眯眯地望着天上的另一个自己，但她对水里自己的身世并不感到惊讶！因为河一直把她抱在怀里，使她永远地保持白净的容颜和雍容的神韵。

光阴似箭，日月如梭，说不清是哪年哪月的那一个夜晚，皎洁的月亮最后一次和古村约会，最后一次在河水里亮相。咸河终于干涸了，那个给自己照了难以计年的镜子的咸河。

老　井

20世纪40年代，坐落在村头那口老井，是古村除碾米场外，最温情、最富生活情趣的地方。老井的井台是石头砌成的六角形平台，七八平方米，高出地面一米左右，井口呈圆形，井深不到三米，趴在井口往下看，井水深邃清幽，经天光映照，水面像一面镜子，镜子里有蓝天，也有悠悠的白云。绿皮的青蛙藏于垒砌的石头缝间，露出一鼓一鼓的腮脖子，时不时"呱呱"叫上几声。孩子们扔下小石子吓唬青蛙，青蛙"扑通"一声跳入水中没了踪影。井台周围是一片沙滩，再往外全是庄稼地。村里挑水的人们，在井台上相遇，总要说些家长里短，说一阵天时庄稼，有的还高谈阔论天下局势，世事沧桑，这里成了人们相会闲聊逸趣的地方。聊足了，高兴了，年轻后生帮长胡子爷爷把水提上来。后生走远了，背上落满感激的目光，人们身上永远涌动着睦邻之间的温情与爱怜。

那时节，我十一二岁，每天中午和傍晚，牵着几匹骡马去饮水，也常常得到年轻后生的帮助。我看到人们的眼神，像井水一样，柔软而清澈，我感受到人们的脾气和心性，也像井水一样，底蕴细腻而深沉，胸襟清亮如明镜。是啊，从村庄里进出的人，血脉里都循环着一股滚烫血液，氤氲着深深浅浅的日子。滴水之恩，当涌泉相报，是村里人做人的最高标准；

厚道和本分，是村里人对人品的最高评价。其实，我发现长久住在这里和从这里走出去的人们的性情和品德，他们的内心深处，都藏着一口清流不断的深井。我儿时的好友，名叫马奀旦，1951年秋，我牵着我家那匹枣红马，把他送到志愿军队伍的行列。他胸前戴着大红花，骑着高大英武的枣红马，真有种雄赳赳气昂昂的气魄。在上甘岭战斗前夜，他用包装枪弹的牛皮纸写了一封家信，在信里说："大、妈，战斗快打响了，你们一定梦见儿子正在勇敢地冲锋！战争使儿子胆大了！双手举着刺刀的鬼子我不怕，突突飞来的子弹我也不怕。可我这阵子特别想你们，只觉得口渴，嗓子冒烟，我多想喝一口咱门口老井里香甜的井水啊！"还有一位姓董的好友，名叫董娃，家就住在那口井旁边，他是那口老井的终生守护人。打我七八岁上私塾的时候，他就跟着他爸住在老井旁边的土坯房里，干着守护老井的营生。后来他爸死了，他便子承父业，每年总要掏一次井，对井壁、井口、井台来一次全面的维修。年轻媳妇的玳瑁发卡，白头发老太太的银手镯，长胡子爷爷的旱烟锅，还有失落井底的清朝的铜钱，民国的银元，全都捞上来，洗干净，一一送还主人。他陪伴那口老井，整整度过了六十多个春秋，直到老井消失。那口老井，简直浑身上下都是历史。2012年引洮工程建成通水，灌溉着他们后代的麦田和菜园，可人们仍会想起董娃，从中感到一种久远的、幽深的思绪，对那口已经失落的老井，更增加了一分爱怜和敬意。那口老井虽然从人们生活中消失了，但却永远凝固在古村人的记忆里。

　　古村过去的风景是无法复制的，就像一个人的面庞是可以克隆的，但你能够克隆他的思想感情吗？年逾古稀，我仍然深深地热爱着那个给了我太多苦难的古村和给了我几多欢乐的那口老井，因为在那片土地上，埋葬着我的父亲和母亲，他们都曾背负了太多的苦难，但苦难并没有使他们屈服，他们的胸襟像那口老井一样，清澈如镜，清亮里洋溢着善良，是苍茫的岁月带走了他们。也许苍茫的岁月还要带走我和更多的古村人，我相信古村的老井将与青山共存，与日月同辉。

古镇记事二题

祭　孔

在我朦胧的记忆中，20世纪40年代，从私塾到洋学堂，一年一度的祭孔，是古镇盛况空前的活动，这反映民众对传统的尊重达到了极致。

安定城北七十里处的关川河西岸，有一座突兀的小山，远远望去，像耄耋之年的老人蹲在岸边沉思。占地约300平方米的白马庙矗立在它的背上，和周边鳞次栉比的自然村落遥相呼应，苍凉而破败，古朴而凝重。那是一心向善的奶奶化缘修建的庙宇之一。当时，将台河私塾就设在那里。

那座庙宇，原在河东岸。不知什么年代，一场大水使关川河改道，把它轻而易举地移到了河西岸。据说，那座庙宇历经过太多太多的战乱和灾祸。在我上私塾时，除坐西向东的三间正殿而外，其余三面庙宇及附属建筑物，已不复存在。庙宇周围尚有许多历史遗留，满目的断垣残壁，那是毁于1929年甘肃大地震的痕迹，地下烧黑的房屋基石和一堆堆瓦砾，那是清同治年间一场火灾的痕迹。

1943年8月，私塾举行了首次祭孔活动。祭祀仪式，庄严神圣。莲台正中央，竖立着"至圣先师孔子之位"的牌位，约二尺高、五寸宽，用色泽鲜艳的黄锡箔纸制成，看似简单，却也典雅。左边摆放着一只半跪姿势的全羊，双目紧闭，神态安详。右边陈列着各式花篮、各样供品。莲台前一只铜香炉，香烟袅袅，两支红烛，冉冉升腾。由于年代久远，祭祀活动的一些细节，已经变得模糊不清，但学子们焚香、奠酒、叩头以及礼宾宣读祭文，介绍孔子生平事迹的情景至今历历在目。

由锦堂大伯父担任祭祀的主祭。他身着长袍马褂，头戴红顶官帽，随着司仪抑扬顿挫的唱白，迈着方步，亦步亦趋，在铺着红色毛毡的祭坛，行三跪九拜之礼。学子们垂手肃立，跪——拜——叩首，一环紧扣一环，有如回到遥远的上古。

孔子生平事迹由私塾先生赵克杨主讲。他三十开外，中等个子，寡言少语，神情庄重，举止得体。他一改平时对襟褂子，特意穿上蓝布长衫，外套玄色布褂，显得格外精神和洒脱，站在穿着土布衣衫的学生面前，真有鹤立鸡群般儒雅，出水芙蓉般清丽。他开头一句自问自答，"孔子，何许人也？""贵人、高人、真人、贤人也。"接着，他说，孔圣人学识渊博，精通六艺，会赋诗、对对子，还会跳舞、唱歌。什么"弟子三千，贤者七十有二"，什么"驾着马车周游列国"，什么"做过小官、放过牛羊、当过老师"。一套一套的，学子们听得津津有味。最后，他发了一通感慨："当今之世，民风日下，几不堪人之耳目，唯我莘莘学子，崇尚仁学，乃社稷之幸甚，民族之福祉也！"赵先生引经据典，口若悬河，博得众学子啧啧称誉。

第二次祭孔是1944年9月在古镇平西小学举行的。这次祭孔盛典，规模大，规格高，活动内容，丰富多彩。老师陈禄元，人高马大，站在校院南面的高楼台子上，一声"平西小学祭孔典礼开始"，全体师生、外来宾客、附近民众，四五百人，齐聚台下，接受儒学经典的洗礼。这次祭孔没有宣读祭文，却有几位嘉宾登台演讲。有穿长衫的士绅，有穿中山装的政府官员，有穿丝绸褂子的老学究，还有穿土布衣服的民众代表。他们穿戴不同，风度各异，但神情专注，壮怀激烈，演讲十分精彩。中心内容是："团结奋斗，驱逐日寇！""今日之祭孔，乃为明日之抗战胜利！"祭孔在雄壮的"大刀进行曲"歌声中结束，令人振奋。

这次祭孔，学校设宴招待贵宾。镇上重要人物，校董事会成员，学校老师，高谈阔论，猜拳行令，一片喜庆气氛。各年级学生在各自教室会餐，菜肴也很丰富。我从家里背来十个三斤重的大馒头，是母亲花了一天时间亲手做的，学生自治会主席寇性忠表扬了我。

这次祭孔活动最热闹的要算篮球比赛，古镇方圆十里的不少民众跑来观看。他们是义务啦啦队，运动员在球场上来回奔跑，他们在场外拍着巴掌鼓劲。在高年级两支球队激烈角逐的紧张时刻，一个光脚短裤的小伙子，高声喊叫着，放下肩上的锄头，冲进球场，抓住篮球，一阵狂奔，尽管裁判高声制止，但他全然不顾，硬是把篮球扔进了篮圈，引起一阵哄笑。

春 游

在20世纪40年代，平西小学即今安定鲁家沟小学，曾举行过两次春游活动。春游亦称郊游或踏青。因清明和寒食只隔一天，清明就合踏青与祭祀为一体了。"清明寒食之后，黄花绿柳之天。"老师在课堂上朗诵这段古文，学生便知道要去春游了。

第一次春游是在1944年清明节前举行的。这一天，同学们早早来到学校，整队出发。咚咚的洋鼓声，悦耳的小号声，嘹亮的歌声，欢乐的说笑声，像一股冲击波打破了古镇的沉寂。刹那间，街头巷尾洋溢着暖洋洋的气息，家家户户的大门口站立着老爷爷、老奶奶以及年轻妇女和小孩，期待着这个令人振奋的时刻。这是古镇一年之中少有的景象，吸引了无数羡慕的目光。不一会儿，200多人的队伍，在校旗引领下走出了校门。12面洋鼓，8支小号组成的鼓号队，吹奏着节奏明快的进行曲，踏着整齐的步伐，浩浩荡荡，走在队伍最前面。一群小孩，跟着队伍，跳跃着，追逐着。老师们走在队伍后面，和街道两旁的人们打着招呼。

这次春游活动是由父亲负责安排的。我家大门外场院，打扫得干干净净，摆放着几张长条桌，桌上一溜瓷盘，盛满糖果、油炸饼、醪糟等食品。具体活动有猜字谜、爬山比赛等。第一项活动是猜字谜。墙上拉起一条条绳子，挂着各色谜条，吸引了许多师生的眼球。父亲是制谜能手，他制作的谜语，来自四书五经，有趣易猜。我记得有一谜面是"麻婆娘照镜子"，打四书一句，谜底是"点儿何如"。一谜面是"哀哉，无口言"，打一字，谜底是"裁"字。一谜面是"贴了对子又挂红"，打一地名，谜底是"重庆"。师生们猜中一条谜语，便能领到一份奖品，对一时难以猜出的谜语，父亲便当众公布谜底，师生们沉思回味，气氛热烈。

猜字谜结束后，进行爬山比赛。参加者大多是年轻老师和高年级学生。起点设在我家大门外古道十字路口，终点在史家河史家嘴最高峰，海拔2000米的烽火台。烽火台是古代战争中传递信息的建筑物，当地人叫"狼烟墩"。据说，古代边塞发生战事，便点燃"狼烟"，一墩接一墩，狼烟滚滚，边塞信息很快传到长安。

那时，我年龄小，跟在比赛队伍的后面向顶峰爬，才到半山腰，迎面碰上获胜的师生缓缓走下山来，手里拿着奖品，心里怪羡慕的。

第二次春游是在1946年春末夏初举行的。抗战胜利后，学校发生了很大的变化。校长庞祖德去外地求学，接任校长职务的是青年远征军退伍军人李树华。在庞校长主持学校工作的那几年，学校各项规章制度健全，教学秩序良好，教学质量不断提高，有教职员六七人，学生人数达100多人，并且有女性入学。这期间，除日常教学活动以外，学校周一举行纪念周会，全校师生集会纪念孙中山先生，背诵总理遗嘱。周六举行同乐会，演新戏。每学期举行一次运动会，在兰西北志果中学、兰州师范、定西中学的校友也来参加，气氛热烈，像过节似的。那时，学校新建了图书阅览室，报架上，长条桌上，陈列着各种图书杂志。我记得有种杂志叫《小朋友》，图文并茂，很受小学生喜爱。每天课外活动时，许多学生坐在长条凳上，阅读自己喜爱的书籍。还有象棋、军棋，供学生课外活动时博弈，尤其是听"洋戏匣子"（留声机）唱戏，更是一些戏曲爱好者的乐趣。

在校院南面，有一坐南向北的高楼，从高楼两侧踏步台阶上去可直接进入教室。教室前面是一个正方形的高台，正中央耸立一根五米高的旗杆，为升降旗时使用。教室外墙上有一条用红色颜料书写的竖式标语，仿宋字体，共三句话，十二个字："检讨过去，努力现在，希望将来。"每日升降旗时，校长站在台上，表扬批评，鼓励学生。我不知道那几句话的来历，但印象极为深刻，至今还记得。节假日，那高台上面撑起一块帆布，便是戏台了。

李树华，年轻有为，颇有才学，上任伊始，继承学校办学传统，也有新的举措。主要是提倡国学，弘扬书法，教唱革命歌曲，编演新戏。我爱好文学，也是从那时候起步的。直到后来上大学，仍能在国学大师赵赢堂、杨伯峻、彭铎、舒连锦等先生的引导下，背诵古文和学习诗词，也能忙里偷闲，搞文学创作。

　　这次春游活动是李校长主办的，地点在他的老家离学校十华里的石沟寺。两山对峙，怪石嶙峋，百里关川河由此流入十里石峡汇入黄河，离著名的道教寺庙铁木山不足十华里。此次春游，主要是演唱革命歌曲、朗诵古文、诗词，还演了新戏，展示了书法作品。印象最深刻的是，老师表演的《小二黑结婚》。一位年轻教师学女人扭捏作态，尖声细语，活灵活现，惹得观众捧腹大笑。当地的农民，兴致也很高，一折《下四川》小曲，唱得极为传神，赢得前来观看的妇女、小孩的共鸣，大伙儿使劲地拍着巴掌喝彩。

乡村礼赞

晨曦联唱

我爱乡村。因为大地上的乡村，风景纯真自然，蕴藏诗意。

黎明前的第一声鸡啼拉开了风景的帷幕。

星星还在天空眨着疲倦的眼睛，朦胧夜色中，村庄依然沉睡，蹲在鸡架上的雄鸡便叽叽咕咕，拍着翅膀，伸展腰肢，准备去完成一天中最为风光的使命——用清越嘹亮的歌喉，叫醒大地。

夜露滴落，晨风徐起，曙色微透。

"喔——喔——喔——"，雄鸡很抒情地开始了歌唱，那声音在暗夜里擦出金属般的质感，滑翔在村里村外，似乎从浩瀚天宇划过一道清脆而高亢的弧线。

第一声鸡啼是黎明前最清亮的诗句，韵律和谐，平仄有致。

第一声鸡啼拉开帷幕的晨曦联唱，是天地共同发声，所有星体发出的音符和旋律，在广袤的空间弥漫，扩散，直至融入每一棵草木，每一个躯体，让人惊心动魄。

瞬间，窸窸窣窣的声息从村庄各个方向传过来。晨色未明，夜色未退，声息像掉进了深井里，有一种莫名其妙的扩音效果。

大地跳跃，万物苏醒。

村庄醒了。

谁家的大门吱呀一声开了，院子里晃动着影影绰绰的身影。一扇扇大门次第打开，街巷里有了脚步声，村外有了脚步声，田埂上有了脚步声，踏踏踏……声音的涟漪一圈圈渐次荡开，向空旷的田野漫过去。鸟翅在山谷中划着弧线，小河吹响美妙的笛音。晶莹透亮的露珠凝在草叶上，等待着在彩霞升起的时候，体面地走完色彩斑斓的一生。

晨曦初现，村口传出奶奶佛堂的磬声。极目晨曦的灿烂音色，倾听黎明的全新昭告，你会感觉到每一个日子的到来，都是人生的一次隆重洗礼。

村庄的远处，星罗棋布的庄稼地构成了一幅五彩斑斓的拼图，祖祖辈辈终日与土地厮守、与庄稼相依的土地的主人，开始了一天的劳作。

……

四季乐章

乡村的春天，花事纷纭。没有一朵花，不渴望在春天里盛开。在我的印象里，最能够象征早春时节的花，便是金色的迎春花了。

迎春花来到人间时，春天还在远处的路上。大地被厚厚的冰雪覆盖着，僵硬、荒凉；孩子们还在做着堆雪人的梦。迎春花来了，大地渐渐变得温暖起来，湿润起来，小河悄悄解冻，雪花化为细雨，泥土变得松软，小草露出白白嫩嫩的小芽，还有许许多多无名野花，她们是迎春花的小姐妹，争先恐后地展示着美丽，散发着清香，装点春天。

夏天，麦子成熟了，透出诱人的深黄，那深黄是熟透的麦子独有的。微风吹过，平展展的麦田掀起万顷金浪；无风的时候，仿佛一块锦缎铺在地上。豌豆花开了，绿叶，嫩翠欲滴；白花，淡淡清香。布谷鸟叫了，叫出了庄户人的期盼与向往。一家老小快乐地忙活，农家小院传出阵阵舒心的欢笑。

秋天，走在乡村弯曲的小路上，放眼远眺，那一望无际的谷子地，狼尾巴谷子有半人多高，金灿灿、沉甸甸的谷穗比肩接踵，密得伸不进脚去，微风吹来，像大海的波浪，翻腾着、奔涌着，一直延伸到天边。人们钻进波浪，露出一张张灿烂的笑脸，把人性本来的天真融进了大自然。

冬天，各类庄稼上场，开始打碾，碌碡在场院旋转着，奏着丰收的乐歌，别说老百姓有多高兴！一时间，打麦场这边热闹非凡，风景独好。

……

我爱乡村

作为一个出生于乡村的人，我多么希望这个充满了农耕文明意味的名字永远维系他与乡村难以割舍的情感啊！因为中国乡村是十多亿中国人的祖籍地，几千万海外华人的故乡，更是中国的历史、文化、哲学，以及文学艺术的精神原乡。

作为一个在农村长大的人，我多么希望这个包含了爱的原理的深情的名字让她永远懂得，万物因为阳光雨水的情谊才吐穗扬花，人类因为爱才如此良善温暖。

人的一生，最亲近的就是自己的故乡，尤其对于远离乡村的游子，终生怀念的都是故乡——生命的诗情画意几乎都来自回忆。走进它，仿佛能让人们立刻读懂埋藏着多少曾经的热闹，了解沧桑变迁的辛酸史，曲折发展的文明史。我敢说，一个热爱生活的人，一定是一个念旧的人。一个不念旧的人，很难说有一颗爱心，有一颗热爱生活的赤胆忠心。

板桥、院落、古井、鸟巢、月色、炊烟、田垄、油菜花，这是一些最平凡的事物，但是在从乡村走出来的人们的眼里，都蒙上了一层温情，一层诗意，一层哲理，一层历史，一层文化，那里面有着人生最悠远的乡情。

……

我爱乡村，我爱记忆中那个"小桥、流水、人家"的秀丽乡村。

尽管汽车的喇叭声代替了早晨的第一声鸡啼，然而，铭刻在人们脑海里的乡村韵律和谐的诗句，那高亢声音金属般的质感，却永远无法抹去。

光影行迹

GUANG YING XING JI

远去的列车

一

1960年。冬。寒流挟带着飞雪,从西伯利亚直袭黄土高原。古城兰州奇寒……

这几日,H大学传闻:

N大学粮食告急,运粮车半道被抢,库存面粉仅能维持一星期,校方主要领导报告省政府,并派总务处长外出筹粮……提前放假……

与此同时,H大学中文系办公室传达校方回应各种传闻的紧急通知:

……放假时间未定,各系师生安心上课,有关事宜另行通知……

其实,这时,伙食科通知各系学生食堂,加班加点为离校学生准备干粮;学生会要求各系分会、各年级、各班,抓紧时间登记购买车票;各学科老师把下学期必读书籍的书目单陆续告知课代表……这一切,明白无误地告诉人们,H大学也要放假了。这个逻辑不甚严密的"紧急通知",只不过是校方为避免出现思想混乱而采取的一种对策而已。

也就在"紧急通知"后一两天,中文系办公室转发校方的放假通知中,强调安排好生活,圆满完成教学任务……一至三日内离校。

放假第二天傍晚,我搭乘当日最后一趟公共汽车到达兰州东站。

乌云低垂,寒气袭人,空气沉闷,又要下雪了!广场上、候车室,挤满了人,在黄昏的灯光笼罩下,各路行人,无论在墙角蹲的或在地上站的,都现出异样的神色,怀着沉重的心事,看上去犹如一尊尊石雕在雾里梦里。

街道两旁,一堆堆积雪,小山似的向街衢深处延伸。行人踏着雪水、冰碴，发出咯吱咯吱的响声。天气好冷啊！不时，见双手插在口袋里的警察吆喝着、驱赶着滞留车站的"盲流"，街道黑市卖高价大饼的小贩，还有城市"混混"……

一连两天，各次列车严重超员。车站入口处七八个警察来回巡查，只允许穿铁路服的工作人员进出。一切人都在耐心地等待。第三天凌晨，我偷偷翻过木栅栏，钻进停靠在站台东面山脚下的一列客车，随后又急匆匆上来几个人，其中一个女学生边走边喊："啊呀，啥子车哟！"她看见我点了点头，在靠车窗的木椅上坐下。我看她胸前别着一枚校徽，原来是N大学外二学生，回四川去的，客车严重超员，两天也没得上车。

我心里也有点疑惑。突然，哐当一声，列车启动了。透过车窗看，列车缓缓向焦家湾方向移动。这时，我才明白，误上了进库检修的客车。

大约到了下午二时左右，不知有多少人心系着的某次客车终于到了。随着一声声嘶力竭的汽笛长鸣，候车室、车站广场顿时骚动起来，那雕像般的人群，各自背起行李，手牵小孩，潮水般涌到车站入口处。

火车还没有驶进月台之前，H、N大学的学生，早已排好队伍，准备进站。我班班长郭恒崙，膀大腰圆，站在队伍最前面开路。他后面是我，我后面是李云鹤，再后面是N大学的几个学生。我班足球队守门员樊兆阳殿后。同时，还有另外几支队伍，都并列排在入口处，随时准备抢先进入站台。

"快开门呀！开门呀！"一群男人大声喊叫。

"车进站了！开门！开门！"一群声音尖细的女人助威。

在一片混乱声中，只听有人喊道："用劲推！"人们开始动真格的了。稍用力，车站入口处的木大门，大门两侧的木栅栏，便摇晃起来。

"抓紧！抓紧！"郭恒崙回过头来，叮嘱大家，"后面的抓住前面的衣襟，切勿放手，免得被人冲散。"

"哗啦！哗啦！"——木栅栏被人推搡的声音一阵紧一阵。

"咔嚓——"入口处的木栅栏被推倒了，人像潮水一般拥向月台，拥向车厢门口。我顾不上被冲散的队伍，飞也似的奔向车门，右脚踏在车门台阶，用力一跃，右手握住车门扶手，用尽吃奶的力气往里挤。一位河南老太婆，双手拽着我的左腿，骂道："他娘的，你别挡着老娘！"经过一番折腾，我终于在一个女列车员帮助下上了车。我把帆布提包挡在胸前，左突右挤，进展到距车门只有一米的过道时，被挤压得一动不动，感到呼吸都受到压迫。

我掏出手绢，擦了一把汗。

二

眼前座椅上，坐着一个怀里抱着小孩的中年妇女，年龄四十上下，家庭主妇模样，上身穿花格布料棉袄，下穿崭新的军裤，在她右边坐着一个十多岁男孩，裹着军用大衣，左边一个七八岁女孩，戴着军人的棉帽。我猜想，一定是从新疆过来的军人家属……

中年妇女微笑着，看看这个，看看那个，好像站在她面前的大学生中，有自己思念已久的亲人似的。她从怀里掏出一块罗马牌手表，轻声说："同学，行个好。这块表换八斤粮票，就八斤。"人们惊奇地看着她，却没有人说话。

"孩子的干粮没了。可恶的贼！偷了我的钱包、粮票……没有办法……"她看着我，流露出诚实和渴望的目光。

有人窃窃私语……

"什么？一块手表换八斤粮票！"忽然，一个高个子中年男人从后排座椅上站起来，"这年头，一块手表八斤粮票！""八斤粮票"四个字像一块石头砸在地上那样沉重。

"粮票！那可是人的命根子！没表，日子照常。"有人附和着。

同学们相互用眼睛交流着解决这个难题的办法。他们心里明白：国家粮库空了，最近半年来，大学病号灶节假日才供应几颗伊拉克蜜枣，几两古巴红糖，市场上唯一能买到的（不凭票证的）副食品是酱油糕。官方的回答是"自然灾害"，私下的传闻是给苏联老大哥还账了。探求和思考社会问题是大学生的天职，对于眼前这点小事，能没有解决的办法吗？

我从口袋里摸出二斤粮票捏在手里。

中年妇女把孩子放在座椅上，站起来说："这是名表……实在没办法呀！为难同学们了！"

这时，我感到有人轻轻地把粮票塞到我手里，接着又有几个人把粮票塞到我手里。

"大嫂，我们也没有多余的粮票，况且，怎么能用粮票换你的手表啊！"我边说边数手里的粮票。这时，那个女列车员也把半斤粮票塞到我手里。

"这是八斤粮票，管不了多大事，你装好，留神火车上有小偷。"

扑通！中年妇女跪在了座椅前："谢谢同学，谢谢同学！一家子给大家磕头了！"

"别这样！"几个学生把她扶起来。

"这算啥子！"那个N大学外二女学生把中年妇女扶到座椅上。

人们的眼光里充满同情与敬佩。一个六十多岁的老头，流着泪，喃喃自语："哪儿都有好人啊！"

"查票了！查票了！"

"把车票拿出来！"

列车在行进中"哐当哐当"两声便稳稳当当停了下来。我向外看了一眼，这儿不像是车站，临时停车。

顿时，车厢里又一阵骚动，无票乘车的"盲流"，不是持本次列车车票的人，包括持半价票的学生，被警察吆喝着，驱赶到车门口。几个警察走过来，不容我解释，便连推带搡将我推出车门，幸好那女列车员及时伸出一只手，不然我会被重重地摔到石头一般坚硬的雪地上。因为列车停靠在沟坎旁边，车门台阶与地面足足有两米高啊！

我从地上捡起帆布提包，沿着铁路路基向前走去。轰隆！轰隆！哐当！哐当！列车缓缓开过来了。不经意间，看见那女列车员，站在车门口，一边招手，一边大声喊道："同学，一路顺风！"我举起右手摇摇。想起大家帮助那个中年妇女的情景，心里热乎乎的，被警察驱赶下车的沮丧心情便烟消云散了。

这时，我感到肚子有点饿了。老远看见红星公社大门口有人进出，便加快脚步，走进去，机关食堂正在开饭。我找到食堂管理员说明情况，并从口袋里掏出学生证、介绍信，用一斤粮票一角八分钱兑换了一斤半玉米面发糕，加一小碗玉米面糊糊，美美饱餐了一顿。从昨晚吃了点玉米饼到此时此刻，已足足过去了15个小时，水米未沾牙。

三

夜幕降临，朔风嗖嗖。一群麻雀和几只乌鸦，扑棱棱掠过头顶。举目四望，见关川河两岸的村庄闪烁着星星点点的灯光，在月光笼罩下，呈现出一片苍茫而宁静的气息，也许人们正坐在火炕上，喝着苦涩的罐罐茶，叙着家常……路旁高大的榆树，挺拔的白杨，在月色的清晖中，枝枝丫丫，清晰可见，形影相随，默默地孕育着春天的希望。木桥下河面上虽然结了冰，但流水哗哗，水映明月，把寒冷的夜空渲染得梦一般美丽，走夜路的人，心灵深处有花在绽放，有诗在萌发，有情在回荡……远望群山，更是别样的韵味，在月光下，朦朦胧胧，隐隐约约，像轻烟缭绕，似雾气升腾，为夜晚披上了一层神秘的面纱，蕴藏着叫人道不明猜不透的玄机。

踏着月色，看着夜景，不禁想起了童年冬天的月夜，陪伴着母亲推磨、碾米，准备过年米面的情景；想起了在月光下父亲在打麦场上把一粒粒粮食装进口袋，收进粮仓的身影；想起了那个特殊的年代，我头顶明月，步行七十里为在狱中的父亲送去谷面馍馍的经历……

四

数十年的光阴，只是一弹指！

当年发生在列车上的故事，至今仍在我的脑际萦绕，那无票乘车被挤来挤去的底层百姓，那正在高等学府苦读的大学生，那粮票被贼偷了的中年妇女，那日夜坚守在列车上的女列车员和经霜历雪、维护治安的警察……他们都有着细腻美好的情感，内心都充满着爱——都会帮助他人和需要他人的关怀和帮助！他们远比我们想象中更加可爱！

今夜里，天空是多么晴朗啊，云轻轻地来了，又轻轻地走了，皎洁的明月一路到了我的窗前……她依然身居高位，用菩萨一般的心肠，宁可自己忍受寂寞，也把光明洒遍天下，照耀人间，不论贫富，馈赠恩泽！蓦然，寒夜里那列远去的列车似又从我的记忆深处飞驰而过，不禁，感天恩的泪水盈满了我的眼眶……

啊！一路平安，远去的列车！

附记：粮票曾经作为我国的第二"货币"，从1955年开始使用，到1993年取消粮票制度，通行了整整三十八年。它是国家粮食机关发放的一种购粮凭证。

（2017年刊登于《飞天》文学杂志）

海峡两岸的一家人

记住旧年的光影中，每一个熟悉的容颜，每一双温暖的手，将那些丰盈生命的故事落笔在文字的素笺，虽途径万千寂寞，回眸一笑，却已几度春秋……

——题记

1956年9月，我迈出了人生旅程中关键的一步，从R县来到陇右重镇——L县一所中等专业学校上学。这在当时人们眼里被看成为日后步入社会和创家立业开辟了一个新天地。

第二年早春，乍暖还寒，风云变幻，天是灰蒙蒙的，地是湿漉漉的，空气带着丝丝幽冷扑面而来，令人产生一种异样的感觉。每当课余，学生三三五五，聚在一起，窃窃私语，议论着古城的传闻，H中学一个青年教师被打成"右派"开除公职，遣送到西部某劳改农场劳动改造的故事，带着传奇色彩传遍校园各个角落。

与此同时，古城西街生产队一个自幼受到家庭熏陶、中规中矩，堪称大家闺秀的年轻女人的故事，更吸引不少学生像读一本厚厚的小说那样玩味和思考。据说，10年前她的丈夫去了海峡那边，留下一子一女，她独自承受着历史变革带来的苦难与辛酸，用稚嫩的肩膀，担负起一个妻子、儿媳、孙媳、母亲、嫂子的全部责任，无怨无悔地过日子。白屋寒门，饱经沧桑，命运多舛……

岁月流逝，我伴随着这个故事一路走来，直到40年后的1996年初，在L县政协五届一次会议上，才见到这个故事的主人翁——伍桂芳。

周作人曾在一篇文章中摘引清人笔记《双节堂庸训》的一段记载：

"吾母寡言笑……终日织作无他语……吾夜间历忆生平，无可喜事，何处觅得笑来？呜呼！是可知吾母苦境矣。"读后不禁黯然，瞬间引起了我的共鸣，因为周作人祖母就是这样"忍苦守礼"、"生平不见笑容"。伍桂芳虽不是周作人祖母那样的封建大家庭的旧式妇女，却是那个特殊年代，夜间坐在门前旧沙发椅上"历忆生平"、怅望海峡那边的一个"寡言笑"，且"无他语"的女人。

伍桂芳在极其困难的境遇中，忍受着剜心刻骨般的别离，做出合乎人性的取舍，肩负起守护家的责任，幻想人生大开大合的种种，深深地感动着我。因为有像她那样的一种人，我才更加庆幸能够生长在血与火的年代历练，接收到那么多人生的"良性感觉"做人。也许她的性格独特，但有一点我觉得是共同的，这就是：坚韧，忘我，无畏，再加上丰美的人性。而信仰与人性的自然融合，使之更加可亲，更富有感染力。

……

那是在1949年8月——历史即将翻开新的一页的一个平常日子，伍桂芳盼望已久的丈夫突然回来了。时局动荡，形势骤变，游子归来，真是喜从天降，全家人享受着天伦之乐。不料，仅仅过了两三天，一个飘着细雨的傍晚，丈夫从邮局回来，手里拿着一份电报，神色慌张地背起行囊，告慰双亲，辞别妻子，走出家门，消失在茫茫雨夜里……

一夜之间，汪家老宅披上了一层清冷寂寥的面纱。这个在街坊邻里眼里贤惠而善良的年轻女人，成了有特殊"海外关系"的家属，成了人们用怀疑甚至不屑的目光审视的女人。这是历史巨变降临的个人命运、地位的变化。然而，却是这个女人必定要面对的现实。

她以惊人的决断与毅力，迅速适应着这种巨大的变化。翻箱倒柜，把所有可以让人们联想到丈夫的东西，清理出来，作了处理；把公安追查的所谓"反动证件"悉数上缴。而且从此守口如瓶，不再和任何人谈起与丈夫相关联的事，因为她隐隐约约觉察到丈夫突然出走的原因。可内心深处时时备受煎熬，对丈夫的思念与日俱增，日日魂牵梦绕，洒落思夫的泪水。那年过年，她多摆一双碗筷，用这种方式表达自己无言的思念……

1950年代，伍桂芳凭借她的聪明和才智，体面地走进县办制鞋厂，成为集体所有制企业的工人。这是她人生旅程中的一缕辉煌，尽管内心充满着略带苦涩的香甜，但斑斓的梦境在生命的弦上显现着五彩缤纷。可好景不长，1960年鞋厂解散，大多数工人成为城镇居民（属城市户口），而伍桂芳被下放到生产队，由工人变成了农民。

那年代，社员在生产队干活挣工分，年终按工分多少换取粮食。社员工分评定标准有一条不成文的潜规则，强壮的男劳力分值最高，而同样是强壮的男劳力的地富分值相对低一点，女劳力比男劳力还要低一点。伍桂芳头上顶着"海外关系"的帽子，自然只能按最低工分标准记工。从此，一年四季，风里雨里，干最苦最累的活，开始品尝人世间另一种艰辛生活。"大跃进"时参加妇女突击队，平田整地，大战火焰山；响应政府号召，超英赶美，带头献铁献铜；还腾出房屋让生产队办食堂办工厂，特别是在"三年自然灾害"造成的饥馑年月，一家六口在赤贫的深渊中挣扎着过活，虽然这深渊到处充斥着饥饿、恐惧、卑怯……但并不妨碍她乐善好施的秉性。她似乎天生一副菩萨心肠，往往拿出一些蔬菜、洋芋和旧衣物，帮助生活困难的群众，甚至连邻居小孩提出的一些琐碎要求，她都一一应允。

几十年风风雨雨。当那场史无前例的风暴掀天动地而来时，她表现出异乎寻常的从容淡定。其间虽然遭遇三次抄家，小女因饥饿而出走，小叔子汪钺被关进"牛棚"，公婆未能等到儿子回归那一刻相继去世……但她苦撑着守护着这个家，始终保持着站立的形象！有人说，她在渺然无尽的长途跋涉中，锤炼了自己的隐忍术，完全舍弃了作为一个年轻女人存在的理由和梦想。有人说，在那个横扫一切的年代，"街坊邻里保护了那个贤惠而善良的女人"。各种说法似乎都有道理。

1970年代中期，海峡那边有人经香港转道L县，捎来丈夫口信，表示欲资助家庭的愿望，被她一口拒绝，来人要求让她在录音带里给丈夫说几句话，仍然被她婉言谢绝。她用诚实的冷漠应对虚无的温情。可在夜深人静的时候，她脸庞上立刻满溢平淡温和的微笑，那是还没有被生活的艰辛磨灭的对未来的憧憬，那是隐藏于心底的对孩子的爱。这时，她伸出粗糙、干裂而布满老茧的手，抚摸着孩子的脸、胳膊和后背，相信孩子会一天天长大，日子会一天天好起来。是啊！人总要有点信仰，有点自信，有追求，有爱心。维克多·雨果有言，什么也不信的人不会幸福。她在追求幸福，苦苦挣扎，享受些许温馨，使那颗在苦境中无所依托的心得到一丝慰藉。

……

改革开放的春风吹遍陇原大地。1980年代初，L县政协成立，伍桂芳被选为第一届县政协委员（此后连任至六届）。她担任县政协委员15年共提出与农业生产、文化教育、卫生防疫、城市建设、妇女儿童等相关联的30多个提案，引起了L县党委和政府以及社会各界的关注和好评。

时光即将进入新世纪，1998年初夏，甘肃省台办主任专程从省会兰州来到L县告诉她汪锟先生即将回归故里。

这个消息很快在古城传开：汪家长子要回来了！这时，台湾承认"九二共识"，开放大陆探亲政策，汪锟卸任台湾地区"主计长"。

伍桂芳要见到他日思夜想的丈夫了！

半个世纪，一万八千多个日日夜夜，是多么漫长啊！当年俊俏的新媳妇，如今变成了白发苍苍的老太婆，英俊的丈夫，会是什么模样呢？伍桂芳想到这些，心里甜甜地笑了。

她的小叔子著名戏剧家、话剧《岳飞》的作者汪钺笑着说：

"哥，这次回来，给嫂子还领来一个人。"

戏剧家话里的"人"字，耐人寻味，有试探嫂子的意思。她听后，停顿了片刻，便心平气和地说：

"领一个好啊！都是汪家的人，你放心！"

1998年5月12日，县政府、县政协有关领导来到古城西街汪家巷口迎接汪锟先生。

汪家老宅依旧保持平日干净、整洁的面貌。

堂屋正面墙上挂着汪锟父母的遗像，眼神执着，充满希冀。正中方桌上依旧点亮香烛，烛火升腾，香烟袅袅。方桌两侧民国时代褐色的木椅，清朝年间的枣红色方凳，依仍传递着浓浓的时代气息。一眼望去，一种历史的厚重感把人们带入久远的岁月，表明这座老宅的主人，一如既往坚守着汪氏家族世代传承的耕读家风。

靠窗一溜木头沙发，茶几上放着几个圆盘，盛满红枣、瓜子、苹果、花生。家庭陈设基本照旧，所不同的是，她把她和丈夫结婚时的照片，用柔软的抹布擦拭一番，端端正正地挂在卧室床头，并且平静地端详了许久许久……这也许是在彰显一个女人的尊严，诠释着她忍苦守礼的人格。

是啊，即使在严酷的岁月和生命极度卑微的时刻，她都坚守着人格的独立和尊严。

她坐在那把旧沙发椅上——内心世界翻腾着不可遏止的感情激流，理智地期盼丈夫到来。

八时许，汪锟在省、市、县台办主任陪同下走进无数次出现在梦里的家门。当两位世纪老人双手紧紧握在一起的时候，机关干部、街坊邻里无不热泪盈眶。

"你，受苦了！"汪锟声音哽咽，语气平平，看着爱妻，一脸敬重之情。

"你，不容易！"伍桂芳一句话全盘托出了对丈夫的宽容和理解。

伍桂芳以主人的身份对汪锟台湾的妻子陆铭哲女士说："欢迎你，这儿就是你的家。"

陆女士紧紧握住伍桂芳的手，心情格外激动："大姐，你辛苦了。"

伍桂芳说："谢谢，谢谢你啊！"

"大姐……"

知父莫如子。汪锟的儿子汪际柱，站立窗前，微笑着，凝神关注父母此刻的心境，毕竟是分离半个世纪的第一次相聚，怎不令他揪心！但他心里却很清楚，父亲对大陆的感情和对母亲的爱。1986年夏，第一次与海峡那边通电话，是他重新牵起了海峡两岸这桩牢不可破的姻缘。当他告诉父亲，家乡发生了翻天覆地的变化，母亲生活美满，荣升陇西县政协委员的喜讯时，分明在话筒里传来海峡那边父亲哽咽的声音，仿佛感到父亲无比激动、惊喜和兴奋的神情。作为儿子，他为父亲了却了心底最大的心愿——落叶归根，不久回归大陆。据说，汪锟当日就打电话给他在台湾的伙伴们分享这种胜似天伦之乐的喜悦与温情。

汪锟双膝跪地，凝望着悬挂在墙上的父母遗像，积蓄了几十年的情感，在和父母隔着时空对话的瞬间，眼泪如决堤的潮水，喷涌而出，像个孩子般哭个没完没了。那是情感回归后的第一次放纵，那是思念煎熬后的第一次释怀，那更是落叶飘零已久终于可以落地的第一次拥抱。眼泪是他此刻表达情感的唯一依托，里面满满都是思念、内疚、惭愧，更多的是回到故乡的幸福。

两位老人分别50多年后的第一次团聚，强烈地感动着在场所有的人，屏息凝神，聚焦书柜上那台满身沧桑的老式座钟，滴答——滴答——的声响，似乎穿越久远的时空，诉说这个女人半个世纪一路走来的沉重。

一对老夫妻并排坐在沙发上。叙旧简洁而明了，没有丝毫的怨，也没有丝毫的恨。妻子知道，这个当年被父母疼爱的丈夫，怀揣着美丽的梦想，期盼成就一番事业，外出求学，不料短短两个月，被一只大船运送到海峡那边，弃置于陌生的地方，成为时代的孤儿，颠沛流离，半世坎坷，一生思念……

妻子说："多亏乡亲们在苦难的年月，帮助咱家为二老送终。"

丈夫说："对不住乡亲们呀！如此大恩大德，这辈子……"

伍桂芳看着呼吸到故乡的气息而衣服上沾满异乡尘埃的丈夫，心里有点凄然，却坦然一笑："回来就好，还是回来好啊！"

汪锟在妻子陪伴下缓缓走向庭院，他走近靠近南墙那棵槐树下面，树好像还是当年他离开时的样子。它似乎一点儿没再长，稀疏的枝条上，稀稀落落地缀着些叶子，没有多少绿荫，可这是儿时夏天乘凉的地方啊！依稀可见沧桑的树干上，有几处伤痕，仿佛铭记着妻子永不放弃的追求。汪锟似乎受到猛的一击：几十年来，在历史的风雨中，是她用她那瘦弱的肩膀独自承受着一切，忍苦，受累，守礼，守法，默默地呵护着这个家……

月有阴晴圆缺，人有悲欢离合。汪锟在家里只能住五天。伍桂芳心里明白，海峡那边也是家呀！尽管如此，在汪锟离开汪家老宅的前一天的夜晚，她哭了，哭得肝肠寸断，哭得撕心裂肺，哭得死去活来。

临行前，汪锟还有许多话要说，说妻子的苦，说妻子的累，说妻子受的磨难……然而，却在一种万般无奈和不舍中走出家门。伍桂芳站在大门口送别丈夫，直到丈夫渐渐远去的背影消失在旭日升腾的耀眼晨光里。

……

汪锟回归故里省亲十年后，他的结发妻子——伍桂芳走完了她人生的最后日子。

有人说，最大的悲哀是人心的冷漠。换个角度，最大的财富，莫过于人心向善。伍桂芳正是这样一个人心向善的富足者。她以精神上的富足，廓清道德上的雾霾，让这种力量在人与人之间相互传播，彼此熏陶，绽放出丰富的人性美。夫冒霜雪而松柏不凋，此由是坚实之性也。生命原本是一场悲喜的体验，生活就是风雨兼程的旅途。一个人，走过漫漫人生路，便多了一份从容；览过万千风景，便多了一份淡然；经历风霜雪雨，也多了一份平和，当尝遍了人生的千般滋味，洗尽铅华，学会隐逸清雅，就是一种生命沉淀后的淡定。

思绪似涓涓溪流，涟漪如画，行文至此，顺手翻开L县政协委员名录（影集），我凝望着伍桂芳那张曾因习惯"寡言笑"且"无他语"的冷峻执着的眼神，耳畔顿生著名歌手孙露《归来》那优美动人的旋律：

> 凉月光深海洋，
>
> 你睡在岁月上，
>
> 染上尘埃的脚步，
>
> 亲吻回来的每一段路……

（2017年刊登于《定西政协》）

永远的思念

哥去世时，我正在张家界至宜昌途中，那是 2016 年 9 月 21 日。

远在千里之遥，来不及奔丧，故家人不约而同地瞒着哥去世的消息。直到一星期后，我回到家里，准备动身去看哥时，小弟的电话响了。他说："哥，有件事——哥——"从断续的话音里，我突然预感到哥的情况不好。因为我离开家的那些口了，哥的病情只是稍有缓解，刚从医院接到家里休养，难道……我不敢催问，电话两头足足沉默了半分钟，小弟语气格外凝重地说："哥，你一定要挺住！哥——去——世——了。"

虽然，医院多方会诊，哥运行了八十四年的心肺功能几近衰竭，药石已无回天之力，但这噩耗，还是像一股电流，猝不及防，几乎将我击倒！

我多么企盼哥永远健在啊！我无法控制自己的悲痛，但在家人面前极力保持着镇定，遮掩泪水溢出眼眶，抬起沉重的双脚，向古城东阙坪走去。那里至今是一片荒滩，20 世纪 50 年代末，我曾和哥去看过考古队挖掘清理汉墓文物的场景。那时，哥供职于县政府重要部门，韶华在握，年华正茂……

我，站在荒滩上，怅望苍天，心里呼唤着哥，释放不尽内心的悲痛，任泪水洒落在旷野中……

记得年前我去看他时，他兴致很高，扶我坐在沙发上，握着我的手说："我听见你说话哩，好啊！还是小时候的模样。"顿时，我从他睿智的眼神里悟出少年时代的天真与善良的心性。一直以来，对人们说他患了老年痴呆症有点怀疑了。从那一刻起，我急切希望和他有一席长谈，因为，多少年来，各奔东西……哪怕与哥再分享一点儿时的快乐与童趣。可天不遂人愿，机会多次与我擦肩而过。

哥走了。他抖落了一世的风尘，了却了最后一天的疲惫，怀着"偷得浮生半日闲"的平常心，从容而安详地走了。然而，未能在他最后的日子里，陪伴病榻，聊表孝悌之情，却留下了终生的遗憾。

……

丁酉清明，一腔难抑的思念之情，随着一片片飘飞的纸钱，飞向久远的时空……

1943年，一个风和日丽，阳光明媚的春日，他心里默记着外祖父"穷汉出状元"的训诫，进入将台河私塾读书。那天，外祖母精心打扮，他穿上走亲戚才穿的深蓝色短褂，月白色长裤，一双崭新的圆口布鞋。怀里抱着厚厚一摞书，越发显出少年的英俊和阳光。

他端直地站立书案前，恭敬地向老师三鞠躬，接着送上点心。这是新生入学的规矩。行完礼，他激动地拉起我的手："奶奶说，你长大了，今天也会来上学。"我笑着，心里想，和哥哥在一起念书，妈妈也放心了。这是嵌入我童稚的记忆中，哥弟俩情感相连至今铭心的日子。

这所私塾学堂，坐落在关川河西岸突兀的高地上，周围远近分布着四五个自然村落，位置居中，附近农家子弟上学十分方便。这是年前经父亲提议，庄里人合力从河东山脚下搬迁到这里的。

人都有属于自己的精神家园。在慈善宽容的外祖母精心操持的那个小家庭里，哥自幼养成了心境安宁，诚实敦厚，不贪玩不惹事的个性。进入私塾第一天，就牢记"听老人言，读圣贤书"的古训，尊敬师长，循规蹈矩，习文识字，从未有过些许差池。

那一年，他开始读《论语》《中庸》《孟子》《大学》，算是私塾高班学生。他读书心神专注，声情并茂，有老师吟咏古文那种抑扬顿挫的韵味。先是高声朗诵，接着是轻声吟咏，随后是默默记忆。我站在远处，似乎受到感染与激励，便翻开《三字经》，学着他的声调念一阵，觉得更容易背会。

私塾学堂三部曲，早晨诵读，午后听讲，傍晚背书。早晨诵读之后，学生开始吃干粮，三三五五聚在一起，说着、笑着、吃着，自由自在，其乐融融。可他并不喜欢热闹。经常独自一人，蹲在墙角，把装馍的白布口袋向外翻卷，捧在手里，津津有味地吃着。这时，我走到他跟前，从馍馍口袋里掏出一块白面馍，他知道是妈妈特意给他做的，立刻装进口袋。他自幼不在妈妈身边，像一只不幸跌出巢中的雏鸟，绝少有妈妈把他揽在怀中关爱的感觉。可他知道，妈妈是世界上最爱他的人。

在后来我的生命历程中，眼前总是浮现着哥双手捧着糜面馍馍吃着，那如油画般的亲切面容。

清明节，端阳节，学生要给老师送礼品，名叫"追干节"。把钱物等礼品集中起来，由几个学长提着、抱着，和众多学子一同走进老师家，列队于书案前，恭恭敬敬地行鞠躬礼。哥是学长，大声祝贺老师功德无量。老师笑容可掬，自谦之心溢于言表。年景好的时候，老师还要摆酒席，一阵鞭炮噼噼啪啪响过，师生一同入席，猜拳行令，好不热闹。

读书的间歇，我也到外祖母家去玩。每当跟着哥去外祖母家时，到了河岸边，他便迅速脱掉鞋袜，卷起裤管，蹲下来，让我趴在他背上，搂住脖子，并叮嘱："闭上眼睛！小心掉到河水里！"我偷偷睁开眼睛，感觉有点头晕、眼花，但仍能看得真切：宽阔的河道，水流潺潺，清澈见底，鹅卵石被河水洗刷得玲珑剔透，五彩斑斓。过了河上山坡时，我在前面走，他在后面推，坡陡路滑，一不小心，就会滑倒，他咯咯笑着："真是笨蛋！"于是便牵上我的手，一步一步往上挪。

岁月悠悠，光阴如梭。1945年，抗战胜利，将台河私塾的学生转入平西乡中心国民小学（家境贫寒的学生，从此便永久离开了学校）。

在那社会动荡的年月，有多少家庭，就像漂浮在海上的小船，随时刮来的风都可能让它摇摆倾覆。但对哥来说，更多感受到的是外祖父精心打造的"小船"的安全与温馨。他走进了洋学堂，主要研习《国文》《算术》，也参加丰富多彩的校园活动。经过大世面的外祖父，教育他的口头禅是：做人靠本分，做事靠本事。他从小就明白，上洋学堂就是来学本事的。

从私塾到洋学堂记载着他从小接受良好教育的美好时光，典藏着抹不去的温馨记忆和被遗落古村的童趣……

放了暑假，是我们最快乐的日子。午饭后，哥腰里别把小铁铲，我挥起牛鞭，赶着三头牛去河湾放牧。青草茂盛的河边草地上，牛悠闲地吃草，我便和哥下河摸泥鳅，钻进酸刺丛里捉蟋蟀。小河拐弯处红崖上金黄色的松鼠，翘着足有一尺长蓬松的尾巴，蹦来跳去，伶俐敏捷，活泼可爱。如果捉到一只松鼠，外祖母用各色花线编织一个精致项圈围在脖子上，再系上小铃铛，用一根细长的绳子牵着满地跑，那可是我最开心的事。但哥看到松鼠跑累了，便解开绳子，取下项圈，放开松鼠，看着它向山上自由地飞跑，大声喊着，快回家找妈妈去！

有时，我偷偷爬上大树，把手伸进鸟窝掏鸟蛋或捉雏鸟。这让哥看见了，他会说："窝里的小鸟正在等妈妈喂食哩，不能吓着它！"于是，扶我从树上溜下来，便端起先生的架势，诵读白居易《鸟》里"劝君莫打枝头鸟，子在巢中望母归"的诗句"教育"我。

最有趣的是他教我"吹响响"和"吹哇呜"。

那是自己制作，最简单，纯绿色的玩具，但它愉悦过我童年的心，至今难忘。

"吹响响"的玩具，是先挑选筷子粗细的柳条儿和毛刺枝儿，截成二三寸长的短节儿，用凉水浸泡到表皮柔软后，用双手来回搓一阵，抽出中间的木质部分，再将空心的柳皮管儿和毛刺管儿的一头捏扁，放在双唇间用力去吹，就能发出响亮、悦耳的声音来。哥制作的"响响"和小伙伴们一起吹奏，声音圆润又响亮。

"吹哇呜"，人们都叫"哇呜"，是先到河沟里挖了一块黏性特强的红胶泥土，除去杂质，加水和到柔软适度，抟成一个小泥球儿，再加工捏成圆形或鸡蛋形的形状（中间掏空），晾到半干时，用锥子钻一个大的吹气孔，两个手指按的小孔儿，大孔儿与两个小孔儿成三角形就成了。哥制作的泥"哇呜"，还要用清油擦得光滑发亮，结实耐用又美观。

"哇呜"制作虽不难，但要吹出个有名堂的曲儿调儿却也不易。许多小伙伴们只能吹得"哇呜、哇呜"地响，哥却能模仿鸟叫、猫叫，还能吹出像《绣荷包》、《织手巾》那些民间曲调。

到了春节闹社火那阵儿，长大了能背起太平鼓的哥，很快成为村社火队最出色的太平鼓手。从正月初八到十五，一连几个晚上，他随鼓队去周边社火队，和众多的鼓队一起会鼓。因为会鼓是展示鼓队实力与表演水平的一项重要活动，所以，各村社火队都要精心挑选鼓手，哥几乎每年都会被选中，参加鼓队。

会鼓阵势宏大，场面气派。清脆嘹亮的铜锣，沉重浑厚的牛皮大鼓，汇成一支交响乐。一百多名鼓手，摆开阵势，按照套路，有序展演。一时间，粗犷、雄伟、壮观的场面吸引成百上千的男女老少，欢呼喝彩。这时，外祖父领着我挤进人群观赏。看着哥左手操鼓，右手执鞭，随着咚咚呛呛的锣鼓声，上下翻飞，左旋右转，特别是朝天鼓，哥很轻松地把鼓举上天，卧鼓又能刷地盘腿坐到地上，动作麻利漂亮，外祖父高兴得合不拢嘴，我心里也感到格外自豪。

1950年是哥在这世上迎来命运大转折的一年。6月中旬，盛夏初至，骄阳似火，一年四季刮风的地方居然无一丝清风。这天将公布第一期师资培训班被录取学生名单。燥热的暑气令焦急盼望结果的考生们，内心愈发躁动与难耐。哥坐在树荫下，苦苦等了一天，直到日头偏西，录取名单才公布出来，名字赫然写在红纸上。他连夜回家，报告消息，外祖父似成竹在胸，只是点燃了一锅子旱烟，吧嗒吧嗒悠闲地吸起来，而外祖母不断撩起衣襟擦拭溢出眼眶的泪水，这是在心里感谢老先人的保佑啊！

在那个穷家庭，命根子般的外孙子，考上了县里的学校，意味着已经吃上了公家的饭，在这个穷家里就是"中了状元"，全家一夜无眠。

1951年秋，师训班结业，他被分配到偏远山区当教师。一人数职——校长兼教员，工友兼庙官。两间破庙，既是教室，又是宿舍，条件极为艰苦。但他牢记着外祖父说的，"三百六十行，行行出状元"的话，硬是凭着一股子坚韧和毅力，仅短短两年时间，使当地适龄学童入学率达到95%，这在解放初期的偏远农村是个奇迹。

1953年秋，他被调到一所中心小学担任副校长。学校离家不到十华里路，这对外祖父、外祖母来说，哥来到了他们的身边，又是天大的喜事。此后，几十年间，他先后在多个单位供职，审干室、党校、人民公社、检察院，都留下了他的踪迹。虽未创造出辉煌业绩，获得一官半职的"进步"，但也一路顺风。20世纪50年代中后期，是他人生历程中最辉煌的时期。那些年他阅读了不少书籍，如《中国历史编年》《中国简明通史》《简明哲学辞典》以及《法律常识读本》，还有《中国文学史》等。他决心打好知识基础，干好一番事业，实现他的理想。这就不难理解，外祖父在他走进私塾学堂的第一天，让他记住"穷汉出状元"的缘由了。

三年困难时期，他长年出差在外，时时牵挂着外祖父、外祖母的温饱。那时，生产队吃食堂，外祖母带小弟去食堂打饭，每次打饭时，师傅盛饭的勺子都会对他格外关照（外祖母人缘关系好），不像对其他人那样抖一抖勺子，师傅手腕抖一抖，少说要抖去三分之一啊！对此，哥省吃俭用，常给家里捎带一些粮食和衣物，以补贴家用。

有一年冬天，哥从陕西买了一只小猪仔，装在大挎包里，让我背回家。走进大门，我把挎包往火炕上一放，解开挎包，小猪仔很有灵性，便哄哄地试探着钻出来，一边抖动着身子，一边竖起耳朵，似在观察周围的动静。我背着它，走了七十华里路，一路颠簸，此刻，暖烘烘的火炕使它感觉舒坦多了。外祖母十分高兴，立刻放下手里的活儿，用一只破洋瓷碗盛了水让小猪仔喝，并笑着说："猪娃嘴巴短，耳朵大，真是个好猪娃。"不料小猪不服水土，病饿而死。哥知道猪仔死了，心里难受了好几日，便买了几斤蚕豆捎回家中。

1960年腊月，哥出差路过兰州，他领我走进一家小饭馆，从背包里掏出几块提糖饼，买了两碗面条让我吃，说："我知道你在学校也没吃饱。"他还把从新疆生产建设兵团买的一套帆布军装送给我穿。那年代，穿军装表明一种身份，穿着它既官样体面，又结实耐用。

那个春节，哥在家里住了半个多月，这是他参加工作以来，陪伴外祖父、外祖母时间最长的一次。临走前一日，他邀我去拜谒母亲墓冢。这是母亲去世后，他第二次去那里。第一次是1951年农历五月初三，即安葬母亲的那一天。

乾坤万里眼，时序百年心。20世纪70年代，外祖母、外祖父相继去世。四十多年来，他那双被外祖母抚摸长大走过天南海北的脚，从安葬了外祖父那天回县城，再也未踏上过生他养他的那一方土地。甚至，那满载脚窝的心路，从他记忆的屏幕上消失了。可承载他期盼和感情的那一年四季从窑洞飘起的一缕炊烟，像新生胎儿的脐带，一头牵着他，一头连着外祖母。那个背靠大山，门盈小河的小院，时时刻刻在他的脑际萦绕。也许故乡并不要求他去顶礼膜拜，不要求他衣锦还乡。但我坚信，对故乡永远心存敬畏，让他魂牵梦绕的牵挂，因为故乡是连接他过去与未来的灵魂栖息之处，是他灵魂深处最终的归宿。

逝去的岁月，残存的记忆，无尽的感叹，一去不复返的青春，都付与历史和我们各自的心去重构和沉淀。

……

1995年最后的一天，他一件件办完工作移交手续，依依不舍地回到家里。这是他最后任职的工作岗位——县检察院。在近半个世纪以来，他像机器里一枚不起眼的螺丝钉，拧在哪里，就在哪里固守。

自此，他开始了长达20多年的退休生活，过起了平平常常的日子。然而，很少有朋友来访，他也很少走出家门。小区门口有棵核桃树，几乎是他每天要去的地方。在树下，他和遛弯的老头相遇，有短暂的乐趣，有惺惺相惜，也有话不投机，对他都不重要。只有逢年过节，儿孙们聚在一起，家里瞬间热闹起来，这时他会神情自然，面带微笑，还时不时饶有兴致地问这问那，和女儿和侄女的话似乎更多些，甚至谈天说地，尤其还会说些大家没有听过的、乡间口口相传的轶闻趣事。

2015年冬，是他一生中度过的最后一个冬天。

临近年关，小区院子里骤然间繁忙热闹起来。也许是触景生情，他忽然想起童年在漫漫冬日里等待过年的情景。

凝目天际，许久许久……

冬天，是一个收藏的季节，万物收藏蓄蕴阳光的热量，来年的世界才会吐绿发芽。这是他的人生经验。看着在阳光照耀下丝丝缕缕的温暖铺漫开来，熏暖的气息立刻笼罩全身，一股从来未有过的满足感游丝般飘过，瞬间念虑全无，竟忘却了自己……恍惚间，他似乎听到了一种轻轻的萌动，这是春天努出细芽的小草破土而出的声音，这分明是一种感觉，这种感觉在他的一生中有过无数次。但今天却不同，潜行在自己的脉搏里流动、冲撞，内心产生一种巨大的震撼，使这种感觉在傍晚的静寂里竟无边无际地行走。思索的瞬间，眼前铺开一副朦朦胧胧的画面：

屋后大山，在阴暗的天幕下沉睡，衰草枯黄，迎风瑟瑟。眼前的小河，结了薄薄的冰，像一条凝固的白布带，弯弯曲曲伸向远方。场院的几棵柳树，一丝不动地站在那里，涝池旁老榆树的树枝微微晃动着。树的高处有一个鸟窝，随树摇摆，凝视许久，不见鸟雀飞落的影子。放眼望去，天地朦胧，一个人影也没有，偶尔传来几声乌鸦的叫声，不禁惆怅满怀。他意识到，在天宁地静的疏阔里，寂寞冷清的冬天，该是一年季节轮回的终点，也是又一年的起点。

忽然，一声急促的汽笛声，打断了他的思绪，定睛看，街道上奔驰的车辆，穿梭似的从眼前闪过，远处的景物，高低错落，随物赋形，天地间，渐渐蔓延出一种静穆与庄严：春天不会远了！

此刻，他想到故乡过年，煞是热闹，鞭炮声，此起彼伏，不绝于耳，近的、远的、单响的、双响的，成串的……更重要的是，遵循外祖母的嘱咐，全家人熬长寿夜一直到油灯融进曙色里。然而，这热闹不会再遇见了，这热闹早已变成冷清，甚至冷清到一种游子客居他乡的悲愁。

……

日历翻到2016年。

每天，他坐在小弟特意为他购置的藤椅上，手里捏着一根卷烟，以平常的静默，什么也不去想，迎接日头升起，又落下……

情系桦林山

我对桦林山怀有一种特殊情感，不是因为那里风景独特，让人羡叫好，而是一种历史机缘，三上桦林山，我读懂了罗仲武先生坎坷人生的丰富内涵。

人的一生要经历许多事，也会淡忘许多事，但唯有那些刻在心版上的记忆总是难以磨灭，犹如一汪清澈见底的泉水，一抔散发着清香的泥土，折射出一个人一生中值得回味的风景，传递着万物生死兴衰的气息，无论其中夹杂着怎样的感情，每每想来，心里大概都是柔软而温暖的。守护好心灵深处那片原始森林，无疑是一件有意义的事。

……

桦林山位于甘肃省陇漳武三县交界地带，面积二十多平方公里，为原始森林和高山草甸，最高峰海拔 2737 米，林木繁茂，风景秀丽，是一个天然的生态氧吧。据清·康熙《陇西县志》记载，桦林山"峰峦郁秀，丛生桦林，上有山泉，每雾则雨，故名桦林山"。半个世纪以来，我常常独自在漫漫长夜里，仰望桦林山无边的空际和闪闪的星光，便想起了陇西最高学府人人敬仰的罗仲武先生。瞬间，情感里最柔弱的地方被猛然一击，不由自主地颤抖起来。

第一次登上桦林山，是 1964 年全军开展大比武，陇西基干民兵奉命围剿桦林山空降敌特（假想敌)的那次军事演习。

七月的一天，骄阳似火。令人难耐的暑气，在城市上空蒸腾，人们光着背坐在屋檐下、树荫下纳凉。呜——呜——突然，刺耳的警报声，划过屋顶和树梢传遍大街小巷，伴随着紧急集合号声，全副武装的民兵奔跑着向城市广场集中，接着浩浩荡荡向桦林山急进。

队伍到达桦林峡口，上级命令：隐蔽、待命。这时，一位老师指着桦林山说："半山腰烟雾缭绕的地方是罗仲武老师的家……"我心里一惊，顺着他手指的方向，凝望许久、许久。倏忽间，穿着黑色制服，圆口布鞋，抱着一摞书的罗仲武先生，站在教室门口等待上课铃声的情景便浮现在眼前……

罗仲武先生早年就读于陇西师范，1945年抗战胜利后进入甘肃学院深造，毕业后在伪省政府田粮处供职。1949年夏，兰州解放前夕，他离开省城，回到家乡，做了一名中学语文教师。

1950年代，罗仲武先生是陇西教育界很有影响的教师。他擅长古典文学教学，讲授《过秦论》《六国论》等著名历史政论文，在串讲中穿插点评，从分析疑难词句入手突破难点。讲授《廉颇蔺相如列传》《孔雀东南飞》等长篇叙事诗文，运用声情并茂的朗读，绘声绘色地描述故事情节，分析人物性格，往往收到事半功倍的效果。教育界同仁认为，他之所以能把学生深感枯躁乏味的古典文学课堂变得情趣盎然，源于先生渊博的知识，缜密的思维，扎实深厚的国学功底和细腻精准的教学方法，源于先生执着教育，热爱学生的敬业精神。平心而论，罗仲武先生是一个无愧于时代，无愧于人民的称职的人民教师……不料历史和他开了一个玩笑。1957年春天，在大鸣大放中，他被打成了"右派"。

时世突变，命运骤转。他没有为自己遭遇不幸申辩一句，没有表现出为世所遗的丝毫悲痛，便离开多病的妻子和三个孩子，大的五岁，老二三岁，最小的还未学会走路。人们说他太直、太憨、太偏……他走了，家散了。在三年自然灾害和"文化大革命"那些特殊年代里。妻子艰难的生活道路背后，充满着一个女人痛苦的付出和对孩子悲伤的爱。人们对她的同情、赞叹达到极致：世间没有人比罗仲武的妻子更无助和艰难的了……而罗仲武在牢狱中默默承受着未能尽到丈夫和父亲责任的良心煎熬。直到后来一家人团聚时，罗仲武先生说："他们已学会从土里刨食吃了……"

集合号又一次吹响，队伍继续前进。

弯弯曲曲的辽西河，在浓荫下隐隐约约向桦岭山延伸。两岸山峦起伏，被无边的绿色联结，黑色、褐黄色、紫红色、白色的鹅卵石侧立其中，像剪断又缝合的一块块织锦，古朴绮丽。河水流经平缓的河床，水面变宽，突遇顽石隆起，水流受阻，左冲右突，碰撞迂回，溅起一堆堆雪浪。瞬间，又在一汪潭前汇集成瀑，纵身一跃，置于巨大落差和强烈轰鸣之中。经过几番翻滚挣扎，挣脱险境，一往无前，继续向下游流去。

登上桦林顶峰，已是傍晚时分。纵目远望，天地朦朦。那山峦，峡谷，大树，奇石，溪流，逶迤数十里，在高天流云的薄雾中，宛如一首朦胧诗，意味深长，成为人们流连的风景，在人们心中久久徘徊。尤其是随风飘来山歌优美婉转的旋律，让你觉得那是一种生命的原始力量，是一种自然的美的呼唤，如同天籁之音，萦于耳畔，经久不息。我猛然悟到，生命与自然竟如此完美结合！凝望奔腾不息的辽西河，心中泛起阵阵涟漪。我在想，河水只能流走岁月的泥沙，却流不走凝固的历史，每个人需要关注的是眼前流动的现实，因为他会改变一个人的命运。

……

1960年代后期，仲夏的一天，我和历史教师张经先生第二次登上桦林山，专访罗仲武先生。远离"文化大革命"政治喧嚣的桦林山有与《桃花源记》中高度契合的安谧与纯净。罗仲武被释放回家后，下放到桦林山一个叫南峪的生产队，过着相对平静安逸的生活，除种几亩薄田外，平日里上山砍柴，打蕨菜，背到五十里路以外的县城去卖，换回食盐、煤油、火柴等生活用品……此去是想探寻先生凭借什么力量构成了他一道独特的精神风景……

走进南峪约莫二三里，眼前左右各有一条沟。两沟之间夹着一块比较平缓的台地，沿着羊肠小道，爬上1000多米的斜坡，罗仲武的家便呈现在眼前。

这些日子，阴雨连绵，难得一个晴朗的日子。不料，时过中午，若有若无的雨丝竟悄无声息地飘洒起来，细微的雨声和沟沟岔岔的寒竹嘎嘎作响拔节之声相互缠绕，让一座空山充盈着自然的韵律。伫立细观，竹影婆娑中仿佛有一个人影由远及近踏歌而来，潇洒自然，活脱脱一个罗仲武！

罗仲武家的宅子坐西向东，背靠大山，院墙用石片、土坯和上黄泥垒成。墙头堆放着一捆捆桦树枝条和酸刺，把院子堵得严严实实。大门是用桦木枝做成的，透过空隙往里看，清冷的院子里，靠西两间茅屋，拐角处摆放的农具和杂物，一目了然。

"罗老师在家吗?"我轻轻地拍了拍门框。

"谁啊!"瞬间，只见罗仲武先生，从茅屋里走出来，还是从前那种从容淡定的神态。

大门吱的一声开了。

张经老师迎上前去伸开双臂紧紧抱住罗仲武，深情地说:

"你回来了啊!"

罗仲武拍着张经的肩膀调侃道:

"我是枉读圣贤书了啊!"

"不，不，读书会有用场啊!"

"……"

我站立一旁，内心一阵酸楚，一种无名的痛。

命运的无常，人生的短暂，生命的脆弱，生死存亡的悲剧轮番在人们周围演绎，一次次警示着芸芸众生。罗仲武先生正是沿着这个轨迹演绎他的人生啊!我心里想。

屋子中央一张简易的桦木圆桌，周围摆上四只小木凳，大家围坐在一起，叙谈家常。罗仲武先生的妻子忙出忙进地张罗，沏了三大杯山茶，端来一大盘蕨菜和几块玉米面饼招待我们。屋子里充满了浓浓的山区人家情味。

桦林山有个特殊现象，有雾则雨。这时，云雾散尽，太阳从云层里喷薄而出，明媚的阳光，像刚刚被洗涤过一般清新亮丽，把整个茅屋照得熠熠生辉。玻璃杯里的山茶，像溶化的旭日闪烁着金色的亮光，太阳耀目的亮光和茶水的金光不分彼此地交缠在一起，罩在两张皱纹横生的脸上，看起来就好像蜘蛛用金丝银线织成的网。

罗仲武，面容清瘦，花白的头发稀疏而不杂乱，优雅地闪烁着思维的敏捷和智慧的光芒，特别是一双明亮的眼睛，炯炯有神，具有极强的穿透力，令人敬畏。虽是一身布衣农民装束，仍不失从容淡定的儒雅风度。而他的妻子，三千烦恼丝处在"将老未老"的尴尬状态中，灰褐相杂，却很无趣地隐逸着在过去的日子里苦苦挣扎。

我心里极力搜寻他们此刻的心境。

面前这两个年过六旬的老人，共同畅饮岁月酿成的一坛苦涩的陈酒。生活里共有的甜美与沧桑，生命中曾有的成功与失败，都成了无关痛痒的过眼烟云。而今他们在意的，也许是年轻时相爱的情感转化而成的现实的互助与温情，努力把暮年那一盏原本暗淡的灯拨得璀璨些，明亮些。

……

第三次登上桦林山，是1970年代中期，在桦林山用干打垒建设学农基地时，我和罗仲武先生有了更多的近距离接触。

学农基地又称之为校办农场，建场初，从全国各地引进40多个冬小麦良种进行试验，运用先进农业科技，推广水稻捲秧技术，为当地传统农业生产起了一种示范作用。一时间，慕名参观者络绎不绝。

农场有果园，有药圃，还养牛、养羊、制醋、制糖，尤其是河滩那几亩菜园更是有模有样，紫色的茄子，火红的辣椒，红灯笼似的西红柿，胖墩墩的南瓜，以及纤长的豆角，水灵灵的黄瓜，绿油油的菠菜、芹菜、香菜，想吃什么，伸手便摘。生活在那个小天地里，看蓝天白云，看春夏秋冬，真是一种难得的享受。每当太阳从地平线冉冉升起，每一株庄稼，每一朵蔬菜，挺着年轻的腰身迎接湿漉漉的晨曦的洗礼，刹那间，人的内心世界像植物一样平静坦然，对外面的世界竟毫无半点欲望和奢求。

期间，罗仲武先生常来农场，不但对农耕文明产生了兴趣，而且开始关注现代稼穑科学。他经营着自家的几亩薄田，把对生活的热望都寄托在土地里了。种在地里的是他简单朴素的生活，长出来的是他内心世界丰富的语言和纯洁的思想。他坚守着一种信念：人一辈子要走很长的路呢！不管有多艰难，都应该努力向前走去。因此，能走的时候，一定不要停下，只要昂首挺胸，努力向前走，无论走多远，也就不会有遗憾了。

1978年底，他抖落一身疲惫，抚慰着受伤的心灵，重新走进讲堂，用粉笔继续演绎人生的最后几年。

人一出生到成长也许就是一个不断发现自己被欺骗的觉醒历程。罗仲武先生晚年，对于曾经遭遇的不幸，认为那是历史的误会，人生的短暂和命运在"静"与"动"中变化是世间常理。

他在卑微的岁月里学会的不是沉沦和颓丧，而是认识自己，合理地转化势能——无所畏惧，迎难而上，让自己获得炫目光彩。可要在已荒芜20年光景的那片教育田地有新作为，绝非易事。他面对清冷的校园，憧憬未来的光明，不忘初心，夜以继日，发奋读书，精心备课，因材施教，向四十五分钟要质量，决心用生命的余热挽回被耽误的时光。

不用扬鞭自奋蹄。罗仲武先生后来在政协委员任上，调查研究，潜心思考，曾提出不少关系国计民生的独到见解。对此，人人敬佩。我对他更是十分敬重。然而，老年人收入微薄，寅吃卯粮，生活太过节俭，使他身心健康受到损害。我是他家常客。一次他的妻子端着小木盘，迈着小脚，走进屋子，把盘子里的一碗浆水杂粮搅团，一小碟食盐，一双木筷，轻轻放到炕桌上，然后慢慢地走出去。我看看表，已过了吃午饭的时间，心里一阵内疚，正欲起身告别，只听罗先生道："史主席，你坐，这样的饭食，你……"我连连谦让："罗老师……"罗老师是在一片赞扬声中离开这个世界的，其中也许包含着我对他敬重的成分，每每想来，心里五味杂陈。

……

三上桦林山，我读懂了罗仲武先生，人只有一次的生命，他是怎样痛苦煎熬到画上最后一个句号。

六十年弹指一挥，今日思之，罗仲武先生的一生，就像桦林山那一丛丛寒竹，箭杆崛立，吃满力道，引而不发，疾风也奈何不了它！即使身处逆境，仍然精神抖擞，等到霜雪压顶时，正如白居易说"夜深知雪重，时闻折竹声"，披雪寒竹反而倍显精神。

万物瑟缩时节，唯有寒竹崛立。

寒竹虽瘦，却有破风之声。

（2017年刊登于《定西政协》）

小巷日月

一

在中国西北部有一座古老的城市，老得只能从发黄的故纸堆中窥见它发展的轨迹。据史料记载，始皇二十六年（前221年）设郡，魏文帝黄初元年（220年）设县，距今1700多年。

第一次走进古城是1956年秋。大众戏园每周末放电影，改善古城枯燥单调的文化生活。开学不久的一天，学校组织新生去看电影。从破破烂烂的东安大街逶迤而过，坑坑洼洼的街道连缀着两边参差错落的平房，褐墙灰瓦，黑漆门窗，门前堆着柴垛、砖瓦和粪土，屋檐下渠水里覆盖着一层冒气泡的漂浮物缓缓流淌，屋顶炊烟袅袅，深巷鸡犬之声相闻。俯仰之间，似乎有一种平仄分明、音韵谐和的诗的意境，那流淌在岁月深处的故事，令人心驰身往，心怀柔软。那城池垛口、射眼、墩台、隘口，无一不是实战的屏障，任凭金戈铁马也难越雷池，分明是冷兵器时代的军工杰作，传递着先人们的思想和智慧，给人以强烈的震撼和启发。走到大街尽头向左拐50米，便是抗战时期由民众出资修建的大众戏园，坐东向西，和建于宋代年间的钟鼓楼遥相呼应，沧桑而凝重。戏园周边的居民院落，被毛细血管一样的小巷连接成一个整体，很自然地构成了古城的原始版图。

1978年底，我第二次走进古城，走进与东安大街相连接的一条小巷——永宁巷，住在一家被私改的地主宅院。院里院外，住着十多户人家，都是老住户。我结识的第一个老住户人称大牛，他对古城历史很感兴趣，在他的引领下，我进入历史的深巷，一路走来，顺着时间的刻度，在那些古城墙、古建筑之间俯视和仰望，而那残存着时代印痕的秦砖汉瓦以及地上凹凸不平的青石板，虽然都是一幅静默的姿态，但在我看来，在古旧的文脉和故实里，它们所呈现出的，是旧时光中的那种自适其然的翔实，是光影与别具古韵的古宅交融的温馨，更像一位阅尽沧桑的智者缄默不语，固守着一种冷静与安详的尊严。这片土地属秦人发祥地。公元前890年，非子牧马而取悦于周王室，取得秦邑封地，那就是秦人。从此，关山内外，秦人迅速发展强大，最后一统华夏万里河山，中华文明进入一个崭新的阶段，浩浩荡荡，辉煌上下五千年。古城北长城梁秦公三代修筑的长城，城东四十里渭河北岸的古渭州遗迹，城西五十里传说伯夷叔齐曾经采薇的首阳山，还有坐落在古城的四十多座寺庙，共同构成了一幅多姿多彩的历史风云画卷。古城这些古建筑，始建于宋、元，明、清又增修扩建，遂成规模，建筑布局结构严谨，脉络清晰，吸纳着日月交替的影子。民间还流传着许多历史故事和传说。其实这座城市，在它没有建成以前，小巷就一个接一个地出现了。大牛笑着问我，听说过"汪家洞"的传说吗？先有汪家洞，后有保昌城呀！

二

大牛的家在永宁巷十字路口，临街开了个小卖铺，店名叫大牛小卖铺。他告诉我，他是牛家独子，家穷老大了还没娶上媳妇。后来，一次偶然的机会，在小卖铺门前，见一个年轻女人，怀里抱着一个四五岁的男孩，步履蹒跚，神情木讷，怪可怜的。那女人说，家在偏远山区，丈夫车祸去世，为养活孩子，便拖家带口进城，靠走街串巷卖针头线脑过日子。也许是一种缘分吧！父母央求小巷里一位热心大姊说合，1985年他俩自愿结婚。老天怜人，一年后生了一对双胞胎。从此，小卖铺由媳妇经营，店名改成牛犇杂货铺，寓意大牛成家立业，人丁兴旺。

大牛是一家县办工厂的电焊工。因为有电气焊技术，便在门前空地上，用砖头和黄土泥垒砌了一个平台，用牛毛毡搭建了个遮阳雨棚，摆放着台钳、电气焊、砂轮之类的工具，下班后干一些铁艺活儿，卖钱补贴家用。大牛对干铁艺活特别卖力气，或蹲或站，不是敲打铁皮，做个水桶、簸箕，就是用钢板焊接个烤箱、土暖气炉。有时忙起来，连饭也顾不上吃。媳妇把饭端来，他一边吃，一边琢磨，灵感来了放下碗筷，操起工具继续干。大牛还经常帮助左邻右舍修理自行车、三轮车，砌火炕，泥火炉。有时，我公务繁忙，来不及料理家务，他便拿上我家的粮本、煤证，蹬上三轮车，帮老婆去粮站打粮，煤厂拉煤。每每干完活送他两包燎原牌香烟，他立即抽出一支点燃，猛吸一口：老哥这"燎原"比我的"双羊"档次高多了。对此，巷子里的人议论纷纷。真是一石激起千层浪，古城人正在酝酿开放市场、发家致富，大牛此举无疑引发出强烈的社会效应，一时间有不少国有企业工人、郊区农民、小巷居民，做起了小生意，有的甚至背着药材，南下广州、深圳，回来时背着大包小包日用品沿街叫卖。有人担心会被割"私有尾巴"。可大牛有自己的一套说辞：报纸广播上正在宣传哩，市场要开发，工厂要打破铁饭碗。不干不行啊！咱永宁巷，从前出过不少商户、老板，还有资本家，他们在兰州、口外做生意，如今有不少人去南方发展了。大牛这番话是说，这是个千载难逢的商机，"别人敢下海，我也不怕湿鞋。"

1988年，工厂开始走下坡路。1990年大牛买断工龄，领了一万元与企业挥手告别。一次，他见我说，有党的好政策，没有办不成的事。打破铁饭碗是迟早的事。打破了就自己干! 凭咱两只手，不愁没饭吃。

牛犇杂货铺对面是一家国营农具店，还有一家新开张的铁匠铺。铁匠铺和它的年轻经理（古城有名的铁匠陈铁锤后代、农机具改良能人陈小锤）一样，充满着火焰燃烧的激情，生产着传统的刀、铲、锄、斧等农具。陈小锤1966年高中毕业后，子承父业，在广阔天地抡起了铁锤，他的淬火技艺高超，远近闻名。陈小锤后来承包了农具店，他是企业改制率先搞承包经营的带头人，自行设计制造山地步犁、播种机、收割机、锄草机等农机具。周边的农民背着农特产品到古城贸易，卖的钱又用来买新式农机具和生活用品。铁匠铺门庭若市，农具店生意火爆。1990年陈小锤光荣地参加了全省第一届科学大会，并获得"科技能人"称号。

永宁巷两侧的店铺一间紧挨一间，食品店、服装店、糖果店、茶室、餐馆、发廊、药房等店铺，生意更是水涨船高，临近中午，街道上商贩吆喝此起彼伏，餐馆和店铺人声鼎沸，达到了高潮。

三

　　一天，我上班路过大牛杂货铺，发现店名改成"牛犇超市"，红底金字，时尚醒目。他告诉我："国营红星建筑公司经理李元元下海了"。李元元是木匠的后代。他的祖上开木铺，木铺产品引领时代潮流，颇有名气。1935年10月，长征红军某部一青年战士不幸在战斗中牺牲，木铺匠人立即选优质木材，亲手制作棺木厚葬。1954年公私合营，木铺成了木器社，大跃进年代成了建筑公司。李元元在这个有着深厚家国情怀的木铺里长大，十八岁参军，当过全连学雷锋标兵，转业后进入国营建筑公司，勤学苦练成为生产能手。不久，在而立之年，他挑起经理的重担。原来政府组团赴东南沿海考察学习市场开放经验的消息一传开，李元元也带领他的伙伴南下广州。他们日夜兼程，考察城市的农贸市场、民营商店和农民建筑工程队。正值阳春三月，珠江两岸生机勃勃，大街上车来车往，人流如织，呈现着一派干事创业的繁忙景象。李元元一路几次激动得差点掉下眼泪，他说："干事创业，就要像广东人一样干！"一席话说得一帮伙伴们摩拳擦掌。

　　1984年，李元元建筑工程队，频频亮相古城房地产行业，并参加了全省劳模大会受到表彰。1990年，强强联合，由多家建筑工程公司、多家房地产开发公司组合，李元元出任总裁，陈小锤出任总经理的兴陇集团公司挂牌成立，庆祝活动在陇鑫国际大酒店举行。十里八乡的农民骑着摩托、开着"三轮"来看热闹，电视台制作专题节目宣传报道……

　　回到永宁巷，我忽然想起李元元常说"党的政策好，就得干成一番事业，活出个人样"。他生活朴实，做事踏实，处事练达，不事张扬。平时一身旧布衣，两只袖口翻卷着，露出黑黑瘦瘦的胳膊，地道的农民模样，谁会相信他是老总呢？于是我在记事本里写下一段话：农耕文明正在解体，农民身份正在转变。古城创业者群像中，李元元、牛犇、陈小锤是其中的优秀代表。这些出生在苦瘠甲于天下的黄土地上的苦孩子，成为陇中名列前茅的企业家实属不易。有如黄土地上的野菊花，在时光钟摆无形摇摆中，不畏霜雪，不怕严寒，躬行装点七彩斑斓的大地，展现亮丽的人生。我想古城一切创业者心里一定明白，像李元元们一样，不放弃历练和追求，就一定能赢得属于自己明天的幸福生活。

四

登上永宁巷南端的城墙，举目四望，思绪万千……

李元元们曾尝过"大锅饭"苦涩的滋味，悟出政策好了，若要过上好日子，全凭自己一双手的道理，是人生境界的一次升华。古城历史新的一页，将要在他们手里翻开。于是，我突发奇想，人类历史，在物证几乎散佚殆尽的时刻，只有从零零碎碎的遗存中才能还原出已然遥远了的时光。古城的许多小巷，是这座城市的发端。有了小巷，城市的端倪才逐渐清晰起来，人们也渐渐从四面八方聚拢而来，一代接一代，用勤劳的双手建设自己的家园。古城东安大街，也许曾经是丝绸之路上的一个车马店，在这条路上走过形形色色的人，有富人、有穷人……可历史的脚步一刻未停，车马店变成集镇，集镇变成了城市，而这一切都已成为过眼云烟。

我作为古城居民已整整70年。七十年弹指一挥间！特别是近40年的变化是在眼皮子底下发生的，"苟日新，日日新，又日新"。千百年来，东安大街到城门口就断了，城市街道一下子萎缩成乡间小路。然而，时光如同技艺高超的大师，能在平淡处现奇绝，于无声处听惊雷。1980年代，大街逐渐向两头延伸贯通，城市转变身份的那种标志性建筑——高楼大厦拔地而起。城外周边的村庄变成了城市小区，道路宽敞，繁华富丽，村气尽退。走在大街上是城市，走进街巷深处，依然是城市，城市藏匿着村落的现象只能在回忆中寻找了。小巷及周边那一批批淘金者像潮水一样被推上岸，成了市民，完成了从农民到市民的转变。仿佛只有城市，才让自己获得新生；只有城市，才肯定了生命的价值……

五

古城如同世纪老人，透着昔日的辉煌，领略今日的繁华。然而，小巷似乎老了。天竺寺院子里那棵百年老榆树，枝干瘦瘦的，倔强地向上伸展，用力托着鸟巢，那鸟巢随风摇摆，扑棱棱飞起几只雀鸟，落在地上觅食……

小巷老了，但依然顽强地保持着自己特有的风貌，憨厚朴实中透着自然与安详。小巷人从容淡定，依然透着青春朝气的光亮。小巷的日月，继续演绎着小巷人追求美好生活的故事。

两位百岁老人，坐在巷口小石凳上聊天。他们是古城名副其实的土著，我相信他们的皮肤，连同他们的呼吸也会带有时代的气息。他们老了，老得只能记着曾经的日出日落，曾经生育并抚养的子女们，渐渐地消弭在这座城市之中。只听一个说"日子不能细算呀"！另一个笑着"好日子可要记着啦"！我想，他们此刻正悉数着过去的和剩下的日子。曾经的沧海桑田，留在他们心里的，究竟有多少，谁也不知道。也许他们所经历的每一个日子，在自己生命历程中都是重要的。然而，唯有如今这舒心的日子，有如1949年10月1日高高悬挂在天安门城楼上的大红灯笼那般红火与圆满。

小巷未老，你信不？我信。

（获《飞天》"庆祝中华人民共和国成立七十周年"征文优秀奖）

黎明前的战斗

东方刚发白，陇西火焰山下的麦田里，锄头除草的声音，笑声，歌声，交织成一支响亮的战斗乐曲，迎接着黎明。

一杆红旗顺着早晨的东风飘扬，浓郁的麦香随着旗飘的方向送到远方。麦田地里的露水，打湿了社员们的裤腿和袖角，五十多个穿着花花绿绿的姑娘，像一条彩色的绸带在地面上移动。紧跟在她们后面的是一队男社员。战斗不到两小时，卫星班的女英雄已占先五公尺。卫星排长刘志忠看到这个情况后，表面上好像很沉着，可心里像放着盆火似的焦急。二十几个猛虎般的小伙子，豆大的汗珠不住地往下流。但谁也顾不得去擦一把，只听见"赶呀""赶呀"的喊声，挥着锄头，向前飞奔着。

卫星班长小琴看到自己的爱人，领着一支人马，顽强地战斗着，再看看自己班的女英雄们誓比高低的模样，心里有股说不出的滋味，她那一对乌黑的大眼睛里饱含着幸福的微笑。

刘志忠虽然领着一排猛虎般的小伙子，飞快前进，但，想追上女英雄们却也不很容易！他回头看看伙伴们，放开喉咙喊道："同志们！加油啊！争取在太阳出来以前，超过姑娘们。""来呀！我们欢迎你们，不要老拖在后面呀！"五十多个姑娘，好像有准备似的异口同声地回答。

"算了吧，提前上工的还算什么先进呀？"一个矮胖的小伙子，不服气地说。

"自己睡懒觉，还怪别人来得早，告诉你们的刘排长，我们的小琴姑娘，今晚有他的好看哩！"一个调皮的姑娘说得小琴和刘志忠满脸绯红，但内心却蕴藏着说不出的高兴。当玉芬抬头发现后面的几个小伙子已经追上来时，她突然提醒大家："快使劲呀！姑娘们，他们已经快赶上了。"

　　"看你们还骄傲，再过五分钟，看谁先抢到红旗。"矮胖的小伙子仍然不服气地挑战。姑娘们放大嗓子说："好！咱们就比比看。"

　　各自都在默不作声地行动着。

　　经过三个钟头的劳动，刘排长站起来，手握住旗杆，挺起胸膛，用一种豪迈、响亮的口吻喊道："小伙子们！姑娘们！我们共同完成了七十亩锄田任务，并且提前了半个钟头。"这时，大家都兴奋地跳起来，一个身材高大、魁梧的人举起红旗，望着油绿葱葱的麦田挥舞着，大伙儿欢呼这一战斗的胜利，相互祝贺在劳动中结成的高尚友谊。

　　东方已经映出了一片红光，太阳已露出了半个脸庞，早晨显得特别清晰爽朗，太阳含着微笑，似乎在说："年轻人，你们胜利了。"

（1959年4月刊登于《甘肃日报》）

鸟鼠山的新"花儿"

农历四月上旬，我出差路过阔别十多年的渭水源头——鸟鼠山。这座两千多年前就有记载，以"鸟鼠同穴"闻名的山，远山近岭，荒芜人迹，一直保存着古老的风貌。如今，这鸟鼠山下居然出现了一个个小小的山镇。每年一到农历四月八前后，春耕热潮刚过，山镇的人们为了消除疲劳，总要带上丰盛的食品，结伴上山游玩，一路漫着"花儿"，煞是热闹。一下汽车，我便沿着铺上麻石的大路，径直走进坐落在山镇东头大舅的新居。

晚饭后，我去看望鸟鼠山第一任党支书冯荣桂大叔。他今年六十七岁，身板硬朗，精神矍铄，满脸洋溢着老年人特有的热情。一见我，便扳着指头，一桩桩，一件件，着实夸了一番鸟鼠山。最后他说："山变水变人也变，变了旧貌，换了新颜！"

"这几年，你们鸟鼠山也富起来啦！"他送我走出大门时，我不禁羡慕地说。

"才上道儿哩，嘿嘿，要不是那些年穷折腾，咱鸟鼠山早该……""总算走上了富道啦，往后必定是大发展哩！""是哩，是哩，多亏中央政策这本真经，咱可得诚心念哩！"

天刚蒙蒙亮，我站在静悄悄的街头，借着晨曦的光亮，寻觅那古老村落的痕迹。呵，这就是鸟鼠山？刹那间，山道上"手扶"突突地轰鸣，铁匠铺里"叮当叮当"的锤声，以及飞腾在山镇上空的"花儿"，汇成一支欢快的劳动交响乐，冲破了陇原春天特有的静谧气氛，洋溢着暖人心房的热浪。顿时，有如一股蜜汁流入我的心田，立刻唤起我对山区朴实农民的敬慕之情，想起土改后，在鸟鼠山人盼来的第一个金色的季节里，那个和老支书一起带领大伙儿喜获丰收的王乡长——振中大伯。

振中大伯是中华人民共和国成立后鸟鼠山的第一任乡长。打我有记忆时起，就听外祖母说，振中大伯幼年丧母，七岁时父亲被反动派抓了壮丁。虽然他没有家，但和荣桂大叔亲热得像一个娘生的。白天一同上山放羊，晚上两人合盖一块破毛毡……到十五六岁时，又一起给地主扛长工……后来，他和冯大叔挑着货郎担子，打扮成生意人，几经辗转，参加了陇南游击队。

一九五二年春，王大伯率领着土改工作队回来了。从此，寂静的鸟鼠山下，掀起了打土豪、分田地、闹生产、建家园的热潮。他看着那些双手捧着从自己的土地上获得的金谷银米的庄稼汉，舒心地笑了。

如今，鸟鼠山实行了包产到户的生产责任制，家家仓里有了余粮，户户盖了新瓦房，特别是新建了学校、商店、卫生所、良种试验场、药材收购站，到处生机勃勃，显示出陇原山镇特有的风貌，富裕、欢乐代替了昔日的贫穷和寂寞，难怪这位土改时的老支书，脸上挂着笑，像喝了蜜糖水。要是王大伯也能看到鸟鼠山这些变化，该有多么高兴呀！

我低声唱着表嫂新编的"花儿"，信步往回走，一阵阵油炸糖果的香气，飘过家家院墙，好香啊！表嫂听见我的脚步声，一把撩起门帘，兴冲冲地说："今年四月八，鸟鼠山赛'花儿'哩！表弟可要……嘻嘻，王乡长来了，咋能不露一手？"表嫂现在是模范民办教师，又是文化室的"土作家"，她编的新"花儿"登过报，比我这个语文教师强多啦！

看着表嫂那副乐劲儿，我走过去问：

"哪——哪个王乡长？"

"王乡长——王大叔呗，当'顾问'啦！"

我心里十分纳闷。表嫂接着说："'顾问'，'顾问'，又顾又问嘛！如今你们大机关有'顾问'，咱鸟鼠山也要'顾问'哩！"说着，向我神秘地笑笑。

世间真有这么巧的事？我不禁眼睛一亮，大声问道："当真？"

"哟，谁开玩笑！天明才到，兴许是为赶上节日，夜里坐11号——不信，去问老支书。"

　　表嫂从碗柜里取出一瓶"陇南春"，放到饭桌上。我不由鼻子一酸，泪水扑簌簌滚下腮帮，急忙转身，拿起王大伯当"走资派"时送给外祖父的那只高脚玉石酒盅，细细擦拭着。如今外祖父早已下世。

　　忽然，半山腰传来一阵说笑声，把我从沉思中惊醒。我抹掉眼泪，急忙跑出去迎接王大伯。

　　只见乡亲们簇拥着王大伯和老支书。王大伯拍拍老支书的肩膀，高兴地说："老伙计，漫一首新'花儿'，要自编自唱！"

　　人们顿时欢腾起来。老支书更乐。只见他学着剧团报幕员的样子，抿着厚嘴巴，迈着碎步儿，走到大伙儿面前，鞠个躬，把两只粗大的手交叉在胸前，然后，说声"'花儿'开始"，便咧开没有门牙的大嘴，唱道：

　　高不过蓝天（者）大不过海，

　　好不过富民的政策。

　　幸福的道路（者）共产党开，

　　四化（哈）高楼咱亲手盖哩！

　　大伙儿使劲拍着手，笑着，没等老支书唱完，齐声唱道：

　　高不过关山（者）长不过江，

　　亲不过各人的爹娘。

　　共产党开开（者）幸福道，

　　鸟鼠山——咱手里变个样哩！

　　一阵阵悠扬的"花儿"，轻轻地回荡在渭水源头。这"花儿"，充满赞美新生活的喜悦，编织着更加绚丽灿烂的春天！这"花儿"更深深激起我无限情思！啊，此时此刻，我完全被这"花儿"陶醉了……

　　听着，听着，仿佛听见鸟鼠山人急速前进的脚步声。可不，这支别具风格的劳动交响乐，不正是这阅尽沧桑的历史见证——鸟鼠山奏出的向着明天进军的一曲新"花儿"吗？

（1980年3月刊登于《陇苗》文艺杂志）

闪光的起点

　　我喜爱秋夜的繁星。小时候，常和邻居的孩子们坐在门口的小石凳上，数着绚丽多姿的满天星斗，遐想着浩瀚天宇的奥秘。但我最喜爱的，是母校实验室的灯光。每到夜幕四合，一扇扇窗户里，闪烁着晶莹灿烂的灯光，它比天上的繁星更亮，像一张张喜人的笑脸，迎接着爱好科学的人们。

　　这灯光，令人神往，促人奋进，使人感到格外亲切和温暖，因为那几间饱经沧桑的土屋——理化实验室，在战争年代曾是我敬爱的老校长沈为民先生陶冶进步青年、开展革命斗争的地下堡垒；解放后又是他带领园丁们用心血和汗水浇灌一代科学人才茁壮成长的摇篮。

　　老校长沈为民是一位酷爱科学、热心教育事业的人。他不但具有较丰富的历史知识，有一定的文学才能，而且教授物理、化学，也颇受学生欢迎。在我胸前飘着红领巾的时候，就听到人们称赞他是学校的"化学专家"。据说，他当学生时，就树立了学好数理化，献身共产主义的雄心壮志。几十年来，他潜心思考，废寝忘食，亲自动手更新设备，精心管理，把一个简陋的实验室，建成了设备比较完善的教学实验场所。实验室的里间是仪器室，几十张明亮的玻璃橱柜里，分别装着成套的化学、物理、生物仪器和他自己采集的生物化石标本，一排排浅蓝色的书架上，陈列着理化书籍、杂志和他组织青年教师编写的各科教学参考资料、中学物理、化学复习题解。外间，是学生分组进行实验的地方，四面墙壁上挂着几幅世界上著名化学家、物理学家罗蒙诺索夫、居里夫人、牛顿、爱因斯坦的画像，整个实验室显得窗明几净，豁亮大观。这一切凝聚着老校长的精神和心血，也寄放着他的愿望和欢乐。正是在这里，他忘我的精神化成了人们勇敢攀登的力量，数以千计的青年，在他的精心培育下，像春天草地上无名的小花，几经细雨滋润，阳光沐浴，盛开在春色满园的百花丛中——社会主义革命和建设的各条战线。他的学生，一个人民解放军战士在信里用诗一般的语言赞扬他：

　　每当我巡逻在边防线上，

　　我感到浑身都是力量，

　　因为你教会了我学习和工作，

　　懂得手中钢枪的分量……

　　我中学毕业后，由于工作关系，仍然有机会聆听他的教诲，在他的指导下，我研究农业科学，阅读了许多重要资料，进行了无数次科学实验。

　　……

　　六十年代中期，正当我国的科学教育事业蓬勃崛起的时候，林彪、"四人帮"罪恶的黑手伸进了校园。一场空前的浩劫在我的母校发生了。一夜之间，老校长被打成"走资派"、"反动学术权威的总后台"，实验室被攻击为"土围子"而遭到猛烈的炮轰。从此，实验室明亮的灯光熄灭了，变成了一座令人毛骨悚然的"牛棚"。

　　面对着黑暗吞噬了光亮的窗口，只要是一个头脑正常的人，怎么能不忧心忡忡！老校长更是百感交集，心痛欲裂。

　　然而，残酷斗争的烈火，猛烈地向他烧来，批斗、游街、请罪……老校长强忍着身体横遭摧残的痛苦和精神上的巨大创伤，苦苦思考着、默默注视着。眼前发生的一切，迫使一个共产党员时时向自己发问：这究竟是为什么？为什么啊？

　　夜晚，他躺在床板上，心潮起伏，浮想联翩，久久回忆着在党引导下走过的道路；早晨，他凝视东方，耳边萦回一九四九年十月一日，毛主席在天安门城楼庄严宣告中国人民从此站起来了的声音。

　　现实的严峻考验，不但使他变得沉默、愠怒，而且给他饱经风霜的脸上，涂上一层黝黑的光彩，显示着他那坚强不屈、负重致远的性格。看着老校长头顶高帽子，昂首挺胸地从街上走过，我不禁想，"造反派"里一些人的歇斯底里，只能使那些在政治斗争中患神经衰弱症的可怜虫下跪求饶，绝不能动摇一个真正共产党员的崇高信仰，威逼利诱会使官迷心窍的人出卖灵魂，绝不能使一个献身共产主义的战士屈膝折腰！

星移斗转，日月流逝，老校长紧锁的双眉渐渐舒展了，仿佛眼前亮起了中南海的红灯，亲眼看见了周总理的笑貌音容，缕缕笑纹悄悄爬上了他的嘴角和眉梢，他坚信这股逆流，只能使灯光熄灭一时，却扑不灭人们心头的灯塔。

以后几年，老校长一直"靠边站"。在一个阳光明媚的早晨，我幸运地见到了他。他指着实验室，深沉而激动地说：这是储存人类精神财富的宝库，它珍藏着打开科学奥秘的钥匙，绝不是什么资产阶级的堡垒！接着，他滔滔不绝地描绘着敬爱的周总理在第四届全国人民代表大会上，提出在20世纪末实现四个现代化的宏伟蓝图。看着他那刚毅、自信的神情，听着他亲切有力的话语，我心里思忖：黎明的曙光就要到来，胜利一定属于党、属于人民。

后来，老校长去了农村。他把农村这个广阔天地作为更大的科学实验场所，因此，他心中燃烧着的那团永不熄灭的烈火，使他对胜利更加充满信心，前进的步子迈得更坚实、更有劲了。在边远山区测定土壤肥效的羊肠小道，在北河两岸普查小麦全蚀病的阡陌上，在干旱川区的打井工地，在防治蔬菜、果树病虫害的田间地头，都留下了老校长深深的足印。

……

一九七六年十月，是金色的十月，胜利的十月，它将永远载入中国人民革命的光辉史册。在实现全党工作重点的转移中，我作为新加入人民教师队伍的一名新兵，走进小时候接受启蒙教育的课堂，看着白发苍苍的老校长全神贯注地探测精蕴，理直气壮地狠抓教学质量，他除了负责处理学校日常工作外，还教两个班的化学课。每天从天亮一直工作到深夜。

在一个深秋的夜晚，我从外地返回学校，一走进校门，就被实验室晶莹灿烂的灯光所吸引。我轻轻推门进去，这时，已是深夜两点多，老校长正在专心致志地准备第二天的实验课。看见他腮帮上残留的一道钢丝鞭痕和轻轻抽搐的嘴角，一股难以形容的感情激流涌遍我的全身，我鼻子一酸，眼泪流出来了。他看见我进来，立刻站起来笑呵呵地让座："我不把一天当两天用，不给下一代留下点东西，将来拿什么去见马克思啊！"他的话把我逗笑了。他一面指导我做实验，一面像对小学生说话一样问我："你说说看，时间和生命那个宝贵？"我毫不思索地说："当然生命宝贵。""对呀！对呀！"这时他完全像对许多听众讲演似的，"我们应该把有限的生命投入无限的为人民服务之中，这就是一个共产党员对生命的看法。"我点点头，心里说，时间多么宝贵啊！他沉思着。蓦地，他放下手里的玻璃试杯，凝视着墙上挂着的领袖像，感情激动地说："四十四年前，红军长征经过这里的时候，你刚刚出生，我奉党的指示，在这里做地下工作。现在，党中央率领新的长征队伍，已经踏上了新的征程，四化指引着我们，是向着二〇〇〇年奋勇猛进的时候了！"说到这里，老校长脸上洋溢着老年人特有的光彩。他仿佛亲眼看到了自己用心血和汗水浇灌的理想之花绚丽开放，心里充满了一种难以形容的喜悦。他环视着实验室，像平时给师生做报告一样，大声地说："这就是我——一个六十二岁老头子的新的起点，新长征的起点，努力攀登科学高峰的起点！"说完，他放声大笑，笑得那样香甜，那样开怀，那样自信。

现在，每到天黑，随着一声清脆的电铃声，实验室的灯光"唰"地亮起来了，显得格外绚丽灿烂，它如同好客的主人张开双臂，迎接着科学爱好者——新一代立志攻关的人们。

我喜爱秋夜的繁星，然而，我对这获得新生的灯光，更有着特殊的感情。我也要把这重新闪亮的灯光，当作起跑的信号，奔向伟大祖国四个现代化的锦绣前程……

（1979年9月刊登于《甘肃日报》）

蕨　菜

位于陇西、漳县、武山三县交界的桦林山，盛产一种多年生草本植物——蕨菜，中医入药，茎叶可供食用。

不知怎的，我从小就爱桦林，更爱桦林的蕨菜。今年清明节，我又一次登上桦林，看着那蓬勃向上的蕨菜，不禁顿生惬意。不过，蕨菜在我心目中留下深刻的印象，是在我有过那么一次经历之后：

那是七十年代一个春季。当时，我被下放到农场劳动锻炼。这天是清明节，我"奉命"去桦林山摘蕨菜。路随峰转，我沿着坎坷陡峭的羊肠小道吃力地向上爬。

"咳！你放着书不教，钻这深山老林干啥？"我心里一惊，抬头看时，眼前几步外的崖畔上，站着一位老伯，戴着火车头帽，披件褪色的棉军装，袖子上露出几片棉絮，嘴里叼着一尺长的旱烟锅。他那眯缝着眼睛看人的样子，和两鬓半寸长的胡茬，眼角上刀刻似的皱纹，显示出山区人民那种倔强直爽、厚道朴实的性格。

"大伯，我是来摘蕨菜的。"我应承着走过去。哦，他不是曾经给我讲过战斗故事的老游击队员吗？前些日子还到农场卖过蕨菜呢。我笑着试探地问："你老住在这里呀？"

老伯抬起左脚，在破旧的翻毛皮鞋底上，用力磕着烟灰："咱先人手里，就住在这山窝窝里……咋，你们当老师的还兴吃蕨菜？小心有毒哩！"

老伯的话，分明含有几分挖苦的意味，但我并不生气，笑着问："大伯，听老人说，桦林山的蕨菜比首阳山的还要好？"我一面搭讪着和老伯攀谈，一面搜寻着蕨菜生长茂盛的地方。啊，这面山坡上的蕨菜，长得又胖又嫩，毛茸茸的，可像雨后破土而出的蘑菇哩！一个八九岁的男孩，提着竹篮，正在认真地摘，旁边放着一条装得鼓鼓囊囊的麻袋，一个装得高垒的藤筐。我羡慕地说："大伯，你摘得真不少呀！"

"蕨菜是'穷人菜'嘛，生长在阴湿的山坡坡上，你想要，就拿上些！"

听了老伯的这话，我心里热乎乎的，连忙掏出香烟递过去："请大伯抽支烟。"

"不啦！那家伙不过瘾，还烧嘴哩！"他连连摇着头，蹲在地上拾起撒在藤筐外的蕨菜，我急忙凑到跟前帮忙，他也不谦辞。

"今年雨水好，蕨菜倒是丰收哩！"他一面说，一面扛起麻袋，提上藤筐，喊声"富生"，然后眼睛盯住我，下命令似的："走，屋里歇缓！"我不知怎的竟服服帖帖跟着他向山坳走去。

这是典型的山区人家的住宅。走进大门，眼前是两大间土坯房，人们习惯上叫堂屋，左右两间是厨房和柴草房。没经主人指点，我径直走进堂屋。

富生娘放上炕桌，摆上一大碗蕨菜，两个苞谷面饼。我拿起筷子，不禁心里一怔：掺和着一半蕨菜的面饼，黑乎乎的，硬邦邦的，水煮的蕨菜散发着一股怪味儿。这，……就是桦林生产队？……先进队……怎么……我惘然若失。

"他大，你犟啥哩！小腿拗不过大腿，你陪史老师吃了饭……去赔个不是……如今这世事，大干部坐班房哩！"富生娘隔着窗户说。

我的眼睛立刻移到老伯身上：他的眼泪扑簌簌往下落，我惴惴不安地问："大伯，你，这——这些年——还好吧？"

"好？好个屁！"他的脸色陡然变得铁青，鼻孔呼呼喘气，我后悔不该这么说话，刺伤他痛苦的心，不由一阵内疚。

"凭良心说，咱可不是一年四季手不摸锨把，死心等着吃回销粮的那号懒屁！搞生产犯的啥王法呀！呜呜——呜呜——"他真是伤心透了，身子猛烈地颤抖，多皱的脸上痉挛似的抽搐。原来，昨天晚上，队里讨论生产，一个自称县评法批儒办公室的干部，硬要社员写诗，揭发"唯生产力论"的表现，不指名地批判老头。他不服气，和干部吵了一架，结果他家的回销粮被扣。

此刻，我说不出心里是什么滋味，难过得低下头。"天天斗斗斗！还吃饭不？你看庄稼成了啥样子！"我顺着他手指的方向看去，眼前山坡上的小麦地里，麦苗稀稀落落。我急忙问："大伯，社员呢？"

"社员批'唯生产力论'去了！县里来的干部说要"社会主义的'草'哩！"他愤愤地说。

我听着，眼前一黑，仿佛有人被架上"喷气式"，心猛烈地收缩起来。"再折腾，不饿死人，我把王字颠倒过来！"

他撩起棉袄前襟揩眼泪，塞给我一块苞谷面饼子："就这，别嫌弃，吃饱。等我富了，我备席款待你。"

我咬一口黑饼，吃一口蕨菜，心里翻腾着一股愤懑的感情激流。

……

"史——老——师——"忽然，远处传来一个熟悉的声音，我从沉思中猛醒过来，寻声望去，哎呀，那不是王永贵大伯吗？我心里激动，放开嗓门："哎——来——啦——"我一口气穿过灌木林，来到王大伯跟前，拉起他的手使劲地摇："王大伯，这几年可好啊？"

"哈哈哈……到家里看看再说，现在可不兴吹牛啦！"他乐呵呵地给我介绍生产队的变化：七九年实行了生产责任制，两年没吃回销粮，如今社员的干劲，真个是开了瓶的烧酒——好冲头！

我俩边说边走，一会儿，就到了王大伯的新居。"啊，这可是神仙住的地方！"我看着三间新盖的瓦房和院墙下一溜儿勃勃生机的果树啧啧称赞。原来，三中全会以来，落实了农村经济政策，他被割了私有尾巴的三千棵树物归原主，女儿上了卫生学校，小儿子富生也考上了高中。如今，一家人生活过得十分热火！

吃午饭时，大娘端来喷香扑鼻的葱花千层饼，一盘凉拌蕨菜，还有一瓶二锅头。我没有推辞就大口大口地吃起来。说到去年的收成时，大娘抢着说："咱全家四口人，一个在外头，打了两千斤粮食，平均每人六百多斤哩！两头猪卖了二百多元，给富生买了收音机，学洋话的……"

王大伯严肃地说："现在的政策是真经，只要政策稳当，不怕富不起来，哈哈哈。"接着他又咬着我的耳朵神秘地说："如今，富生娘当了电磨掌柜，可神气哩！我管种田，操务果园，开展社会主义竞赛哩！""嘻嘻，经是真经，还要和尚念好哩！"大娘十分在行地补充。

王大伯连忙接着："对，对，对！"

（1982年2月刊登于《甘肃日报》）

长征路上爱民花

从陇上古城渭源出发，向东南车行一百多里，然后沿着曲折迤逦的羊肠小道登上仁寿山北麓的梁家坪，就是现今陇西县昌谷乡——当年渭南苏维埃政府所在地了。

三月中旬，春寒料峭。我追寻着红军长征的足迹，前往兰空某修理厂采访红旗零件加工车间抚养五个孤儿的事迹。这天一早，突然下起纷纷扬扬的大雪，冷风扑面，寒气袭人，但我心里却是热乎乎的。因为，这朵爱民花就盛开在这一令人敬仰的土地上。同行的王大爷边走边叙说世事的坎坷，人生的悲欢。我似乎谛听着历史的回声，不禁心潮起伏，思绪联翩。哦，正是在这里！在那腥风血雨的战斗岁月里，曾留下了红军战士的脚印，洒下游击队英雄的鲜血！

"这儿离元阁村不远啦，咱先去看望孤儿——"

王大爷这一提议，打断了我的沉思。我笑着急忙应道："那，又该累您老人家多跑路了！"

"嘿嘿，史同志不怕苦，我老汉多走几里路算啥！"王大爷笑着，从怀里掏出旱烟锅，装上旱烟点燃后，用力吸了一口，便开始叙说红旗零件加工车间党支部的爱民事迹……

"天有不测风云啊！"王大爷叹息一声说，"人往高处走。自打农村实行了联产承包责任制，咱这吃了多年回销粮的穷山村，家家户户那热乎劲儿，好比揭开了烧酒瓶盖儿——热气直往上冲哩！人生一世，衣食住行，谁不想把日子过得红火些？可不到三个月，这个家两棵大树倒了。撇下孪生兄妹五个，大的十五岁，小的才五岁，真是人亡家破哟！乡政府关照着，总算把死者安葬了。可五个孤儿揪住了咱乡亲们的心，你说，这难肠叫人咋犯哩！"

　　我的心缩得紧紧的，凝神屏息地静听。过了好久，王大爷提高声音说："史同志，都说天有不测风云！可我老汉讲迷信，说这五个孤儿命里注定有好人搭救哩。你听，这事一传到兰空一个修理厂的红旗车间，党支书邹庆新就立刻召开了会议，对大伙说，'咱不图名不图利，只图把党的温暖送到孤儿身边。'嗨，人心都是肉长的，说实话，谁家没个七灾八难？这可是真格的同情心，爱民心哪！车间六十名女职工，把抚养孤儿的任务全包了，她们流着眼泪说：'咋能眼巴巴瞅着孩子挨饿受冻呀！'你看，她们争着抢着当'好妈妈''好姐姐'哩！有两个职工，二话不说，回家拿上挂面、食盐、衣物，就往禳生家跑。"

　　"孤儿不孤啊！"我听着似乎感到有一股暖流在山谷奔腾，温暖着孩子们凄苦的身心，我不禁心里说，她们不愧是人民的子弟兵啊！

　　"两个党员连夜用下脚料缝了一条褥子送给孤儿，工人俞欢喜一个人送去十件衣服，青工张涛临走时脱下自己的棉袄……"

　　"不是亲人胜似亲人哪！"我感慨地说。

　　"是，是哩，胜过亲人啦！"王大爷显然激动了，嘿嘿一笑，扳起指头数着工人们捐献的钱物。

　　"不到两天——我说史同志，你猜，她们捐了多少钱？多少衣物？光是现钱就有107元哩！还有衣服150多件，鞋袜31双，帽子10顶，床单2条，军用被3床，棉毯1条，炕席1张，还有碗筷、热水瓶、食盐、煤渣，还有化肥……折价算，少说不下400元。"

　　"她们想得真周到啊！"我激动地说。

　　"嗨，史同志，她们还规定了两条：一条是把职工们捐献的衣服，裁剪改制，由专人保管，按季节送给孩子们；一条是抚养教育孤儿的事由车间包了。"

　　"这可不是一件容易的事。"我有点担心了。

　　"史同志，你放心！我老汉活了七十多，心里有杆秤，当年的红军，如今的解放军，都爱咱老百姓。咱可亲眼见过，这山沟沟里，红军留下了数不清的脚印，这山坡坡上，烈士洒下了鲜血，哪一样不是为着咱老百姓过上安稳日子呀！她们说了，保准做到。"

"史同志呀，我说句话你可千万别介意。星期天、节假日，你们当干部的，哪个不在家里和家人团聚共享天伦之乐？可她们心里总是装着襄生兄妹呀！有的去帮着种责任田，有的给洗衣、理发，有的教女孩子烙馍做饭……如今，几个孩子出落得个个活泼可爱，老四还上了小学。"

我听着，脸直发烧，心却在暗暗地流泪。

"叔叔——"

刚一爬上山坡，就看见孩子们争先恐后地跑来迎接我们。

"这不，他们来了。"

我抱起最小的一个，不知怎的，却一句话也说不出来。走进大门，几间房屋、畜棚，虽说简陋，但也整洁。堂屋炕上几床军用被，叠得整整齐齐，家具、什物擦得干干净净，我不禁心里说，爱民模范，名不虚传！

此刻，王大爷在一旁激动得热泪盈眶。原来他想起当年红军过境时的情景……正是在这里，一位年轻的红军战士，用在长征路上采集的草药为他治好了折磨他多年的腿伤。他不但动情地讲述，还卷起裤腿，露出青紫色的疤痕说："要不是红军搭救，哪会有我老汉的今天……"

大雪纷纷飘洒着，我踏着崎岖泥泞的山道向兰空某部修理厂奔去。虽然雪水打湿了衣服，但我心里却是热乎乎的。蓦地，我似乎看到不远处盛开着一朵大自然里不曾有过的特殊的花——爱民花。

（1984年3月刊登于《甘肃日报》）

一支永远燃烧的红烛

晚饭后，我顺手翻开儿子辉辉的作文本，在批语栏中，几行隽秀苍劲的毛笔字，立刻映入眼帘：

"世之奇伟、瑰怪、非常之观，常在于险远，故非有志者不能至也。"蓦地，我三十年前的一位中学教师——赵桂清的身影，清晰地浮现在我记忆的屏幕上。

一九五三年夏，我有幸考取了离家七十华里的县城中学。在这个陇中闻名遐迩的最高学府，我第一次见到了久已仰慕的赵桂清老师。他高高的个儿，身着浅灰色布料中山装，戴一副玳瑁黑框眼镜，不仅庄重严肃，而且还具有一种军人特有的威武之气。据说，他早先在延安上过抗日军政大学，一九四九年，随军西进时被留到地方从事教育工作。他讲课操一口熟练的北京官话，声音柔和而委婉，还不时地向大家报以微笑，使人感到格外亲切。一个土生土长的乡下孩子，初次领略到北京话的悦耳动听，那枯燥乏味的功课，似乎变得鲜活、诱人起来。他循循善诱，诲人不倦，当你取得一定成绩时，他却会指出你潜在的问题，当遇到疑难时，他会教你释难解疑的方法，使你思路大开。在中学六年，赵老师的一言一行使我懂得，人生怎样从美丽的梦幻变成真切的现实，生活怎样像一个迷人的磁场吸引无数强者为之奋斗的道理。是的，正是在他追求真理，崇尚实践的过程中，一批一批的学生成长起来。我也在他的引导下走上漫长的人生之路。

可生活的乐曲并不总是那么和谐的。一九五七年，正当他在教育园地辛勤耕耘，用知识的甘霖哺育刚刚破土探身于明媚世界的幼苗时，严峻的现实和他开了一个玩笑，使他收获的希望消失在一片汹涌的洪流之中。从此，他不再给我们上课了——不知怎的，我对他那种特殊的感情，却愈来愈浓烈了。每当在校园里看见他，虽没有，也不能和他说话，但我总要投去仰慕的目光，表示一个学生诚挚的敬意。

一九五九年秋，我被保送到本省一所师范院校上学。那时，由于众所周知的原因，我们的国家正处在经济困难时期。我的家境也不好。在温饱尚难维持的情况下，我不得不放弃进一步深造的机会而从事农业生产。可我的心里很不踏实——年少气盛，怎能甘心落伍！

一天傍晚，我拿着某大学寄来的录取通知书出神，忽然，小妹跑来塞给我一封信，信写在一张发黄的纸上，开头一句说："祝贺你——未来的人民教师！"啊？是赵桂清老师的字，他在艰难的处境中还关心着他的学生！信不长，但每一颗字都凝聚着老师的深情和希望："生活的道路哪能是永远平坦？路就在你的脚下……'而世之奇伟、瑰怪、非常之观，常在于险远，故非有志者不能至也……'为着肩负起教师的重担……"夜深了，我仍捧着老师的信，一遍接一遍地默念，眼泪顺着腮帮往下滚落，这时父亲起来，深情地对我说："孩子，听老师的话，去上学吧！家里的事有我哩！"

我离开家那天早上，赵老师赶来送行。一路上，像慈祥的父辈那样，安慰我，鼓励我。临上火车时，他将一个小小的纸包塞到我手里，然后，转过身匆匆地走了。我心里一愣，急忙撕开纸包，啊？是十元角票和五斤粮票！老师哟，你一个七口之家，靠着几十元微薄的收入养家糊口，这怎么是好？此刻，我一个七尺男子汉，怎么也抵制不住激动的感情，竟哭了。身旁一位穿着朴素的姑娘问我道："那是你爸爸？"我哽咽着："是，不——是老师。"我分明看见她的眼睛也潮湿了。列车奔驰在陇海线上，两旁的山脉、河流飞快地向后移去，我似乎听到远处一个巨大的声音在呼唤：祝贺你——未来的人民教师！这声音使我感到心里暖洋洋的，浑身充满了无穷的力量。

在老师爱的甘露滋养下，我不断奋进！大学四年，他的思想和精神时时感召着我，激励着我！直至一九六三年我完成学业走上了教师的岗位。在十年"文革"中，断断续续传来一些关于他受磨难的消息，我心里极度难过……

看着眼前几行隽秀苍劲的毛笔字，追思老师当年的教诲，我思绪联翩，感慨万千。我是从儿子辉辉那里得知已离休了的赵老师闲不住，又被返聘到学校，巧的是儿子又受教于当年我的老师！

当时，我并不怀疑赵老师的笔迹，但还是再次向儿子追问个明白："是怎样一个老头儿？比我还老吗？"

"比你老，但还精神得很。七十多岁了，还参加我们青年团的新长征比赛哩！他说，他要一直跑到实现四个现代化，爸爸，你认识他？"

"准是他！不会有错，赵桂清老师。"

终于有机会，在一间普通房间里，我见到了阔别多年的赵老师。他是老多了，但精神饱满，如同儿子说的一般。自然，师生相见，格外亲热。尽管经历了无数的磨难，但他仍然保持着镇定自若、洒脱自如，俨然一派学者的风度，只是说话的声音有些喑哑了。透过玳瑁黑框眼镜，他那双深情的眼睛，像夏夜的星星，闪着迷人的晶莹，像透亮的窗口，让人们看到心灵的辐射。长谈中，他说到他在处境最困难的时候，如何想着自己作为一个人民教师的责任，想着教过的学生，就觉得活得再苦也值！

赵老师，如今七十四岁高龄，除了教课以外，还兼任教研室顾问，经常到附近几所学校听课，为报刊撰写文章，在山区小学也留下他风尘仆仆的身影。分别时，我祈望老师保重身体。他紧紧握住我的手，笑着说："教书可是我一生的嗜好啊！"

我的眼睛湿润了，赵老师，真是一支永远燃烧着的红烛！因为，他用周身的光和热照亮了一代新人通向理想彼岸的航程，而他毕生的业绩，又将在一代一代青少年的心灵中，永远发出不尽的光和热。

（1985年5月刊登于《兰州晚报》）

月季姑娘

就是工作再忙，每到月季盛开的时节，我总要抽空到城郊去会亲访友，观赏月季。陇西养花业历史悠久，名花佳卉传播发展，记录着生活在黄土地上一代又一代农民的喜悦和追求。根据《陇西县志》记载，在很久以前，陇西城郊养花业已有相当规模，当时有各种花卉二百余种。近年来，个体养花业发展迅速，为人均仅占0.2亩地的城区农民开拓了一条新的致富路。据了解，现在城区有养花专业户一百二十多家，花圃二十多家，专门从事花种的引进、培育和繁殖。陇西花卉业正向商品性生产转化，每年向外地销售花木，少说不下几十万株，经济效益非常可观。

是的，这座古老城市的青春，正在年轻一代农民手中焕发出时代精神。在建设新生活、发家致富的过程中，不但勇于开拓，向生产的深度和广度进军，而且为创造优美、健康的环境，或牡丹、芍药，或菊花、月季，精心培育着几十株，成千株，吸引外地游人前往观赏，大饱眼福。

五月的陇西，空气格外清新。一个星期天上午，我来到城郊一位农民朋友家里。进入庭院，只见偌大的花园，数十种月季，竞相开放，千姿百态，争奇斗艳，流光溢彩。微风吹来，阵阵清香沁人肺腑。花园周围聚集了许多人，有的拍照，有的观赏，有几个小学生从地上拾起一片片花瓣，夹进自己的日记本里。看着粉白如雪的"白云山"，金黄似霞的"黄和平"，橙红若火的"绝代佳人"，我不禁向年轻的主人投去敬佩的目光。她是一位二十来岁的姑娘，面目清秀，身材苗条，衣着简朴，看上去显得精干利落。一提起养花，姑娘的激情立刻闪现在她的眉宇之间。她大概已猜出了我的身份，微微一笑，像学生回答老师的提问似的，神情有点紧张但不失自然地说："牡丹雍容华贵，水仙婀娜多姿，芍药瑰丽，玫瑰典雅，而真正的'花中皇后'却是月季，嘻嘻，品种最多，花期最长，好养、中看，老师，您说是吗？"

姑娘一席话使我猛地想起宋代诗人杨万里赞美月季的诗句："只道花无百日红，此花无日不春风。"的确，月季四季开花，风姿妩媚动人，除具有相当的观赏价值外，还曾发生过调停重要历史事件的作用哩！二百年前，英国从我国引进月季，进行杂交，大放异彩，备受当地人民的青睐，被誉为"花中皇后"，成为英国的"国花"。后来，法国为引进"花中皇后"，双方达成停止海战的协议，月季竟成了和平天使。

漫步在这花的海洋里，我有点眼花缭乱，看着什么海红莲、绿牡丹、蓝月、绿草、杏林春暖、雪压朱砂、大富贵的月季花，不禁问道："这么多月季花，一年能收入多少钱？"姑娘怔怔地看我一眼，又是微微一笑，却不置可否。这时，一位老大爷凑过来说："嘿，咋说哩，若论价，少说也值几千块。可如今大伙不愁吃穿，养花为图个好景致，哪会算这个账！"

"现在要讲经济效益，庭院经济可是大有潜力可挖呀！"我耐着性子听着，便不觉打起了官腔。

"这一点儿也不假，咱农民也得有钱花，可……"不知是这位老大爷脾气有点古怪，还是有什么难言之隐，话只说一半，便咽了回去。经我调研一番，才知这位老大爷是闻名遐迩的养花能手，那姑娘是她的孙女，高中毕业后，跟着爷爷种花，人们叫她月季姑娘。经他们扶持起来的养花专业户有三十多家，培育优良品种几十个。

"不算经济账，养花还图个啥？党号召农民致富哩，党的政策是富民政策，这道理咱们应该懂，要相信呀！"

我振振有词，说完一通道理，心里自在多了，不料女主人咯咯笑起来："花各有色，人各有志呀，况且，世世代代以来，养花种树是咱农民的习惯，我养花是为了营造一个美好的环境，提高我们农民的生活质量！您也学着养花吧？"她把一棵带着泥土散发浓烈香味的月季花双手捧到我胸前，"这棵送给您，老师，嘻嘻，如今是两个文明一齐抓嘛。"姑娘说完，用手指了指悬挂在大门上那块"文明家庭"的金字匾牌，爽朗地笑着跑到爷爷那儿去了。

一阵微风吹来，一股浓烈的花香迎面扑来，我真有点儿醉意了。看着满园异彩纷呈的月季花，心中久久掂量着姑娘"提高农民生活质量"这句话的分量，便联想到当代农民的精神境界，哦，他们像黄土地一样朴实无华，又像黄土地一样豪爽奔放，更有像黄土地一样坦荡的胸怀。这位姑娘正是生长在黄土地上的用浓香熏染着人们心灵的月季花啊！

（1986年4月刊登于《甘肃日报》）

渭水源头在呼唤

　　汽车奔驰在通往渭水源头的公路上，我的心情久久不能平静。这个当年红军播下革命火种的地方，至今流传着许多英勇悲壮的革命斗争故事。多年来，到渭水源头采访的夙愿一直萦绕在我的脑海里，终于在红军长征胜利五十周年前夕，我来到这块令人神往的土地上。汽车时而盘山而上，那满山满坡的树木，苍苍茫茫，如烟似云；时而驰向河谷，那金灿灿的油菜花，绿油油的麦苗，盖满田垄，灿若云霞。坐在车上望去，天幕下宛若一幅巨大的七彩锦缎缓缓伸展。人们赞美渭水源头春不尽，真是一点不假。看着这片曾经建立过英雄业绩的土地，我想起了临行前地区党史资料征集室负责同志的一席话：

　　一九三六年八月，红军长征经过渭源县境，给这个陇上山城播下星星之火。此后，渭水源头成了一九四三年甘南农民起义的活动中心之一，陇右地下党及其游击队的主要根据地。在这里，穷苦农民为迎接革命的胜利，踏着烈士的足迹，奋斗着、前进着。中华人民共和国成立后，他们坚定不移地走社会主义道路，在农业、工业、交通运输业等各条战线取得了可喜的成就，特别是十一届三中全会以来，"两个文明"建设正在改革的浪潮中蓬勃发展。

　　现在，正当全国人民向明天新的进军中，渭水源头的人民又想些什么、干些什么呢？

　　从车窗望出去，天空弥漫着柔软的雨丝，恰如缕缕轻雾，缓缓地浮动着，滋润着树木、山石，随之泛起莹莹的绿光。多美啊，渭水源头！同行的县上的一位同志提高嗓门说："咱这个穷出了名的地方，变化可大哩！现在，全县人民投入林业基地建设，发展畜牧业，大办乡镇企业……"他指着远处新栽上树苗的梯田、山坡地，滔滔不绝地叙述着："这一带是定西地区三个百万亩林业基地之一。短短几年，全县已营造林木十九万亩，加上天然林，林地面积达四十二万亩，覆盖率已达到百分之二十点八。"说着，他神情有点激动："主要是政策好，全县一九八三年粮食总产达到一亿五千万斤，人均五百斤。'三靠社'改变了长期贫困状况，困难户解决了温饱。部分农民开始走上富裕道路，'重点户''专业户''经济联合体'发展到二千五百多户。"

"'三年停止植被破坏，五年解决群众温饱'的近期奋斗目标，一定能实现啰！"我凝视着雨丝中泛着浓浓的墨绿色的群峰，高兴地说。

"是，是呀……"他边说边从口袋里掏出笔记本，翻了翻，用手比划着告诉我，"渭水源头，草茂林密，发展畜牧业也有很大潜力。全县有十二个乡的二十七万九千亩草山，是得天独厚的天然牧场……"

我们走进莲峰山下一位养牛专业户的大门，心里立刻漾起一股热乎乎的味儿，从主人热情洋溢的脸上，我感受到山区人民致富的决心。主人今年三十出头，上过高中。他兴致勃勃地向我们介绍了他家发展养牛的计划。年轻的乡党委书记笑着说："我们这地方种草养畜条件得天独厚，物产资源也很丰富哩，有洋芋、大麻、蚕豆、药材等土特产，还有石灰岩、大理石等矿藏，就是缺乏技术。全乡一九八四年党参总产四十八万多斤，要是有技术加工成参制品，打入国内外市场……"我听着，忽然想起这个每年向全国二十一个省、市、自治区提供洋芋良种二千五百万斤的"洋芋良种之乡"农民的苦衷：洋芋多了，也叫人犯难肠，想要扩大生产，苦于缺乏技术设备……

乡党委书记说："困难是有哩，可有党的富民政策，我们一定能想出办法来的。"看着他充满信心的样子，我不由心里一阵惊喜。是啊，多少年来，在这块土地上休养生息的人民，为创造新生活，历经了多少艰难困苦！今天，他们在困难面前一定会想出办法来。

这时，太阳出来了，空气里散发着如酒似蜜的清香，着实叫人心醉。我伫立山下，翘首遥望，只见乳白色的云雾在苍翠起伏的山谷中弥漫蒸腾，时而扑面而来，时而悄然隐去，使巍然屹立的群峰飘荡在云海之中，更显得神奇壮观。于是，我沿着"之"字形的碎石小路登上山顶，在红军墓碑前肃立良久……那是一九三六年十月二日，红军某部八十多人，在同敌人血战中，因弹尽粮绝，全部壮烈牺牲……我俯身拾起几颗沉甸甸的石子作纪念。它赤红如血，也许是红军战士洒下的鲜血凝成的。忽然，一个声音在耳畔呼唤——渭水源头亟待开发！这声音，如同平地一声春雷，显示出无穷的振奋和力量……

（1985年11月刊登于《甘肃日报》）

车道岭随想

2003年下半年，在一个秋雨绵绵的日子里，我因参加一个会议有幸参观位于车道岭东端的官兴岔小流域水土保持综合治理工程。迎着蒙蒙细雨，举目远眺，当地群众说的"山顶戴帽子，山腰系带子，山底穿靴子"的美丽图景更生发出一番诗情画意。昔日光秃秃的崇山峻岭，经过半个世纪的建设，已经披上了满山绿树、层层梯田的新装。我心里一阵激动，便加快脚步向山梁高处走去。

同行的一位老同志介绍说，官兴岔山大沟深，水土流失严重，土地贫瘠，群众生活很苦，是穷出名的地方。中华人民共和国成立后，特别是20世纪80年代县上提出水保立县的口号以来，历届政府把水土保持工作当作富民富县的一项基本任务抓住不放，年复一年，连续苦干，改变着这里贫穷落后的面貌。最近十多年来，中央领导曾先后到定西视察工作，官兴岔的水土保持工作就更加有了名气。1995年12月24日，江总书记在视察后欣然题词："群策群力，定西大有希望"；1996年7月2日，朱镕基总理视察后说定西"人穷志不短，致富路已通"；1999年9月9日，胡锦涛总书记视察后高度赞扬定西"山河一新，面貌大改"。这些题词和讲话，对具有"三苦精神"的安定人民以极大的鞭策和鼓舞，加快了全区小流域综合治理的步伐，至2003年累计治理水土流失面积2357平方公里，除官兴岔外，还有九华沟、花岔等流域经过治理，水土流失得到有效控制。生态环境发生了明显变化，农业生产条件得到较大改善，人民生活水平不断提高，农民人均纯收入从20世纪80年代的几百元，增加到2003年的1200元，人均占有粮食达到600公斤，温饱问题得到根本解决。

车道岭位于安定、榆中交界处，全长20余公里，山高平均海拔1700—

2100米，西兰公路像一条长蛇沿着山梁蠕动，站在官兴岔山顶向南看去，不远处便是历史上著名的沈儿峪古战场。据史料记载，古代车道岭一带，水草丰盛，森林茂密，物产丰富，加之地理位置险要，交通便利，是安定通往西北的重要关隘，历来为兵家必争之地。14世纪70年代初，朱元璋率军大举北进，攻克大都（北京），推翻元朝，但元军仍有相当大的力量，对明朝构成极大的威胁。明洪武三年（1370年）三月，明朝调集40万大军，命徐达为征虏大将军，从西安出发向西挺进，前军10万，以泰山压顶之势，在沈儿峪包围元军并与之激战三昼夜，终于大败元将扩廓帖木儿，生擒元剡王、元济王及国公、平章等文武僚属1865人，将校士卒84500余人。扩廓帖木儿与妻子等数人仓皇北渡黄河，逃奔和林。这一仗彻底摧毁了元朝在甘肃的势力，使刚刚建立起来的明王朝政权得以巩固。

古战场冷兵器强烈的撞击声渐渐远去，苍苍茫茫，蜿蜒起伏的山峦展现在眼前，啊，好一派雄伟壮观的气势！我不禁想起了清朝末年安定大学问家王作枢门生宋伯鲁在其《西辕琐记》中描写车道岭的诗句。他在《车道岭》中写道："万谷风声壮，千岩水气高。乱云局绝蹬，急雨喋征袍。土重轮牙涩，峰危马足劳。残阳笠缴外，廷伫倚东皋。"在《安定山行》中写道："驱车安定山，山深路嵯险。千岩怒喷絮，瞪目寂无见。蚁曲陡高岫，螺旋下峻阪。霜蹄蹴瀺渤，忽与山腰转。寒雨从东来，瑽琤八九点。轻轻风荡去，飞过千山远。"作者描写车道岭这片广袤神奇的土地，情景交融，形象逼真，确实使人有身临其境之感。正在兴头上，从山间小径走来一位年近70的护林老人，他背微驼，但身板硬朗，瘦削黝黑的面孔，说明经过无数岁月风霜的洗礼，一道道刀刻似的皱纹，那是历史的见证。我握着他的手，一同继续向山梁高处走去。蓦地，一块巨大的石碑竖立在眼前，上书"官兴岔小流域水土保持综合治理工程"，我不由一阵惊喜，脱口赞叹道："喏，好大的一块碑！"他拉拉我的衣襟，便兴致勃勃地说起官兴岔一草一木、一山一水的变化来，足足有一个小时。末了，他还特意向我们讲述了红军长征时期发生在这里的一个动人的故事。

1936年10月上旬，红军三大主力在静会地区胜利会师后，为粉碎数十万国民党军队的围追堵截，掩护主力北上，实施党中央提出的宁夏战役方针与静会战役计划，红十五军团某部派出一支200多人的部队，长驱250多里到车道岭一带执行牵制敌军的任务。一天，天刚蒙蒙亮，国民党军队一个骑兵连气势汹汹地向车道岭扑来。早已埋伏在公路两侧的红军战士，利用有利的地形巧妙地布置了一个大口袋，只等敌人往里钻。当敌人进入伏击圈后，红军战士采取关门打狗的战术，发起突然袭击，阵阵激烈的枪声，此起彼伏的喊杀声，顿时响彻山谷，把耀武扬威的敌人吓呆了，打懵了。一时间，整个山道上敌人乱作一团，马嘶人叫，四散逃奔。红军战士乘胜追击……当红军撤离车道岭时，当地贫苦农民，提着鸡蛋，背着粮食前来送别。

岁月流逝，星移斗转，红军战斗过的那座山梁已经度过了六十多个风风雨雨的年头，但那激烈悲壮的战斗情景，以及红军战士奋勇杀敌的英雄故事，至今仍在一代一代的人民中间传诵。我踏着弯弯曲曲的山间小路，默默地悼念长眠在地下的红军烈士。这位可敬的老人，讲述着一个又一个动人的故事，诉说着关于水和森林的玄远的传说，描绘着再造山河的秀美风光。此刻，我的脑海里立刻映出新与旧两幅社会图景，形成鲜明的对比，引发了我强烈的共鸣。是啊，人民永远不会忘记，正是这些革命先烈把自己的鲜血和生命献给了祖国解放的壮丽事业！

天幕低垂，细雨霏霏，整个山梁笼罩在一片宁静沉寂的气氛中。我凝视着眼前那如同棋盘般整齐的梯田，那一块块正待收获的泛着黄褐色的庄稼，那一片片生机勃勃的草地，那一棵棵茁壮成长的小树，特别是散落在满山遍野的数不清的无名野花，像一双双明亮的眼睛，像一双双伸出的小手，正向我们这些远方客人致意！一阵山风从岭背后吹来，夹杂着细雨，发出沙沙的声音，仿佛是一阵细碎的脚步由远而近向我们走来。恍惚间，我看见远处的山坳里，二三十个扛着铁锨的男女青年在雨中疾走，我的眼睛立刻被泪水模糊了。

从车道岭归来，我的心情久久难以平静。啊，历史又翻开了新的一页，今日的车道岭已非昔日的车道岭，巨大的变化时时激励着我，感动着我，鼓舞着我。还有一个念头一直在我心里翻腾着、滋长着、生发着。这里曾是红军战士洒过热血、献出宝贵生命的地方，为什么没有为他们树起一块哪怕是很小的石碑！我想历史是不会被后人忘记的！不同的是六百多年前的那场战争，是一个封建统治集团推翻另一个封建统治集团的战争，而六百多年后的这场战争，则是在中国共产党领导下的工人农民为中华民族的彻底解放，从根本上改变中国命运而进行的革命战争，是时代的跨越与升华，是历史发展的必然趋势。因此，为人民解放牺牲生命是革命者的无上光荣。很久很久，在我心头滚动着的那洪亮激越的号角，那悲壮激烈的冲锋，从远处的昨天蔓延过来，震撼着我的灵魂。哦，我终于彻底醒悟了过来。我是多么不理解革命先驱者的心啊！其实，他们何曾希望为自己建起雄伟的丰碑！不，在这场战争中牺牲的战士，永远长眠在那高大山峦的怀抱里，感受那份安宁与幸福，鸟雀为他们歌唱，野果供他们果腹，还有密密的树林为他们遮风挡雨，更有那叮咚的山泉为他们沐浴，他们感到特别欣慰与满足的是那不远处高速公路上络绎不绝来往奔驰的汽车为他们传送着社会主义建设成就的最新消息，这难道不正是革命先烈奋斗终生的唯一追求吗？

是的，一个革命者，为人民的利益奋斗一生，最后深埋在地下，化为一抔泥土，或者把骨灰撒向土地，与山河融为一体，让树木花草一茬又一茬地在自己身躯上吸取养分，苗壮生长，这才是一个真正革命者最好的归宿。

（2004年8月刊登于《党的建设》）

农场记事

1966年2月28日，定西社教工作组进驻陇西一中，开展社会主义教育运动。5月16日，中共中央发出通知，从此，"文化大革命"在全国迅速掀起高潮，陇西一中1000多名师生被卷入"文化大革命"运动。1968年4月，陇西县第一中学革命委员会成立，8月25日，陇西县《关于派工人宣传队进驻学校的通知》下达不久，第一批工宣队进驻陇西一中，肩负起"把大中城市的大中小学逐步管起来"的任务。在此之前，军宣队进驻学校，开展军训，进行支左。9月中旬，陇西一中第一批近60名师生，背上行李，扛起工具，徒步30多里，到达宝凤公社，在位于张家门生产队和冯家门生产队之间的一片河谷台地上，用干打垒的方式，开始建设农场。

陇西一中农场场部设在大岚山下，辽西河西岸的台地上。左面是狼沟，属冯家门生产队，右面是连接张家门生产队的南峪沟，河南岸是东梁山下的一块沙坡地，叫基子坪坡。师生们在工宣队率领下，上桦林山伐木，下辽西河挖石头，用麦草、黄土和泥，自制土坯，土法上马，在这个台地上，修建了职工宿舍、学生宿舍、厨房、仓库，修建了牛圈、羊圈和猪圈。后来还修建了教室、篮球场。农场从1968年至1977年的十年间，先后开垦生、熟荒地170余亩，其中一大部分山坡地修成了水平梯田。这些土地主要分布在大岚、杜家湾、狼沟、基子坪、河滩以及场部周围的台地上。

建场初期，农场的生产劳动主要集中安排在春播、锄草、收获、打碾几个环节上，多是突击性的、短时间的。师生们一般是早上去农场，晚上回学校。在农场常住的只有两个农工。随着农业生产的逐步发展，农场的生产劳动，开始长年化、制度化，每年制定工作计划，包括农业生产、科技推广、政治理论学习等，都有明确的要求。教师、学生开始定期轮流劳动：教师半年或一年轮换一次，每次三至五人，学生每星期一个班，大约60余人，长年不断。如果遇有突击任务，全校师生一齐上农场劳动，早去晚回，一至三天不等。农场按照"五七"指示学军的要求，实行组织军事化，生活集体化，行动战斗化，白天投入紧张繁重的田间劳动，或搞基本建设，修路、养鸡、喂猪等，晚上学习毛主席语录和报刊文章，联系生产劳动和思想实际"斗私批修"，剖析自己，写批判文章，办大字报专栏。

我先后到农场劳动锻炼两次，第一次是1971年3至7月，第二次是1977年3至12月底，总共一年半时间。第二次我担任场长，负责农场生产劳动，组织师生理论学习，总结推广生产经验。特别是按照当时农业技术革命和生产革新的技术要求开展科学种田的试验，被提到重要议事日程。

农场农业生产以种冬小麦为主。为了提高冬小麦单位面积产量，1971年，从陕西、宁夏、四川等地引进小麦良种40多个，开始试种，试种结果这些良种长势好、成熟早、颗粒饱满。第二年在大田播种，由于精耕细作，加强管理，多数品种长势喜人，县内一些地方的农民纷纷前来参观。同时，农场引洪淤地，推广水稻捲秧技术，农家肥、化肥合理施用，长势好、成熟早，每亩达到300斤。这些新技术、新措施，在增加单位面积产量方面发挥了一定作用。农场也种谷子、糜子、胡麻、禾田、洋芋等农作物。经济作物主要培育党参苗，供应当地农民。蔬菜品种较多，如包菜、白菜、萝卜、番瓜、西红柿、大葱、大蒜、韭菜等。农场还栽培果树100多棵，大多品质优良。农场用麦麸制醋，除供应农场食堂食用外，也便宜卖给当地农民。

尽管农场生产劳动极其繁重，生活充满艰辛和痛苦，但由于远离城市的"文攻武卫"，"用专政的办法办教育"，"用专政的办法办农业"的政治喧闹氛围，倒有一种无奈的苦中作乐，自我解脱，自我放松之感，别有一番滋味。每当星期六下午轮流劳动的师生返校后，就只剩下农场的七八个固定工作人员了。夏天的傍晚，大家围坐在场院中间的水泥桌旁喝酒，喝的是一瓶1元零1分的"新陇"酒，下酒菜是一大脸盆酸菜，猜拳行令，其乐融融。附近的公社干部、卫生院医生、供销社营业员闻讯赶来，参与其中，笑逐颜开，好不自在。有些不胜酒力的人，醉了，嘴里喷着酒气，说着心事，引起一阵共鸣，爆发出阵阵笑声。冬天晚饭后，大家围坐在热炕上，炕中间放一张炕桌，每人一盏用墨水瓶制作的小油灯，放在桌边上，便开始打扑克牌了。七毛钱一斤的水果糖，用作输赢的筹码。整整一夜，打牌声、说笑声，不时飞出窗外，给寂静的河谷传递着生命的信息，使一个曾经在三年困难时期饿死过一个五口之家，后来多年无人问津的山窝窝有了生机。天亮了，人们睡眼惺忪，虽鼻孔里塞满黑乎乎的油烟泥，但其中的乐趣是不言而喻的。

间或在星期天，农场留守教工结伙登桦林山，打猎，游山玩水，其乐无穷。有一件事，至今时时浮现在我的脑海里挥之不去。

那是一个雪后晴朗的日子。早上九时，我和历史教师张经背上猎枪，沿着崎岖的山路，向桦林山顶峰攀登。快到中午到达海拔2000米的雷峰池，放眼望去，峰峦叠嶂，尽收眼底，白云飘浮，冷风扑面，心旷神怡，遐想联翩，真像回到了童年时代，心中的烦恼，顷刻烟消云散，大自然的宁静与纯净，赋予我一生最高境界的享受。

回来的路上，在半山腰的斜坡上，一丛灌木林里，一种说不出名字的肥大的鸟儿，来回蹦跳，欢快歌唱。我举起猎枪，向着树林砰砰两枪，鸟儿不叫了。于是，我手抓着崖边的小树，蹑手蹑脚，走下斜坡，在林间搜寻猎物。折腾了半个小时，一无所获。原来机灵的鸟儿早已潜藏到树下，悄悄地溜走了。夜幕低垂，万山骤变，峡谷张开黑魆魆的大口，我开始向上爬。我穿着一双翻毛皮鞋，鞋底上结了一层薄冰，走一步，哧溜一声向后滑去。我回头一看，哎呀！万丈深渊！心里一阵紧张，浑身起鸡皮疙瘩，心脏急促地跳动。我想，这下可完了。怎么办？张老师看到这情景，便大声喊："脱掉鞋子，手抓住小树往上爬！"我立刻脱掉鞋子，把两只鞋用鞋带绑在一起挂在脖子上，四肢并用，慢慢爬上斜坡。真是一场虚惊！我和张老师匆匆离开这可怕的地方，向农场走去……

春天，忙里偷闲，约三五知己，踏着春的节拍，聆听春的律动，更是一件乐事。柔软的风，唤醒地上的小草，山沟梁峁铺上一片新绿，伸出臂膀，放飞梦想，像把生命的根植于泥土，从大地母亲吸吮乳汁——成长的力量！满山遍野绽放的桃花，白如雪，红似霞，向世人昭示一种人生的哲理：不经一番寒彻苦，哪得桃花分外香！堤岸的杨柳，平实而不招摇，清新而不张扬，自然、自由、自在，诠释着春的内涵：天地间，万物生长，生生不息，时光中，生命轮回，众生一律平等。凝目平凡的小草，艳丽的桃花，飘逸曼舞的杨柳，你一定会想起沙漠胡杨，长得像杨又像柳，也像银杏，身上含三种树叶的形态，生而不死一千年，死而不倒一千年，倒而不朽一千年，坦露一颗高贵的心傲视苍天！

……

农场生活已过去四十多年，但那个远离"文化大革命"斗争喧嚣的"世外桃源"，一群"右派分子"、"反动权威"、"可以教育好的子女"播种希望的故事，使人思念不已，回味无穷。

（2008年7月刊登于《陇西文史资料》）

"筛子眼儿"轶事

　　昔日穷得叮当响的"筛子眼儿"，如今成了全县赫赫有名的农民企业家——一支上千人的建筑工程队队长，跻身"万元户"行列，真是富得令人羡慕哩！

　　这天一早，太阳刚冒花，一辆"北京吉普"停在镇街口。身着皮夹克，手拎公文包的"筛子眼儿"，和当民办教师的新娘子巧巧，双双坐进车里。"北京"飞快地向县城驶去。

　　这时，新闻发布会在个体户时装店对面茶馆开场了。消息灵通人士、镇广播站兼职"记者"高声宣布："各位父老同志，特大新闻：'筛子眼儿'偕同夫人进县城开会！据透露，百货公司新到一批时装……"

　　时装店经理赵全才瞥一眼兼职记者，不满地说："别广播啦，咱店里全是上海货，谁稀罕它！"

　　"咳，什么时装？如今时新的喇叭裤唐朝时候就有哩！"早年念过"子曰"、"诗云"，后来当过私塾先生的王大爷，从嘴里拔出玉石烟嘴喷出一口浓烟，不冷不热地说。

　　刘三老汉端着祖传的粗瓷茶壶，呷一口，咂咂嘴，翻了翻白眼，没说话，肚里却在骂："浑小子，撑饱肚皮犯的啥难肠，不是钞票烧了心，我敢把王字颠个倒儿！"

　　过了个把时辰，"筛子眼儿"一行坐着"北京"回到了镇上，在茶馆门前下了车，参加新闻发布会的人们，立刻围住他。

　　"大富兄弟，这么快会完啦！买了啥时装，嘻嘻……"经理赵全才深知这个买主手里攥着大把票子，不敢得罪，急忙赔着笑脸，亲热地喊着

"筛子眼儿"从来没人称呼过的官名，试探地说。

"筛子眼儿"笑笑："我是去参加教育集资会哩，没……"说着，唰地拉开公文包，取出一个烫着鎏金字的红本本，亮了亮。

"你，集、集了多、多少？"王大爷急巴巴地问，眼睛睁得溜圆。

"筛子眼儿"举起右手，笑笑："五千块！"

"嗬，站、站在屋顶上放、放风筝，出，出手够高的。"说着，猛地吸口烟："宣，宣统元年，我，我……"

"这五千块定期，一月利息怕有好几十块哩！"注重实惠的经理羡慕地说。

"如今大富哥，可不是那'筛子眼儿'啦！"

"……"

听着乡亲们不住地赞美自己，"筛子眼儿"心里乐滋滋的。这时，刘三老汉拨开众人来到大富跟前，一把抓过红本本，瞅了瞅，没说话，心里骂道："嘻，这本本，值五千？傻小子，果真钞票烧了心！"

兼职"记者"见来的人多了，便发开了议论："郭大富致富不忘办学，集资五千块，这可给咱碧岩镇的庄稼人争了光！"他看着远去的刘三老汉，故意提高嗓门："大富，大富，大家都富嘛！千万别染上'红眼病'，嫉妒别人先富起来呀……"

"轰"地一下，经理、私塾先生，看热闹的男女老少都笑了……

（1984年刊登于《甘肃农民报》）

姑嫂俩的故事

秀秀一觉醒来，想起昨晚和嫂嫂商量的事儿，不禁甜甜地笑了……

她翻了个身，侧耳细听，没一丝儿动静，便伸手往嫂嫂被窝里一摸：咦，嫂子不见了！她一骨碌爬起来，穿衣下了炕。

秀秀轻轻开了大门，老远看见粪堆那里，一个黑影儿在晃动，仔细一看，正是嫂子往架子车上装粪哩。她悄悄摸到嫂子身后，学声猫叫，猛地搂住嫂子的细腰。秀秀这一招儿可把平日胆小的嫂子吓出了一身冷汗。这时，秀秀撒开手，咯咯笑着往大路上跑。嫂子在后面紧紧追赶，累得满口直喘气儿。秀秀瞅准个机会，猛折回来，拉上粪车就跑。嫂子见自己上当，口里喊着："别……别跑呀，我的好秀妹！"

别看姑嫂俩这阵儿闹得挺热火，可前些日子，还为承包十亩红豆草的事闹过一场小小的别扭哩。那天，姑嫂俩往地里送粪，一路上，秀秀见家家的车，都是小伙子拉，姑娘、媳妇儿推，有说有笑，热热火火，只有自家的车，不紧不慢，嘎吱嘎吱地叫唤，真烦人哟。她把车拉到地头，没顾上喘口气儿，便正儿八经地向嫂子提出要求：

"嫂嫂，你瞧人家那车轱辘转得多快！看咱这败兴劲——就俩女的——哎，连个帮手也没有。二十亩承包地难肠死人哩！别再揽这红豆草的闲事。"说着瞟嫂子一眼，"我寻思——咱家忙，得写信叫哥哥请个假，就说你……"

嫂子一听甜蜜地笑了："眼下'人家'正忙着搞'军民共建'哩！那可是大事儿呀……嘻嘻，'人家'肩上挑的，比咱俩背的还重哩！"秀秀一听嫂子夸哥哥，身子一扭，嘴一撇，讥讽地说："哼！忙，忙，就'人家'忙哩！咱是大闲人儿……说偏心话也得苦住脚面！"

嫂子淡淡一笑："看秀妹说的，你哥昨日来信还念叨说'爹虽然年纪大了，可咱秀妹比得上小伙子，试种十亩红豆草，我放心。'"

"咦呀，我的好嫂嫂，说倒轻巧！那一堆粪可要一车一车地拉，谁能一口气吹到地里？官不大，口气不小！"秀秀说完，又白了嫂子一眼。

嫂子看秀妹稚嫩的脸蛋，心想，秀妹离娘早，当嫂子的总该事事让着点儿，于是赔笑说："秀妹，你是高中生，懂理儿，你说，如今哥当兵不在家，爹年纪大了，你和嫂嫂不干，谁干？"

"咱是大能人儿，自个儿干呗！"秀秀挖苦嫂嫂。

嫂子到底贤惠，不生气儿，却学着秀妹，伸开两腿，噘起嘴儿："咱不是闲人儿，自个儿干呗！"

嫂子这一招儿真灵，把气呼呼的秀秀给逗乐了，嘻嘻笑着。

姑嫂俩，一个拉，一个推，飞也似的来到地头。秀秀放下车把，看着气喘吁吁的嫂嫂，心想，嫂嫂细条身材儿，劲少力单，咋拉得起这满满一车粪？没等嫂子动手，她忽地举起车把，哗啦！一车粪轻轻巧巧倒在地里。

秀秀一口气拉了四车。嫂子跟上使劲推，生怕挣坏了秀秀，等装满第五车，秀秀刚走几步，嫂子就"哎哟、哎哟"地呻唤起来。秀秀见嫂子抱住肚子，慌忙放下车把，抱住嫂子，心痛地说："嫂嫂，咋啦？肚痛？"不料嫂子一个鹞子翻身，顺手推开秀秀，拉起粪车飞跑。秀秀咯咯笑着追嫂子："咦哟，我的精灵的嫂嫂哟！"嫂子也拉了四车。可秀秀决心超过嫂子："早哩，再拉两车。"嫂子甜蜜地笑笑，伸出手在秀秀的额头上戳了一指头："傻妹子，要是挣坏了身子，找不了好女婿娃，你嫂子可担待不起呀！"说着，拉起车回家。

秀秀紧赶几步，举起一只手，嗔怪道："再欺负人，秀妹的拳头可不认识你这个亲嫂嫂！"

嫂子一听，心里笑着，不再言喘，只拿眼睛说话儿，把个秀妹瞅得好不自在。秀妹急忙换个话题儿："嫂嫂，你说咱这十亩红豆草，多久能卖钱？"

嫂子顺口答道："一年！"

"卖了钱做啥?"

嫂子不慌不忙,放下车把,双手合成个小喇叭儿,对着秀秀的耳朵:"给咱秀秀姑娘办喜事哩!"

秀秀脸唰地羞得通红,抡起拳头在嫂嫂背上猛砸。嫂子拉上车飞跑,秀秀笑着在后边猛追⋯⋯

(1984年刊登于《甘肃农民报》)

诗词存稿

SHI CI CUN GAO

时代歌声 SHI DAI GE SHENG

礼赞北京奥运长歌

　　2008年8月8日，北京奥运会拉开序幕。我体育健儿，奋勇争先，顽强拼搏，夺得51金、21银、28铜，奖牌总数100枚。中国人民欢欣鼓舞。回首往事，感慨万千，赋诗记之。

乐奏欢歌寰宇颂，北京奥运世人钦。

人民十亿偿夙愿，六百健儿壮国魂。

旧事钩沉堪兴叹，曾经古都起烟尘。

悉尼凯奏惊世界，华夏高歌壮昆仑。

特色大书兴国史，英贤聚会勇革新。

久经历练终强大，众志成城看朝暾。

热烈祝贺嫦娥三号登月成功

百年飞天梦，沧海变桑田。

烈焰腾旭日，火箭震宇寰。

嫦娥舒广袖，玉兔舞虹湾。

云车铿锵曲，寒宫夜未眠。

陇西二中建校五十周年

一

教界文坛负盛名，培桃育李广传经。
科研领域蕴豪气，笔走龙蛇唱大风。

二

渭河源远水长流，万浪千波入海畴。
桃李春风拂百代，壮心功业载千秋。

神舟颂

华夏神舟启巨轮，银河造访寰宇中。
众星拱月喜迎客，舒袖嫦娥舞太空。

野营拉练二首

三军苦练兵

如血残阳照大荒，寒凝戈壁暮烟苍。
红旗猎猎祁连近，挥汗三军苦练忙。

月夜急行军

西风如诉暮云惊，戈壁流沙似鸟鸣。
冷月寒凝路漫漫，为防敌寇度神兵。

欢呼猎鹰教练机试飞成功

雄鹰鼓翅向霄汉，追云猎絮到九天。
英姿飒爽军威壮，永保中华制空权。

纪念中国人民抗日战争暨世界反法西斯战争胜利八十周年

一

倭寇操戈犯卢沟，中华灾难几时休？

山河破碎千村烬，骨肉流离万户愁。

四海狂潮吞巨盗，八年浴血固金瓯。

强国大略应牢记，吾辈岂能忘血仇。

二

夺岛掠地几喧嚣，歪曲历史脑发烧。

抑或安倍不识字，浮生六记未记牢！

三

尚武焉能侵邻邦，善良未必即羔羊。

当年滴血卢沟月，光照东条见阎王。

四

东海硝烟恨未消，东倭魔爪又欲剽。

而今国盛三军壮，浪逐千寻擒恶蛟。

五

莫道安倍诡辩多，卅万冤魂泪滂沱。

悲惨历史须铭记，高悬利剑警世歌。

纪念红军长征胜利六十周年
参观红色娘子军纪念碑有感

神州大地祭英烈，举世无双娘子军。

赤胆忠心昭日月，长留浩气壮芳魂。

走进岷州暨中国西部散文学会第三届年会
岷州采风联欢晚会

一

洮水欢歌东流急，"花儿"频出自度曲。

新朋旧雨斜阳里，狐步①翩翩翠鸟啼。

二

青年林里人雅集，谈诗论道情依依。

美酒千杯难尽意，"花儿"声起鸟声稀。

三

二郎山下望田畴，百药葱茏显势头。

最是岷归香四野，药都誉满占风流。

---

①狐步：狐步舞，交际舞的一种，起源于美国黑人的民间舞蹈。

古郡建设即景

辛勤创业卅年整，古郡腾飞入眼瞳。

丽苑高楼平地起，长安大道九衢通。

渭河两岸银锄舞，几处新区铁臂横。

西部开发誉世界，江南塞北共繁荣。

华夏文明传承区陇西文化创意园

细雨时时润我心，苍山转翠兴登临。

药乡旧县①飘浓馥，旱埠②园区赏百禽。

旷野重开新境界，川原恰遇好春霖。

雄楼宝殿堪舆③论，流水行云连古今。

---

①旧县：首阳在历史上有"首阳旧县"之称谓。

②旱埠：文峰自古以来是陇右货物集散地，人称陇上旱码头。

③堪舆：即风水。堪舆论，即众人言其风水极佳之意。

春　闹

缓步徐行渭水边，幽幽新绿柳争先。
几堆残雪倏忽去，一抹斜阳生紫烟。
鸿雁高歌寒隐退，黄莺低语暖回还。
人欢马叫春声闹，再造山川锦绣篇。

丙戌新春感怀

鸡去犬来新岁到，关川两岸旭日明。
地膜农作梯田化，雨水集流玉液清。
黄土连绵山地绿，紫烟缭绕远峰迎。
山乡新建居民点，屋舍俨然乐太平。

故里重游喜赋

重回故里意绵绵，俏语乡音觉味甜。
老友沧桑怀旧路，孙儿砥砺备考研。
才迎游子天涯至，又喜飞鸿海外传。
说到而今建设事，引洮入定富家园。

庚寅年陇西县政协
迎春茶话会

同堂共议富民计，展望前程景更佳。
华发笑颜同饮酒，肝肠知己共烹茶。
轻歌曼舞无穷趣，俚语乡音忘脱牙。
两袖清风吹万里，丹心一片映彩霞。

赞环卫工

灿灿光辉映夜空，绰绰桔影美街容。
频频挥帚尘埃净，沙沙喷壶除臭风。
侍弄花木添秀色，勤播细雨洗门庭。
人民城市人人建，环卫工人记头功。

夜宿山庄

沙沙雨声惊客梦，阵阵寒气入门庭。
大山别墅香满袖，小桥侧畔有茶亭。
耕牛欢叫烟树外，布谷传信更催耕。
驴驮车载三春夜，山村建设热气腾。

临洮中铺工业园区

登临东山望中川，青烟袅袅笼万田。
洮水扬波迎客远，机器轰鸣锣鼓喧。
天霁古邑飞虹彩，人智穷乡换新颜。
经济腾飞传捷报，两个文明互追攀。

将　台

一

家在将台河岸边，野花小溪淡炊烟。
门前土路连集市，车载驴驮人往还。

二

将台雄踞河岸边，通西大道①车马喧。
载去征战千年史，驮来安定强中原。

---

①通西大道：指通西古城到今鲁家沟镇北平西古城之大道，其间有定西、安西两座古城。

丁亥年老人节笔会

童颜鹤发聚华堂，论道评书赞夕阳。
美酒三千难尽意，诗情澎湃涌墨香。

乙丑除夕

玉鼠辞旧正天寒，金牛迎新又一年。
华夏高空悬丽日，神州大地换新天。

看电视剧《西游记》

人生性本善，但敢斗敌顽。
降妖入虎穴，捉鳖下龙潭。

元宵节观灯

一

西阙坪间寻古迹，红灯万盏若星辰。
荒烟衰草前朝事，古道残垣自断魂。
开放改革鸣战鼓，三中全会布阳春。
沧桑变化寻常事，盛世春光满十分。

二

元宵古郡月朦胧，同乐万民灯影中。
烟火升空幻玉树，爆竹落地化飘红。
迎宾饭店贺新岁，大众酒楼存古风。
十里烟波笼小巷，家家谈笑备春耕。

旱原春之歌

一

春风吹雨如酥润，河水漫歌柳弄姿。
山坳飘香游客醉，桃花才谢杏满枝。

二

柔风细雨风光丽，古堡石桥一望中。
碧笼山庄河畔路，牛欢马叫正春耕。

三

雪融青万树，花绽粉蝶迷。
春闹山谷里，林中翠鸟啼。

看电视剧《叶挺将军》

国难志尤壮，沙场百战神。
威名惊世界，浩气恸三军。
关注民生苦，胸怀国计忧。
中华崛起日，万众念斯人。

看电视剧《周恩来在重庆》

救国风云号五岳，志士同仇举红旗。
千折万磨胸无己，力挽狂澜奠国基。
飞泪病榻思捷报，含悲赴会运筹奇。
喜看中华复兴日，一代功臣万世师。

看纪录片《神农架》有感

峻岭巍巍高万仞，山泉日夜妙音流。
风来绿树掀激浪，雨住天空挂彩绸。
常忆神农垂万古，永怀足迹遍山丘。
尽尝百草苦和涩，矢志解除百姓忧。

2001年春观电视剧《滇西1944》

滇起风雷不忍闻，蓝天碧水涌烟尘。
丛林①浴血惊天地，龙陵②厮杀建奇勋。
烈士当年遗旧恨，国人今日悼忠魂。
中华崛起犹追忆，千古芳流启后昆。

①丛林：指中国远征军丛林特遣队。
②龙陵：指中国远征军情报站驻地。

看电视连续剧《辛亥革命》
纪念辛亥革命100周年

腥风血雨几纷争，历险雄关建卓勋。
陷阵冲锋革命党，运筹帷幄赖孙文。
武昌首义风云壮，三镇苦斗草木昏。
赤帜迎来新天地，长风卷去旧乾坤。
黎庶百代怀巨篇，神州十亿祭忠魂。
狂舞欢歌重祝庆，中华崛起荡祥云。

看电视剧《张自忠将军》

国难心流血，沙场战倭邻。
含冤吞辱斗，亿万赞军魂。

誓率华盛竞风流

柴彦章自述：自改革开放以来，怀着"素志原非安旧宇，雄心更欲闯新程"的壮志雄心，创新思路，谋划发展，为建设甘肃一流住宅小区而拼搏……

萦回数度沧桑路，梦在阳关志不休。
少年风尘迷泪眼，十年奔波断肠愁。
神州改革及时雨，日新月异喜事稠。
眼观南国心欲醉，神驰商海步瀛洲①。
邻里夸赞催人奋，街巷鼓励情悠悠。
驱走怯阵拦路虎，甩开膀子献宏筹！
灯下读书方半卷，静中盟志记心头。
万丈高楼平地起，宏伟蓝图眼底收。
红烛焚身留美誉，春蚕忘我化帛绸。
发展才是硬道理，誓率华盛竞风流。

———————
①瀛洲：特指传说中的仙山。

如梦令·春雪

新岁喜逢瑞雪，满眼依稀瓜瓞，村里少闲人，铺膜点豆未歇。遍野，遍野，满眼青枝红叶。

忆秦娥·定西

登高望，古城内外新模样。新模样，街衢宽畅，客流浩荡。

一从改革春潮漾，开发建设人欢唱。人欢唱，高楼列队，明湖叠浪。

清平乐·抗震救灾　　众志成城

天崩地裂，山水声声咽。旷古天公谁招惹？何故倏忽人遭劫。

中央紧急点兵，八方四面影从，抗震救灾战斗，真个众志成城。

鹧鸪天·戊子元宵节

皓月当空大地宽，陋斋半夜闹风寒。凭栏忍泪无言语，对月扪心且自怜？

乐乍起，歌犹酣。婵娟笑脸报平安。劝君牢记孩提事，同唱团圆月也圆。

采桑子·戊子重阳节

时光流逝天难老，岁岁重阳。今又重阳，米酒一坛分外香。

一年一度重阳日，不似经常。胜似经常，胸胆开张渭水长。

武陵春·戊子老人节

一抹夕阳山尽染，万户菊飘香。世人难以忘沧桑，把酒问重阳。

重阳鼓我风兼雨，奋起奔康庄。骚客几多著妙章，笑脸赏春光。

满江红·抗震救灾　重建家园

2008年5月12日下午2点28分，四川汶川发生8.0级地震，全国军民奋起抗震救灾，重建美好家园，展示了华夏雄风。

隐隐雷鸣，天塌陷、山河崩裂。极目处，乌云纷乱，泪倾平野。四月八飞来横祸，三千里人民遭劫。惊回头，墟里起呼声，心流血。

唯吾党，补天缺；温总理，何曾歇？子弟兵，饱受生死离别。万众救援车似箭，爱心恸彻声声咽。莫悲伤，重建我家园，朝前越。

忆江南·陇西

改革开放以来，陇西城市建设日新月异，高楼林立，街衢通畅，市场繁荣，社会安定，一派腾飞和谐景象。

陇西好，齐步向康庄。事业腾飞多兴盛，文明创建铸辉煌。一派好风光。

引洮之歌

游罢冶力关①，乘兴走峡城②。
峰回路转急，难抑好心情。

放眼九甸峡，绿水绕碧峰。
横卧拦河坝，铁臂扼蛟龙。

七秩倏忽去，为偿不了情。
漫步觅旧迹，当年引洮人。

人在岸边走，心飞引洮洞。
引颈呼故友，珠泪洒荒冢。

蓦然见深谷，隐隐起烟尘。
人敢与天斗，斯举信绝伦。

号令引洮河，应者十万丁。
拦河筑大坝，奔涌黄土情。

甘洒热血志，为党献赤诚。
红旗鼓人勇，风播呐喊声。

①冶力关：临夏国家级森林公园。
②峡城：引洮水利枢纽工程位于临洮县峡城乡之九甸峡。

突击民兵连，冲锋子弟兵。
独轮①地上走，滑车②空中行。

千锹进行曲，万夯号子紧：
"多快又好省，跃进再跃进！"

流动红旗赛，轮番放卫星③。
姑嫂赶须眉，铁汉唱大风。

"苦干加'巧干'"，排险几惊心。
堵河塞险窟，筑坝降龙君……

三餐难果腹，汗水浸衣襟。
夜宿猫耳洞，风厉寒袭人……

岁月峥嵘度，几度别离情。
血雨悲天地，群心思迷津？

子孙学愚公，经验醒人魂。
万年垂福祉，自有后来人……

寒凝残月冷，风雪夜归人。
少年无言语，老者敞短襟。

---

①独轮：地面运土工具。
②滑车：高空运土工具。
③卫星：当时的一个口号。

吴家两兄弟，相扶赶路程。
翻过分水岭，迈过熟阳城①。

风雪阻无路，叩响一柴门。
门开是大嫂，泪眼诉苦情。

"引洮逾两载，家在同谷城。
借宿柴棚里，明晨好动身。"

大嫂开言道，"我亦同谷人。
民国十八年，流落到此城。"

浓情话身世，长叙到天明。
寒夜惊残梦，姐弟喜相逢。

忽见盘山道，绿叶涌花红。
流云逐彩霞，笑语伴歌声。

翩翩来斯地，当年引洮人！
大坝露笑脸，重逢老友亲。

叙旧情怀暖，品茗情味深。
诉说当年事，眼角有泪痕。

过了高架桥，还从石洞行。
林密鸟雀闹，岭险拖翠屏。

———————
①熟阳城：陇西县首阳镇，全国唯一一个以中药材特色命名的国家级特色小镇。

壁耸三千丈，云从山下生。
抬头九霄外，伸腿宇寰中……

齐声夸引洮，招展党旗红。
科学发展路，人民建奇功。

险滩临砾渚，天堑卧虬龙^①。
库区六十里，夹岸景不同……

"何处景最美？千山列画屏。"
"洮水贯陇上，穿洞赶路程！"

人跟渠水跑，奔腾满渠情。
家家频举杯，美酒党恩隆。

先辈愿已偿，洮水舞欢腾。
甩掉贫穷帽，陇上飞彩虹。

岁月悠悠去，子孙代代兴。
高歌引洮者，精神启后生。

当年引洮事，岁月有留痕。
观今宜鉴古，激浊扬清芬。

①虬龙：古代传说中的一种龙。

山河抒怀

SHAN HE SHU HUAI

华东西南记事十一首

　　1987年8月，赴华东、西南考察《当代中国》大型丛书编写工作，小诗有记。

望江楼

嘉陵江水去悠悠，望江公园香满楼。
江岸名胜薛涛井，花溪佳迹竹林幽。
泛舟赋诗仰先圣，登楼题句展宏猷。
万里云烟收眼底，蓉城新貌入双眸。

船过夔门

夔门锁钥骤然开，倒海排山巨浪来。
波撼奇峰耸立处，万千气象骇人怀。

山城夜雨

蓉城秋雨洗芙蓉，长夜无眠伴孤灯。
但愿明天天气好，横绝秦岭到金城。

杜甫草堂(一)

浣花溪畔人如缕，缓步轻吟工部诗。
广厦万千今兀现，诗人泉下涌情思。

杜甫草堂(二)

千载园林负盛名，粉竹流翠笋芽新。
四方墨客题佳句，百代骚人吊旅魂。
遍阅人间千样苦，常留赤子报国心。
秋风歌罢秋风冷，广厦千间梦已真。

谒烈士陵园红岩村

春风化雨越寒关，手捧素花谒红岩。
题字金光辉旭日，壁雕豪气壮河山。
抗倭将士驱驰勇，伏虎英雄奏凯旋。
万里长征凭接力，中华奋起向明天。

丰都掠影

船过丰都魂魄动，人言地狱太恓惶。
千帆往返车如水，秀水明山列画堂。

泛舟西湖

西湖五月风光美，再驾扁舟过二堤。
四面青山投碧影，一泓翡翠起虹霓。
烟浮葛岭山花绽，云绕孤山百鸟啼。
雾海佛光云彩艳，山光水色世间奇。

寒山寺

古寺寒山人语静，张翁江上客枫桥。
钟声远去韵犹在，绝唱千年意更高。
谷雨江南春意满，昔时名胜更妖娆。
彼伏此起歌嘹亮，可使前贤慰寂寥。

过秦岭

风驰电掣雾中行，云雀振翅云上鸣。
细雨如丝拂脸面，一丝一缕总关情。

飞来峰

飞来峰名因何得？文人骚客竞相猜。
奇峰天下无计数，想必天公巧安排。

大连纪游五首

1986年8月，赴大连参加全国第二届大学生运动会，小诗有记。

登山海关

登临长城山海关，神游千载意绵绵。
嘉峪虎踞雄华夏，山海龙蟠吐碧岚。
壮志凌云存日月，雄姿永健壮人寰。
经霜履雪终无悔，情注长城望翠峦。

老龙头

老龙头前烟波渺，暮雨朝风世纪同。
血沃中原腾铁马，雄关万代树奇功。

观　海

东海满目水接天，白鸥展翅逐浪欢。
神州蛟龙谁敌手？巡航卫权宝岛安！

老虎滩即景

斜阳一抹映西天，携友同游老虎滩。
阵阵松涛腾万马，艘艘快艇箭离弦。
云蒸绝巘层层隘，烟锁危崖处处关。
芦管忽从山后起，数声吹冷月儿弯。

长城颂

云横万水并千山，跃起巨龙天地间。
华夏雄风存亘古，民族气魄史无前。
战国雄继春秋霸，山海关连嘉峪关。
前辈嘱托永不忘，国强民富御敌顽。

塔尔寺

一

名重千年塔尔寺，巍巍宝殿驻祥云。
晨钟暮鼓绕神宇，梵唱悠悠惊世尘。

二

风绿三江境，雨润莽原容。
古刹光辉灿，蓬莱幻境中。

游天涯海角

五月南国山水美，天涯海角景常新。
亚湾碧水明如镜，五指青峰浪似银。
苗寨竹楼游客满，椰林深处尽佳人。
轻风鼓瑟飞鸥和，多少歌迷识妙音？

北戴河三首

1996年9月，在北戴河全国政协干部培训中心参加学习，与会记者为余在海岸拍摄一帧照片，题诗纪念。

海上日出

碧海捧出五色光，蓝天升起玉莲房。

云舒云卷穷变幻，笑脸迎来红太阳。

雷雨观海

巨浪滔滔欲吞天，雷鸣电闪震宇寰。

海鸥鼓翅摧云碎，直上太空闯雄关。

海字歌

海口飞霞欲镀金，海边竹翠椰林新。

海湾奇迹亚龙现，海上云生红树林。

九马画山①

细雨伴舟漓水行，天光水色映奇峰。
忽从九马山前过，风送唉唉马叫声。

骆驼山②

漓江岸上骆驼山，直视南国欲远迁。
我问神驼何处去？丝路延长到海南。

仙人洞

秋到仙人洞，群峰涌翠微。
翘首尘寰上，未见暮云飞。

---

①九马画山：指漓江岸边景点，远看形如奔驰之九匹骏马。
②骆驼山：桂林郊区景点。

叠彩山

曾登险峻华山顶，叠彩飞花逸兴添。
眼底尽收吴越秀，峰巅明月映绮天。

车过宝鸡峡

巨龙跨涧穿山过，千里渭河水沸腾。
试问长安路几许？汽笛声里过关中。

谒黄帝陵

桥山无愧聚霞旌，古柏森森列翠屏。
祭曲一支云外响，炎黄儿女谒黄陵。

无字碑

2005年5月，游乾陵，参观无字碑，小诗有记。

一

无字碑①前久伫立，人生一世若云烟。
而今翁仲②斜阳里，难觅女皇武则天。

二

众言天下兴亡事，女皇武氏独一家。
妙哉碑碣无字述，哑谜费猜而言他。

三

玩弄权术数十年，龙袍加身夜难眠。
机关算尽"去帝号"，"大圣皇后"可心安？

---

①无字碑：武则天墓碑。
②翁仲：传说中的历史人物，此指墓前石人。

延安行

2005年5月，随陇西县政协朱自武、宋海荣先生赴革命圣地延安、古都西安参观访问，沿途景色宜人，车过子午岭，口占三首。

过子午岭

春风荡漾花千树，浩浩清波映碧天。
百里欢歌过子午，群情振奋向延安。

登宝塔山

抖擞精神登宝塔，七十初度不觉乏。
红军转战立奇志，革命花开遍天涯。

观象山听蝉鸣

应是人间事不平，一声长啸几心惊。
悲情无尽饮残露，更有啼血杜鹃①声。

---

①杜鹃：亦叫布谷、子规、杜宇，初夏时经常昼夜不停地叫。

云南①纪行八首

出　发

打点赖山妻，窗前日未晞。
孙儿频嘱咐，送我傻瓜机。

嘉陵江

千里嘉陵江水碧，山川一望绿油油。
遥思昔日贫瘠地，处处山乡起翠楼。

金沙江

滇北川南面貌新，青山万里郁森森。
蓝天碧透斜阳照，波涌金沙万点银。

---

①云南：旅游大省。其特点被概括为"大江奔流"、"风花雪月"、"万顷碧波"、"鸟语花香"、"小桥流水"等。

澜沧江即景

澜沧江水走蛟龙，热带森林缓缓行。
几处云崖飞瀑泻，层峦叠嶂雨蒙蒙。

石　林

红花绿树流清韵，指点游人过剑峰①。
回首向来魂悸处，奇峰错落露峥嵘。

大理述怀

白云红日下关风，万顷清波洱海生。
山色湖光何壮丽，难寻昔日大理城。

---

①剑峰：指剑峰池，石林景点之一。

玉龙雪山[①]

皑皑白雪玉龙山，冷艳横空参九天。
热带雨林相去近，南国惊现此奇观。

植物王国

热带雨林树万种，植物王国皆珍稀。
千年铁树堪称贵，特有树种世间奇。

①玉龙雪山：位于云南大理北，远观白雪皑皑，气势壮观，为境内距离赤道最近
的雪山。

江西纪游九首

九江(一)

人道古城存疑团，极目天外思万千。
江州故事琵琶里，石钟山记话年年。

九江(二)

自古泾渭总分明，鄱阳湖口有浊清。
吞没岁月云梦迹，默诵观音①忘浮名。

李　坑②

千里慕名访李坑，虹桥清溪魏晋风。
信步阡陌思良久，斯地桃源妙笔中?

---

①观音：石钟山寺有"观从心底发，音自静中生"之联语。
②李坑：全国著名历史古村。

登庐山

谁持彩练三叠泉，峡谷涌翠石生烟。
五老撑天摧云碎，双龙击石裂雾残。
真卿墨迹留千古，太白诗名九霄间。
悟道庐山真面目，健步登临应有缘。

卧龙谷

群峰环抱卧龙谷，虎啸龙腾举世殊。
满眼奇观现异彩，天工造化自成图。

杜鹃长廊

绵延十里杜鹃山，携尊索道白云间。
蜃楼仙境生云海，雄奇险秀①皆自然。

---

①泰山之雄，黄山之奇，华山之险，峨眉之秀。

龙　潭

峭壁飞瀑下龙潭，深谷吐幽水潺潺。
群峰滴翠游未尽，雨急顿觉晓风寒。

庐山会议旧址(一)

神仙聚会进万言，未觉十月秋风寒。
胸怀家国为黎庶，独吟俯唱尧舜天。

庐山会议旧址(二)

卧听松涛思国事，天宇疏阔心坦然。
英风浩荡山河壮，义尽仁成凛地天。

西行记事六首

凤凰台①抒情(一)

碧天绿水爽心扉，草长莺飞暑欲归。

万里山河皆染色，长空日月尽增辉。

遥看黄河源头静，俯瞰夏都龙马飞。

佛光溶溶塔尔②近，钟声袅袅雨霏霏。

凤凰台抒情(二)

凤凰雨雾润如酥，飞塔凌霄气势殊。

江河源③头浮紫气，崇山丛中隐泽湖。

银带万里连西域，绿拥千厦展新图。

俯视灯火璀璨处，落虹飞彩满夏都。

---

① 凤凰台：西宁市南山巅峰之高塔。

② 塔尔：指西宁市西南二十公里处著名喇嘛教寺院——塔尔寺。

③ 江河源：指长江、黄河、澜沧江等大河发源地，青藏高原素有江河源之称。

原子城放歌

高原峡谷起烟尘，群英聚会挟大风。
严冬寒流飞白絮，酷暑热浪涌花红。
深谋韬略防权霸，勇攀科技扫黑熊。
卫和原子垂后世，威名千古壮征程。

金银滩即兴

轻车作马路盘旋，高原清秋别有天。
近瞻佛塔山似火，远眺牧棚草成毡。
尕海水肥黄鱼美，宝顶雪丰不胜寒。
原始胜景观无尽，潇洒人间壮大千。

青海湖素描

轻车简从自悠闲，直去高原云水间。

芳草有情绿遍野，浮云无意绕群山。

峡谷幽径连湖海，山泉石坝映丽天。

满目惊现添诗兴，刹那随波逐浪欢。

日月山怀古

光阴荏苒越千年，名垂神州古今传。

殷殷碧血洒西域，耿耿丹心闯万关。

当年日月山有泪，今日草原绽笑颜。

几回香梦绕帘过，万缕情思伴晓天。

湘鄂纪游七首

登白帝城

千峰叠翠涌诗声，万壑争流颂古城。

铁马奔腾三国事，史家未见论输赢。

天①字歌

天路从容度，天桥几惊心。

天梯云里绕，天外觅知音。

谒沈从文故居

望穿三湘仰斯人，金秋十月访边城②。

堪怜一代文宗逝，幸有遗篇露峥嵘。

①天：百龙天梯，天生石桥、天路及天外来客，皆为张家界核心景区著名景点。

②《边城》：乡土文学之父沈从文名著。

秋日游橘子洲

千里寻芳橘子洲，山青水碧意方稠。

湘江波涌情难断，伟论常新泽九州。

忧国少年曾击水，后人圆梦立潮头。

耄耋步彳①从容度，夙愿随心爱晚秋。

车过边城②即景

千里驱车赴鄂州，湘西风物入双眸。

路如丝带青山绕，车似轻舟绿海游。

彩蝶湖边结伴舞，茶娘园里笑含羞。

奇观满目堪入画，十月凤凰好个秋。

①彳：读chì，意为慢慢走，时走时停。

②边城：即凤凰城。

泛舟沱江①

黄花玉桂竞风流，最美虹桥吊脚楼。
屋后云遮千苑桔，门前水涌几舢舟。
星移斗转无遗恨，长梦随心却自由。
石板路遥人共老，南华②叠翠送春秋。

船过长江三峡

千里峭壁刺地宫，烟云两岸伴秋风。
石牌③古镇烽烟尽，雄隘烈碑壮士功，
水击夔门千重浪，峡起平湖一弯虹。
琳琅美景不胜览，东谷④逶迤锁巨龙。

①沱江：亦称母亲河。
②南华，亦称父亲山。
③石牌：抗战时期为防守陪都重庆之门户。
④东谷：指雄伟壮观的三峡大坝及五级船闸。

银川纪游四首

西部影视城

只身古城①巷陌中，无边风月入眼瞳。

奇文愤世念民苦，英烈舍身唱大风。

商贾诚心走天下，布衣忠贞黄土情。

写意西部文明史，贤亮②第一树高功。

银川新区

茫茫苍烟衔远山，无边瀚海③竞千帆。

昔日征战何悲壮，斯地逃离人几还。

贺兰狂舞东风笑，黄河高歌逐浪欢。

地阔天远放眼望，新区④锦旗映大千。

①古城：指镇北堡明城和清城。

②张贤亮：著名作家。

③瀚海：指平原和湖泊。

④新区：指银川市新城区。

游沙湖

七月走沙湖，不为坐游船。

小鸟湖面飞，鱼儿水底潜。

芦苇弄姿柔，天鹅舞蹁跹。

金沙腾旭日，大漠现奇观。

绿荫夹岸雨，清风润心田。

花香使人醉，鸟语伴人眠。

草原即景

咩咩细语通人性，深情跪乳报母恩。

敢问邻家新娇客，可知春晖寸草心。

西安纪游七首

大唐不夜城

漫步不夜城，宝殿灯火明。
极目九霄外，曼舞大唐风。

华清池

秋风挟雨雾笼寒，华清宫里景依然。
斯地从来多故事，几番甜蜜带辛酸?

法门寺

千年古寺负盛名，宝殿佛塔耀千灯。
汉服唐装游览客，静坐云楼听诵经。

大唐芙蓉园

明镜一泓水面平，大千世界眼前生。
神游举目时空远，唯天为大①人自尊。

骊山

云海无际雨蒙蒙，骊山抖擞欲狂奔。
花树含情频起舞，秋风着意唱忠魂。
数度真言鼓奋斗，一朝风雷励三军。
壮士血浇华夏土，化作千山有绿荫。

2011西安世界园艺博览会

兴高采烈逛世园，姹紫嫣红艳秋天。
大小游船清歌伴，中外客商舞蹁跹。
展馆广厦添锦绣，高塔叠楼聚众贤。
天巧人工惊域外，疑是南国已西迁。

---

①唯天为大：芙蓉园内宝殿有"唯天为大"匾牌。

西京长歌

少有腾云志，我今欲何求？

夕阳无限好，良辰少停留。

吟罢忧乐句，兴来解烦愁。

秋风知我意，送我西安游。

危岩横古栈，险峡路悠悠。

奇峰高桥架，峭壁深洞幽。

车行深谷里，人随飞瀑流。

山风弄琴瑟，丛林鸟啁啾。

远眺古城秀，雁塔列翠楼。

抬头星月外，伸腿草木柔。

菩提留旧迹，神池笑语稠。

古今多逸趣，诗情两向收。

不夜城中走，群雕写尊侯。

盛世展新貌，汇景歌九州。

百卉香溢漫，萼绿蕾中流。

放眼秦俑地，细雨藤寒秋。

美景激后代，斯人更风流。

豪情追往事，忘私与国酬。

车绕绕城路，满目飞彩绸。

人人竞相夸，归来赋此游。

陇风新韵

LONG FENG XIN YUN

老榆树

一

旧宅门前一老树，枝繁叶茂岁岁荣。
往事如水随波去，谁知其中万缕情。

二

巨榆三围叹伟观，阅尽沧桑记悲欢。
旧曲唱罢换新调，笑迎远方主人还。

仁寿山

古郡城南仁寿山，森森绿树暗浮烟。
深藏古寺多情趣，曲径长廊好赋闲。

威远楼

威远楼高耸碧天，历经兴亡数百年。
凄风苦雨相承伴，不愧丝路一雄关。

文峰塔

七级浮屠①耸碧空，迎来紫气日升东。
渭河环绕红山过，塔影遥临豲道②城。

陇西堂

南安古郡铸辉煌，堂号陇西名远扬。
心系同宗思故里，寻根祭祖话沧桑。

①七级浮屠：指文峰塔。
②豲道：汉置县名，位于陇西东南渭河东岸，汉、魏、晋为南安郡治所。

登长城梁

一

七月十六到福星，东风伴我登长城。
洋芋漫花药香溢，心情愉悦脚步轻。

二

长城梁上望长城，状如巨龙气腾云。
秦公三代可知晓？卫和自有后来人。

秋日远眺高原古城

半城黄叶半城霜，数点寒鸦掠堞墙。
渭水低吟诗意淡，寻梅高处染斜阳。

陇西大成殿

　　陇西文庙修葺落成有记，兼怀刘振邦、郭鼎彦、吕金铭、侯海清、牛世清、宋定邦、周佐吴、马树勋诸先生。

　　　　　　细雨如丝柳含烟，独访学府敬前贤。
　　　　　　至圣先师无言语，儒家经典万古传。
　　　　　　有教无类越千载，教学同长两相兼。
　　　　　　寄情天地怀折柳，遥念名师忆当年。

渭河东岸烽火台

　　　　　　雄踞渭河岸，保昌护城关。
　　　　　　夜来风雨后，陡起一烽烟。
　　　　　　薪火越千载，战鼓拨长弦。
　　　　　　丝路中国梦，胜景满人间。

首阳山谒伯夷叔齐墓

首阳山位于陇西县城西南25公里处，因其列群山之首，阳光先照而得名。更因商末周初孤竹国（今河北卢龙县）二子伯夷、叔齐隐居采蕨而成为陇右名山。

一

秋风萧瑟细雨绵，探胜寻幽首阳山。
忽见古贤双冢在，又闻天外征雁还。

二

青山拥抱夷齐祠，翠绕幽谷远樊篱。
双冢落花千滴泪，高峡流水万缕思。
是非功过天为力，成败兴亡未有期。
互让君位万民仰，亮风高节举世奇。

古 松

峭壁千尺有古松，经年累月伴暮钟。
尽阅沧桑终无悔，笑迎苦雨与凄风。

雪山新貌

曾是穷乡好恓惶，云怒风愁草色黄。
今日此山无白雪，芋花菜花药花香。

红崖湾①

昔日贫瘠红崖湾，今日换颜车马欢。
南来北往客相问，何人书写新诗篇？

①红崖湾：陇西县碧岩镇红崖村。20世纪70年代末，陇西最早实行分田到户的生产队。

登桦林山

一

峰回路转水清清，古木森森翠鸟鸣。
忽怵殷雷天宇响，高峡云漫势狰狞。

二

远山隐隐浮烟霭，晓日瞳瞳万树青。
脚踩青苔登绝顶，白云堆里看新晴。

丁酉年元宵游影视城

携友元宵渭水滨，阆城焕彩一时新。
鸿獣伏虎思年少，疑似当年梦幻真。

慕名访中天

慕名访中天，不为看牡丹。

生态①无俗韵，胜景纵目观。

绿野鸣翠鸟，药圃笼紫烟。

场院二百亩，畜舍五十间。

两行杨榆劲，一条道路宽。

西洋②新客至，秦川③意太闲。

养殖标准化，种畜示范园。

农户加基地，教授在田间。

心系农家苦，专家帮种田。

科技扶贫日，马跃人更欢。

不怕三秋冷，冒雨来建言：

应用推广好，循环再向前。

幽草存芳秀，赞歌遍陇原。

邃密高科技，破浪再扬帆。

---

①生态：首阳镇循环经济生态园。

②西洋：指引进外来种畜。

③秦川：指我国良种牛。

首阳礼赞

西山秋光美，细雨微风斜。
田野千重碧，古镇飞彩霞。
街巷柏油路，曲径小康家。
高楼林立处，药市最繁华。
莺雀啁啾语，池鱼嬉平沙。
循环园区秀，药圃万朵花。

遮阳山遇仙桥小憩

游客遇仙桥上过，神随溪水梦中行。
借问神龟欲何往？千里戈壁骆驼城。

郑国栋偕母游贵清峡谷有记

峡谷曲径幽，奇峰鸟啁啾。
冰瀑翩跹舞，龙溪情谊稠。
国栋尊母意，搀扶争上游。
神笔应不忘，孝道咏千秋。
晋家三兄弟，导游称一流。
鸿泰鱼庄美，野味解百愁。

霸陵桥即兴

又见松涛八月天，霸陵桥头景依然。
神驰大禹导渭事，鸟鼠山下水潺潺。

遮阳山溪口

一

漫天细雨润如酥，雾笼奇峰近却无。
一河蛙鸣伴鸟唱，遮阳溪口展长图。

二

十里幽峡舞东溪，蛇行长廊并驾姿。
地设天造含石口，夹岸青峰与天齐。

天井峡

十里幽峡木森森，万山碧透水清清。
村姑深谷花儿怨，游客新歌古道行。

漳河垂钓

2007年7月7日，岁在丁亥，偕友于漳县郊区鱼塘垂钓，百鸟唱和，芳草萋萋，一派自然和谐景象，赋诗记之。

一

近山泛绿远峰青，灿灿漳河波浪平。
翠鸟唱和肥鱼跃，诗情画意万千重。

二

绿树鹧鸪啼，长竿系柳丝。
晚霞斑斓色，如画亦如诗。

贵清山

一

隔断尘寰聚众仙，烟封雾锁不知年。
巉岩峭壁松竹翠，断涧仙桥蔚壮观。

二

国画胜景缘造化，山泉映月起长峡。

探幽访胜寻情趣，越岭攀山赏野花。

断涧仙桥悬铁索，斜坡转树漫烟霞。

铁牛和尚今何在？云海朝晖无际涯。

游东溪

日暖微风细，云轻遮阳碧。

相扶过栈道，峰回路转急。

花树迎远客，深林翠鸟啼。

细流弄琴瑟，飞瀑化彩霓。

人说贵清险，东溪景最奇。

桃源莫如此，穿行醉痴迷。

此中有真意，东道情依依。

待到重阳日，偕友赏西溪。

登太白山

一

曾爬半阴坡十载，无缘登临太白山。
借问天公路几许，少说八十一转弯。

二

不愧陇中一奇山，云蒸霞蔚水潺潺。
登峰路险君休怯，攀上巅峰便是仙。

三

叠嶂丛林夜阑珊，明霞烟雨瀑布间。
鸟鸣蛙鼓催人早，花气袭人带醉眠。

渭水源头组诗

渭水源

别渭三载思悠悠，又去源头品自愁。
史载鸟鼠同穴处，青山绿水拥翠楼。

莲　峰

金秋莲花散余香，脱下绿装换浅黄。
携友登山寻乐趣，归来逢人说暑凉。

品　荷

春至百花无附雅，夏归残叶不追风。
世间只要天公在，必定清气满碧空。

玉簪花

叶花凋尽未着妆，独立山尖可悢惶？
昨日红肥群芳妒，今朝绿瘦更风光？

首阳山古刹

苍松红树隐夕阳，翠柏黄藤抟粉墙。
古刹钟铎鸣古乐，羌笛奏议诉国殇。

伯夷叔齐墓

古冢千秋伴紫薇，苍烟袅袅任来回。
顽廉懦立名商夏，黄土一抔愿无违。

览胜归来迟

谷静人稀暮噪鸦，踏青忘归日西斜。
轻车过渭情思涌，隔岸灯火是我家。

王小全偕母游渭有记

金秋一字雁南归，偕母郊游又一回。
过路仁君频回首，动情寸草报春晖。

登鸟鼠山

秋游鸟鼠乐名山，渭水悠悠接远天。
路险径幽情切切，峰奇谷秀意绵绵。
秋风此日战云去，衰草当年禹迹寒。
极目中峰思太古，品泉流水日潺湲。

风　机①

塔起山巅万仞雄，俯临高原画图中。
不为山河添逸趣，只求光明满苍穹。

---

①风机：指华家岭风电场建设项目25台大型风力电机组于12月20日全部并网发电。

岷县纪游五首

腊子口畅想（一）

峰回路转几多旋，铁尺要塞惊胆寒。

忽听军号催北上，雄师呐喊过天关[1]。

腊子口畅想（二）

莽莽八荒外，险峰铁尺[2]流。

皑皑千里雪，奇绝看云头。

车过木寨岭

十月车临木寨岭，苍茫四野雪纷纷。

风吹沙砾崎岖路，嘶呖汽笛夜复晨。

狼渡滩即景

轻雾堆峰暗草原，细雨柔情润大千。

无名黄花迎客笑，牧民脸上绽雪莲。

---

[1]天关：指1935年9月16日，红一方面军第二师第四团遵照党中央关于打开进军甘肃通道的指示，发起进攻腊子口的战斗。

[2]铁尺：铁尺梁。

登二郎山开颜阁感赋

二郎绵延郁葱葱，开颜^①凌霄势更雄。

铁流驱驰雪域静，洮河咆哮敌巢崩。

遥思雄关^②风尘路，回眸卅铺^③旌旗红。

莫道^④遵义腾旭日，三军北进贯长虹。

石峰堡

驱车三陇^⑤过石峰，夕照古垒血染红。

远山落石云中卧，细水浮珠响淙淙。

新村屋舍映碧翠，古寨寒寺雾蒙蒙。

凝目天宇思久远，任尔论评过与功。

---

①开颜：指开颜阁，红军二郎山战役纪念塔。

②雄关：指天险腊子口。

③卅铺：指中共中央（西北局）会议旧址。

④莫道二句，指1935年1月中共中央在遵义召开中央政治局扩大会议，确立毛泽东在红军和党中央的领导地位。1936年9月中共中央（西北局）在岷县卅里铺召开会议，决定北上，实施通庄静会战役计划。

⑤三陇：即陇川、陇阳、陇山，皆为通渭之乡镇。

六盘山

1992年秋，应邀参加全省市级精神文明建设现场会，车过六盘山，小诗有记。

一

追梦千寻险峰颠，无限风光一望中。
车似轻舟飞云海，路如丝带更销魂。

二

荒寒古垒六盘山，横断陇秦称汉关。
白桦林中飞杜宇，雪峰顶上聚高寒。
西风劲送南飞燕，号角还吹欲曙天。
今日欢腾新世纪，红旗猎猎下延安。

崆峒山纪游二首

一

古木森森山涌翠，巍峨宝殿笼青烟。

凌空宝塔霓云外，壁立长峰入九天。

泾水喧哗寻渭水，天台傲世俯三关。

崆峒险隘夺心魄，极目秦川天地宽。

二

雾笼碧峰楼九重，蓬莱胜景画图中。

参天古木摇云影，浴日清波映碧空。

络绎游人观鹤舞，往来骚客访仙踪。

盈怀清气可寻道，直向巅峰广成宫。

天水纪游八首

伏羲庙

伏羲殿雄柏犹翠，璀璨琼楼更辉煌。

女娲补天^①功盖世，河图洛书^②世无双。

开天明道时空渺，与天地准耀龙光^③。

长缅始祖垂万载，仙踪历历遍八荒。

登麦积山

万佛洞前久伫立，钩沉石刻越时空。

云卧层楼伴千穴，麦积碧树笼独峰。

远眺锦绣新天壤，近看游人画卷中。

情随禅理凌绝顶，期盼来年再相逢。

南宅子

老宅愔愔念前朝，游人双目争聚焦。

现代居室再华丽，难比巧匠精工雕。

---

①女娲补天：女娲补天五色彩石立于伏羲庙院东侧。

②河图洛书：河图洛书造型置于大殿中央。

③开天明道、与天地准皆为伏羲庙正门匾额。

谒邓宝珊将军纪念馆

层楼巍峨耸碧空，广场潮涌赞邓翁。
寻路万里归大道，举旗中原建丰功。
心系民生勤主政，情注国运感岳嵩。
今日强邻仍虎视，固我长城仰豪雄。

秋日登凤凰山①远眺

秋日登山结伴游，满山碧树自风流。
清风拂拂花开艳，细雨霏霏柳弄柔。
古寺飞栈云崖近，葫芦②曲绕过秦州。
巅峰秀阁凭栏处，一望风光眼底收。

观麦积山石窟"是无等等"匾额

是无等等世难同，除恶扬善万代宗。
自古民心一杆秤，是非曲直总分明。

---

①凤凰山：指秦安县城东之高山。
②葫芦：指葫芦河，秦安县域河流。

谒西汉名将赵充国①陵园

驱车百里秦州去，慕名访胜觅赵公。

屯田戍边扬汉帜，蓄泄牛头②胜禹功。

威震西陲敌丧胆，挥戈大漠战未穷。

斜阳信步轩辕道，犹忆西汉老英雄。

游水帘洞有记

嵯峨奇峰峙秦州，翘首游观意悠悠。

拔地雄姿欲揽日，横渭巨影拥城流。

遥望麦积紫气绕，近观卦台诗意稠。

摩崖石刻惊广宇，大象山下泛客舟。

---

①赵充国：西汉名将。

②牛头：指牛头河。

陇南纪游七首

西狭颂①

响河岸边情意浓，飞瀑入潭现彩虹。
游客争观西狭颂，书家纷至赞仇公。

燕子河

燕子河里光阴稠，夹岸丛林鸟啁啾。
白墙红瓦新农舍，琅琅书声意悠悠。

阳 坝

青龙河水润绿洲，月牙潭里神鱼游。
蛇行栈道通天外，乌龟背上几多秋？

车过成县

苍茫烟雨郁森森，泉水叮咚天籁音。
山路穿云大巴过，回眸垭口几惊心。

①西狭颂：仇公所作，刻石内容是颂扬东汉武都太守李翕修筑西狭栈道的事迹。

万象洞

夜游万象洞，灯耀眼朦胧。

红日挂山外，皓月落潭中。

犀牛凝目望，龙马跃苍穹。

远征双峰驼，石梯通天宫。

春游康县

峭壁凌霄入帝宫，峰回路转水环城。

青龙①东去烽烟尽，幽梦②西来涕泪空。

莫道天鹅③池水静，只夸怪石④夺天工。

欲问杜老今何在？如画山水草堂中。

官鹅沟

山景才移河景连，满眼碧树生霭岚。

浩荡秋风沐峡谷，景随人意扑眼前。

---

①②③④皆为康县之景区景点。

晨过礼县

　　从陇西驱车经天水进入礼县境，便到达秦皇故里。秦公大墓的发现证明秦人的先祖发端于甘肃东南部之礼县及其周边地区。

一

自古西山①隐秘踪，沉寂千载卧秦公。
怅望汉水独无语，忧思天嘉众英雄②。
试问瑰宝今何在？满目烟霞舞裙红。
最使游人忘情处，苍山风雨西垂宫。

二

几回梦里到西乡，寻幽览胜露凝香。
渭水兼程趋汉水，三秦古道逐秦皇。
汉阳川西探古谜，西垂宫前拜祖堂。
有日金虎腾云到，一扫忧思举壶觞。

①西山：根据地下出土之墓葬文物证实，西山即今汉阳川西端的大堡子山。大堡子山是中国古代史料中记载的"西垂宫"、"西犬丘"所在地。
②诗人黄英有"斯地自古多英雄"句。

车过祁山

山不在高有仙灵，水不在深亦龙吟。
陇山流云千峰暗，汉水扬波万马喑。
出师两表流芳远，伐魏六征举世钦。
功著南抚劳七纵，躯捐北战恸蜀心。
傲骨不与群雄伍，忠魂那堪风尘侵。
举杯吟诗柴扉静，遥祭诸葛暮云深。

车道岭抒怀

千山万壑鸟无迹，风号云飞寒流急。
回首往事心流泪，遥望荒郊倍忧思。
落叶纷纷埋土下，西风呼呼吹羌笛。
隐隐河水犹拍岸，万里征程志不移。

和政临潭纪行四首

和政古动物化石博物馆

　　一组组镶嵌在墙壁上的古动物化石群，无言地叙说着曾经演化的时空隧道，展示出生命的辉煌与悲壮，记录着人类心灵的梦想，不愧是东方瑰宝，高原史书。

动物繁衍始开天，时空隧道不计年。

城东遗石鱼虫化，世间六项[①]数最先。

生命辉煌且悲壮，灵感震撼更空前。

生物演化呈万象，天设地造大自然。

松鸣岩

万山拥碧峰，隐隐入苍穹。

古塔烟云劲，宝殿卧松风。

仰瞻佛无语，回眸苍山空。

游人悟禅意，往事梦魂同。

---

　　①六项：世界上独一无二的和政羊、世界上最大的三趾马动物群化石产地、世界上最丰富的铲齿象化石、世界上最早的披毛犀化石、世界上最大的真马——埃氏马、世界上最大的鬣狗——巨鬣狗。

冶力关

莽莽苍山藏古寺，潺潺绿水绕雄关。
高天流云林海静，奇峰飞瀑生紫烟。
游人络绎寻旧梦，翠鸟联翩访古贤。
伫立关隘心犹壮，笑看红霞映满天。

天池神湖

青山秀水艳阳天，冶木河畔柳吐烟。
波光荡漾藏万像，游客穿梭碧浪间。
曲径如织花满地，高峡云锦夺天然。
都说漓江风光秀，那知神湖可消烦？

吐鲁沟

一

轻歌一路伴泉声，千里绿茵映雪峰。
芳草萋萋花吐艳，毡包点点入云层。

二

微风拂面雨纷纷，吐鲁奇峰夺鬼工。
烟笼柳丝流画意，云飘幽壑涌诗情。
花树风流频起舞，小河放胆弄琴声。
半月天边伫望久，忽听布谷远峰鸣。

夜过乌鞘岭

1936年11月，红西路军在古浪地区与敌激战多日，杀敌3000余。红西路军亦遭受严重损失。今年正值西路军西征70周年，诗以纪念。

乌鞘渐近巨龙鸣，绝壁峰巅篝火明。

瞩目古城①烟瘴起，聆听土堡②炮声隆。

横刀天险摧敌垒，浴血西陲惩恶龙。

西路忠魂垂万世，举杯十亿慰英雄。

巉郭公路即兴

卅里长峡一线天，高山耸峙欲连肩。

白云散漫浮天外，北水潺湲出大山。

鸟雀空中归故垒，群羊地上绽雪莲。

飘香五谷传秋韵，风送山歌瓜果甜。

①古城：指古浪城。
②土堡：即土门堡。

赞先明峡倒虹吸

乙酉年夏，与呈祥、世杰诸君参观引大入秦工程，翻山越岭，到达渠首，心情激动，感触良多，作句赞之。

雾笼群山烟雨蒙，先明峡险世殊雄。

管通峻岭穿云过，槽架远峰气若虹。

千里谷香天欲醉，万家欢唱乐无穷。

凝神渠首秦王①近，长忆韩翁②汗马功。

炳灵寺

明珠巧嵌万山丛，弥勒佛光浮碧空。

瞩目窟龛怀汉帜，回眸碑刻沐唐风。

几层轻雾潇潇雨，一抹烟波姊妹峰。

仁立凭栏天地外，层层积石入苍穹。

①秦王：指秦王川。

②韩翁：韩正卿，原省政协副主席、引大入秦建设工程总指挥。

阳关新调

朵朵白云任卷翻，含情绿树唱阳关。
祁连裹素映夕照，大漠铺茵暖气还。
纵使江南多丽日，怎敌塞北柳含烟。
羌笛今日吹新调，朝雨渭城不再弹。

阳关怀古

一

三危风急暮云低，驼铃鸣沙怨羌笛。
丝路飞天花雨洒，阳关渥洼①天马嘶。

二

落日余辉映阳关，千年烽隧起苍烟。
忽听断肠渭城②曲，极目天外听古禅。

---

①渥洼：传说阳关渥洼池产良马。汉武帝时，暴利长获罪谪守阳关，曾于渥洼池捕得大宛汗血马献于汉武帝。

②渭城：意取"劝君更尽一杯酒，西出阳关无故人"诗句。

车过三关口

斜阳一抹照西州，千里驱驰离绪愁。

鸿雁长飞寻驿道，雄鹰鼓翅乱荒丘。

古来人慕杨家将，今日吾侪赋壮游。

莫道千年泾水古，不关兴废日悠悠。

半月天

一

鬼斧神工吐鲁沟，涛生松涧最风流。

奇峰幽涧啁啾鸟，半月天边解百忧。

二

秀色溪光现大观，巉岩托举月儿弯。

欲登绝顶飞天梦，游客啧啧不思还。

河西走廊行

一去金城路九千，而今戈壁换容颜。
祁连虎踞展新貌，绿野鸟飞起晓烟。
莺弄簧舌随牧曲，雁追春信返家园。
羌笛不再怨杨柳，歌载春风到玉关。

登嘉峪关城楼

举步登临嘉峪关，角楼猎猎大旗翻。
千秋英气弘三界，万里雄姿壮陇原。
隐隐祁连亘塞外，茫茫戈壁化江南。
春来绿染天涯路，杨柳荫浓生紫烟。

玉门关

玉门关外觅前踪，斗转星移风物新。
大漠驼铃声远去，左公红柳绿成荫。
丝绸古道通寰宇，欧亚大桥连海津。
最使心情激动事，开发西部富黎民。

桥　湾

千禧龙年访玉关，瓜州余兴到桥湾。
城楼眼见人皮鼓，街巷耳闻骂巨贪。
故事传播三百载，鼓声犹响震心弦。
为官清正合民意，叛道离经酿祸端。

游敦煌

一

大漠有奇观，最奇鸣沙山。
风吹沙石走，珍珠落玉盘。

二

鸣沙山下访鸣沙，月牙泉边寻月牙。
忽忆千佛洞里事，徘徊戈壁恨无涯。

三

暮云低垂雨丝丝，遗事千年忆迟迟。
世人莫怨王圆箓，驼铃声声入梦急。

黄河铁桥即景

惊涛如怒来天外，飞架长虹云水间。
车水马龙桥上过，长存青史赞雄关①。

---

①雄关：即金城关。

眷怀酬唱

怀念恩师黄云升、冯麟诸先生

20世纪50年代初，余就读于定西中学。冯麟任教导主任，黄云升任班主任。

伫立东山望故园，五十年来梦魂牵。

先师论道不复在，故友说经带笑眠。

蚕吐银丝叙佳话，诗吟翰墨赖英贤。

桃李芬芳传承远，忧患长思莫歇肩。

七十述怀兼怀恩师邵益三

风雨兼程两纪来，数经霜雪鬓毛白。

心灵沃土荆榛尽，生命征程大路开。

世上行人知几许？常怜贫弱可抒怀。

不图口腹不求贵，多谢名师巧剪裁。

怀念常泽国①先生

丁亥春，传来常泽国先生不幸逝世的消息，余不觉往事历历，心头凄然，思绪无限，赋诗悼之。

驾鹤西归已半年，每思懿范泪涟涟。
心无尘埃心如镜，满腹经纶赋巨篇。
两袖清风忙毕世，一身正气累双肩。
泉台此去音容杳，碧海金帆斗浪酣。

寄语少年挚友

少年蜗居古村头，冷月清晖孤影愁。
凤城丹心空对月，陇邑白发独登楼。
幽怨绵长缘已去，温情短暂忆难留。
遥望北斗莫喟叹，多彩人生喜共酬。

---

①常泽国：原中共定西地委副秘书长，岷县县委书记，引大入秦党委书记、总指挥。

同道相聚金城

2005 年秋，与铭岩、福海、镇武、泰祥诸友同游黄河风景线水车公园，感慨良多，赋诗记之。

轻风吹雨雨如丝，如画风光起远思。

乘兴举杯添雅趣，挥毫铺纸赋新诗。

水车独唱传佳韵，翠鸟和鸣赞我师。

往事如烟毋再论，红霞似火展英姿。

拜读刘生儒①先生《归趣集》偶成

鸿雁飞来倍感亲，披衣更坐忆深情。

文思如海惊神鬼，笔下有神照太清。

玉隐空山日抱恨，珠含清泪月华明。

愿君心若常青树，长啸短歌自在行。

①刘生儒：原中共定西地委副书记，定西市政协主席。

怀念挚友卢君占元先生

2003 年 1 月 8 日，占元先生逝世十周年，浮想联翩，感慨系之，小诗有记。

一

人世沧桑风共雨，追思卢老倍伤神。
耕耘半纪留风范，勤俭一生勉子孙。
置腹推心同志趣，牵肠挂肚最知心。
光阴荏苒十余载，忽忆当年遇国文[1]。

二

新春吉日到，旧雨喜相逢。
举杯嘱明月，遥寄故友情。

---

[1]国文：王国文，时任定西地委副书记，占元好友。

相逢总有缘

四十年前共苦甘，教书难忘众前贤。
带班表率称福海，授业楷模数益三①。
论道谈经多获益，释疑解惑每舒颜。
世间挚友知多少，盛会相逢总有缘。

"春雨讲堂"幸会
兰大王传明、陈乐道二位教授

渭滨逢春雨，玉树啭嘤鸣。
文趣同乐道，诗雅有传明。

---

① 益三：即吕金铭先生，原陇西一中语文教研组长。

读张福海《灯下漫笔》有感

一路奔波苦，百味人生汤。
清风拂两袖，晓月映华章。
做人贵低调，创业敢担当。
先忧而后乐，圆梦寄心香。

《定西建设》编辑聚会戏赋

二十年前共苦甘，难忘老安①编采兼。
秉烛爬格寻常事，冒雨送报湿衣衫。
争说传闻奇怪事，细品佳作苦亦甜。
难能可贵真君子，团结友爱效前贤。

---

①老安：指安旺，《定西建设》编采，后任中共定西地委报道组组长。

雨夜喜读《绿梦》有感

绵绵夜雨润无声，细品华章韵味浓。
半世执着听将令，一生专注写人生。
寻常教室忘荣辱，方寸舞台任纵横。
喜见而今圆绿梦，百花园里笑春风。

附：

步韵答谢史祯君《读绿梦有感》

常孝行

君诗一首彩纷呈，满堂嘉宾报掌声。
韵漫彤云及旪雨，神弥《绿梦》几多荣。
偏惜柳色比松翠，错爱萤光胜火红。
字字珠玑陶人醉，欣犹攀桂上蟾宫。

答友人书

展阅君书思量久，激扬文字五十秋。
苦读拂晓愁怀远，作乐夕阳亦无惆。
习字苦心追魏晋，吟诗枯肠乐天游。
但愿皓首群经老，争创新体第一流。

读贾兴隆硬笔书法存稿

少年求索春风志，翰墨诗词乐评章。
钟鼓含情育桃李，凤凰展翅作脊梁。
先贤创业留福荫，后裔传家沁墨香。
笑向天公凭借问，天涯何处不芬芳。

乙酉年中秋节纪实

2005年秋，应邀参加仁寿山公园"相聚中秋夜，举杯邀明月"文化活动，遥寄台湾同胞欢度佳节，作句记之。

玉盘灿灿挂中天，万束银光洒大千。

欢度中秋歌咏夜，邀来玉兔舞蹁跹。

年丰人寿①宴佳客，"世纪宗亲"②谢众贤。

寄语台胞亲姐弟，盼归齐唱月儿圆。

读何光第③先生《心烦》感赋

独居陋室忒心烦，传言叵奈夜难眠。

翻天覆地飞天梦，凤舞龙飞写梨园。

重担两副一肩挑，风尘半路苦兼甜。

家家有本经难念，直面大千心自安。

---

①人寿：指仁寿山。

②世纪宗亲：酒名。

③何光第，甘肃省政府原秘书长。中华诗词协会会员。著有《光第诗选》及《吟梅轩诗稿》三卷。

赠金其贵

　　金其贵，原中共定西地委宣传部副部长，甘肃省广播电视报社社长兼总编辑，欣逢七十大寿，作句贺之。

　　　　七十寒暑倏忽去，阅尽沧桑岁月稠。
　　　　世事纷纭风带雨，人情翻覆喜兼忧。
　　　　精研国粹人垂范，坚信真知鬼见愁。
　　　　如血夕阳红万里，与时俱进做黄牛。

赠黄英

　　　　心怀忧乐笔含情，半世执着写人生。
　　　　挥洒自如真善美，一吟三叹兴难平。
　　　　嫉俗愤世君真性，秋水芙蓉韵愈清。
　　　　仰慕崇高[①]法古意，华章读罢忆黄英。

---

①黄英在《篱野吟稿》后记里说："诗忌平庸，我仰慕崇高"。

贺王守义先生
《奄吞秦汉——隋炀大帝》付梓

讲传故事数谁能，影视今居最上乘。
已制《驼路神卦女》，更添《两金》①并《血灯》。
奄吞秦汉说盛事，写活贤人得好评。
独辟蹊径证文史，不随桃李嫁春风。

读张瑞珍老师《悠悠情怀》感赋

悠悠岁月读未尽，乍起心潮涕泪频。
脉脉含情思往事，时时求索更图新。
文辞虽简明宗义，诗韵欠谐尚故人②。
昔日讲坛获益厚，今朝赐教倍觉亲。

---

①两金：专指《淘金王》《黄金大盗》。
②《悠悠情怀》后记里有"文词简浅"和"诗词音韵欠谐"之语。

读伍月秋诗文集《香如四季草》感怀

月秋三味幼皆通，七品头衔过眼空。

斯世门前无驷马，而今座上有清风。

初心不忘堪磨砺，老骥犹思更效忠。

喜看古城新盛景，小康日月九州同。

丙戌新春赞伍老^①

八旬伍老康而健，儿孝女贤养寿年。

数度狂歌血共泪，几经颠沛苦中甜。

迎得冬至阳回日，释尽冰心别有天。

饱览春光歌盛世，传承祖训效先贤。

①伍老：伍桂芳，女，陇西县政协一、二、三、四、五、六届政协委员，今年八十有五，一生历经坎坷，备受艰辛，如今儿孝女贤，安度晚年。

题康世杰先生《晚蚕集》

四季三台物候新，悠哉渭水过黄村。
朝观东岭烟波漫，晚送西山红日沉。
墙角剪竹勤作务，大田种谷细耕耘。
偷闲读史多情趣，名利无求数度春。

杨登俊先生篆刻集发行志贺

诗赞千山万家乐，书法园地现奇葩。
手握刻刀抒情志，心系颖毫伴晚霞。
句句书评藏画美，颗颗楷隶露诗芽。
方寸蕴入神州事，润物甘霖润万家。

师生情

2000年9月，原陇西师范五九、六〇两届部分学生邀请马佶、陈嘉祥、吴国煌、侯海宴、张瑞珍五位老师聚会，小诗有记。

仁寿公园花比俏，渭河堤柳舞新姿。
师生相聚欢娱暂，满腹离愁无尽时。

贺《岷州文学》创刊十周年

岷州艺苑绽奇葩，香溢陇原名迩遐。
文运同牵黎庶梦，和风驰荡润千家。

赠郭铭岩①先生

郭老八秩健而康，风雨人生鬓有霜。
雪压青松直且挺，夕阳最好染华章。

---

①郭铭岩：原陇西一中政治教师。

话别师大同窗

1963 年 7 月，余完成西北师大中文系中国语言文学专业的学习任务，与同窗四年好友李云鹤、蒋慎话别，难舍难分，遂作打油诗赠之。

一

师大倏忽已四年，促膝相嘱意绵绵。
此别更须勤检点，行路得失不靠天。

二

今日愁分手，何年喜会君。
征途须猛进，俯首苦耕耘。

乙丑春日与励行①君论书

丹青翰墨诗更佼，大千世界用心描。
无须故作惊人笔，写得真情品自高。

---

①励行：郝励行，甘肃省美协会员、著名国画家。

治堂①先生加入甘肃省书协题句祝贺

一

四十年前幼稚童，而今书苑唱雄风。
遨游学海寻真趣，心底无私造化功。

二

坎坷生涯怎可论？云舒云卷变无穷。
功名利禄任他去，不畏寒风看劲松。

为陇西《碧草报》复刊题

春雷怀绿梦，细柳吐新芽。
四季播花雨，陇原碧草发

---

①治堂：聂治堂，陇西县人大常委会原主任。

周玉兰捐资助学

一

藏真苑里去观花，万紫千红目不暇。
吐蕊红梅香漫溢，冰清玉润数兰花。

二

寒凝大地雪纷纷，义卖兴学敷布仁。
百鸟啁啾齐赞叹，红梅万朵正争春。

观富科①先生书展

北国书坛邀盛会，西京名儒寄深情。
挥毫泼墨赠书友，一代风流壮古城。

①富科：刘富科，长安人，著名书法家。

老年大学观洪彦文先生作画寄兴

默默砚田耕半纪，梅曲竹瘦品自芳。
而今大写小康意，绿水青山万载长。

观国际象棋大师柳大华、刘殿中表演棋艺

汉界楚河两营垒，相逢棋手战纵横。
车马长驱破士象，绝胜卒子建奇功。

欣闻孙女文静获三等奖学金有感

少小存好梦，行思爱琢磨。
豁达志怀远，何惧事蹉跎。

岷①州会老三②

岷州会老三，诚实又朴憨。
老三起宏志，悟道再登攀。

附：

老三和诗

史传千载岷州远，大秦一统长城连。
久唱二郎山花会，翁宿岷州加老三。

嘤鸣诗社成立暨
《嘤鸣诗词》首发志贺

陇上奇葩又一枝，平民吟唱共相知。
唐风宋韵惹人爱，丹青翰墨盛世诗。

---

①岷州：此指岷州大酒店。
②老三：甘肃青年诗人。

赠文静

2013 年，文静考入重庆工商大学派斯学院，青青进入陇西县幼儿园，赋诗一首，以资鼓励。

苦读十二载，登上大课堂。
历来求学路，坎坷又漫长。

观渭滨牡丹园

一

春风知我意，邀我赏牡丹。
最美无瑕玉，客来舞翩翩。

二

清风细雨伴天香，一梦悠悠到洛阳。
不是年高人已醉，只因世纪①酒芬芳。

---

①世纪：酒名，世纪金徽。

吾家孙女青青

己丑夏月，偕老伴去文峰看望孙女青青，小诗有记。

难忘北国腊月寒，孙儿娇态梦中牵。

啼笑都恋新世界，小口咿哑唱晓天。

刘维岳遨游学海五十年

吾友刘维岳先生，遨游学海，五十余载，口占二首，赞之。

一

钟情学海五十载，默守讲坛一小舟。

心底无私杂念少，灯塔自明尽遨游。

二

书海学人习字帖，唯兄执怊自攀登。

不追时尚寻捷径，笔走龙蛇唱大风。

丙申仲春有思兼酬海洋先生

《春秋繁露》说："春分者，阴阳相半也，故昼夜均而寒暑平。"

丙申仲春，嘤鸣雅集。诗友以苏东坡《蝶恋花》"燕子来时，绿水人家绕"词句分韵，余分得一"时"字，遂以《丙申仲春有思》为题索句兼酬海洋先生。

寒暑半分春日迟，繁华花事正逢时。
兴来品读依平仄，陇坂愚顽自有思。

丙申仲夏双龙口雅集

丙申仲夏，诗友于双龙口景区雅集，以岳飞《小重山》"欲将心事付瑶筝，知音少，弦断有谁听?"词句分韵，得"心"字。

文朋相聚双龙口，鱼跃莲池草木深。
竹笛梵音和诗酹，碧游宫里养禅心。

2014年春刘维仁先生拜师作句祝贺

阳春白雪写春光，华盛同仁举壶觞。

斯世执着探典史，一生嗜好吼秦腔。

承先怀抱文学梦，启后家藏济世章。

徒弟彬彬鞠躬礼，敬恭美酒淘金王①。

赞"中国·甘肃陇西李氏文化杯" 诗文书画大展

南安②福地秋陶醉，史界文坛话李唐③。

舞榭歌台流翡翠，龙宫高殿④沐朝阳。

诗怀四海同宗谊，书递八纮名姓⑤扬。

叶茂根深陇西李，心驰故里祭玄堂⑥。

①淘金王：指剧作家王守义先生著《淘金王》。

②南安：指古郡陇西，即今日之陇西。

③李唐：指陇西李氏先祖。

④龙宫高殿：指陇西李家龙宫建筑群。

⑤名姓：特指李姓，谓陇西李氏人才济济、名扬广远之意。

⑥玄堂：北向之堂也，唐时谓陵墓为玄堂，此指陇西李氏堂号"陇西堂"。

读黄英《龙之吟》感赋

  黄英先生一生酷爱文学，中学时期筹办主编校园油印文学刊物，后考入西北师大中文系，开始写诗；不久兴趣转入小说、散文和儿童文学。无论旧体、新体，写诗从未间断。

一

辛苦耕耘逾半纪，日随粉笔苦兼甜。
草原数唱凉州曲，戈壁曾吟吐鲁番。
篱野吟笺难尽兴，心潮桨影送征帆。
七十再走长征路，白发新添醉里颜。

二

深居陋室数十年，足底云封路几弯。
梦醒敦煌悬皓月，篱边吟稿壮人寰。
雄文赋就明夕照，新曲吟成望故园。
写罢龙吟惊世语，攀登最是后争先。

步黄英先生《寄史祯同学》原韵谢答

少小同窗志趣投，黄花晚节意悠悠。

秃毫穿砚仍磨炼，冷月残灯还苦修。

驰名文坛非钓誉，甘苦人梯是老牛。

世事沧桑知音在，唱咏联酬胜远游。

附：

寄史祯同学

黄　英[①]

连日大雪困小楼，引领北望忆悠悠。

长河听涛同受业，寒夜忍饥共苦修。

书生意气千里马，公仆情怀孺子牛。

诗文成集足堪慰，何日南来逍遥游？

---

①黄英：中国作家协会会员。有多部作品出版获奖。获评"甘肃省德艺双馨文艺家"；被中共甘肃省委、省政府授予"甘肃文艺终身成就奖"。

步任世杰先生《第九期嘤鸣诗词付梓有贺》原韵戏而和之

三陇含翠吐清幽，丝路飞花绣西洲。

先导纵酣中国梦，后学奋进未曾休。

红山碧水饶诗趣，黄卷青灯忆从头。

诗友知我心自乐，教坛廿载老黄牛。

附：

第九期《嘤鸣诗词》付梓有贺

任世杰

鲁西相聚品肥牛，美酒盈樽喜作酬。

把盏声声同祝愿，敲诗句句共探求。

一生风雨归青砚，几度春秋叹白头。

芳草奇花本无价，请君放胆展歌喉。

步韵和杨树林先生
《贺史祯老师诗文集发行》

自古诗文成信史，师生同道友情长。
诗坛开启新天地，文化发祥遍城乡。
少壮探疑甜伴苦，古稀归趣重夕阳。
东涂西抹人陶醉，百味人生沁馥香。

附：

贺史祯老师诗文集发行

杨树林

常忆经年聆教诲，恩帅情蕴水流长。
诗笔萃染黉门里，文藻菁开桑梓乡。
陇上清歌诗隽永，渭滨雅韵赋重阳。
宏论深邃昭吾辈，放眼桃园沁郁香。

步雍涛先生《读史祯诗文集》原韵和之

上下求索兴未穷，自古文人积习同。
愧无大作堪名世，幸有小诗誉上乘。
旷达如君诚可贵，低调似我乐贫中。
举杯遥祝君康健，诗柬放歌夕阳红。

附：

读史祯诗文集

雍涛①

细品文集起共鸣，文思泉涌发豪吟。
写山写水寄情愫，评画评诗论古今。
淡出公门结诗友，回归世俗得真经。
何当斟酒题新韵，满座乡音叙旧情。

---

①雍涛：八十年代起曾先后担任中共定西地委副秘书长，渭源县委副书记，定西日报社总编辑，定西行署计生处长等职。

悼念何鸿先生夫人何老太太兼怀何老

依旧当年破屋前，冷风吹窗雨绵绵。

泪眼蒙眬思量久，人生是苦还是甜。

昔日何老今何在，教书炊管似从前？

满腔热血献学子，不为名利不为钱。

附：

史祯先生赋诗悼余先慈兼怀先严
迟复致歉并谢

何光第

惊见挽诗落眼前，感怀不尽泪潸然。

人生有限恨无限，世路艰辛苦作甜。

昔日教书育学子，今日治事效先贤。

贫居老屋遂来顺，名利远离淡泊钱。

赠吾友蒋慎先生

己丑年秋，接蒋慎先生西宁来电，往事历历，感慨系之，不计工拙，作句赠之。

共饮母亲黄河水，别绪离情四十年。

学海探珠尝饥苦，杏坛寻宝味觉甜。

直面尘世迎风雨，独立人生送往还。

七秩难逢当欢庆，寄兴诗苑唱丽天。

昊翰茶楼与嘤鸣诗社诗友品茗
即兴赠光第先生

四十年前寻常见，省府轩厅几度闻。

癸巳清明春丽日，名楼昊翰又逢君。

清诗琅琅人人耳，佳句殷殷润我心。

竹叶①盈杯尊好意，云烟②袅袅更情深。

---

①竹叶：茶名。

②云烟：香烟名。

心花更比蜡梅红

重阳九九又相逢，半纪春秋路几重？

繁闹中天寻旧梦，发展西铝叙新风。

笑看泪眼征途远，细品香茗味愈浓。

世间百味尝未尽，心花更比蜡梅红。

与陇平①相聚乡野香山庄有记

天井绿树翠欲滴，乡野山庄景最奇。

山泉漫弹古琴瑟，河风信奏自度词。

把酒对歌听鸟唱，举步围垒忆旧时。

莫道今日暂歇马，明朝早起再奋蹄。

①陇平：杨陇平，时任渭源县公安局局长。

采桑子·参加M县诗会有感

陇原诗友名城会，畅我胸襟。畅我胸襟，古韵新风荟萃频。
座中青少何其少，后继乏人。后继乏人，国粹文明赖众吟！

江南好·读安定鲁家沟小学校史

培桃李，先贤梦中寻。学而不厌为校训，诲人不倦作甘霖。世代践初
心。

扬州慢·纪念改革开放四十周年并贺
嘤鸣诗社成立十周年

渭水桥头，十方山脚，歌篇气象雄浑。记人生苦乐，亦三省吾身。更有那、词中妙手，摘金折桂，关注黎民。喜今朝、盛世兴文，春满乾坤。

嘤其鸣矣，占文峰、屡报佳音。使气吐眉扬，远征求索，风月常新。酌古准今言志，漫漫路、毕竟从军。愿年年韶岁，挥毫同赋胸襟。

鹧鸪天·观杨氏牡丹园

旧友新朋赏卉芳，风和日丽吐幽香。国花笑脸频频意，垂柳弄姿缕缕狂。

书雅兴，韵犹长。品尝世纪酒中王。甘醇佳酿人皆醉，酒力难胜赋别章。

乡音絮语

XIANG YIN XU YU

病中杂咏

本想把日子过成诗，不料却过成了歌，不靠谱，不着调。

一

经冬运不佳，凉水也塞牙。

汗浸体虚脱，咳嗽嘴眼斜。

血压几升高，眩晕频频发。

周身觉乏力，两腿酸如麻。

闭目吟短句，放眼望田家。

长歌寻旧梦，曲笔心底花。

信仰凭勇毅，热泪迎朝霞。

千流向大海，时光换荣华。

二

昨夜沙尘才逞威，今晨雪片又霏霏。

阴晴不定天变脸，冷暖无常日灰灰。

暑逼寒气迎夏到，风卷残云送春归。

骨质疏松身散架，血压"砸锅"响惊雷。

仁心有爱飘细雨，医道无私映日晖。

心花绽放铺丽道，清风徐来满园吹。

三

七月酷暑困小楼，引领窗外意悠悠。

十载耕田越云岭，三年拾荒过沙丘。

犬怀旧舍声声泪，蛙鸣新窠有何愁？

火烬灰飞百事了，豪言畅想何时休？

四

半生坎坷路，劫难几临头。

曾经鬼作伴，几度斗妖猴。

坡陡不堪舆，山高未敢休。

善眼看世界，心安除病忧。

五

陇坂奔波五十载，铁马秋风警世钟。

旷世风云瞬息变，惊魂数度且从容。

六

为偿故土别离情，思随雾绕过巉峰①。

曲径连村觅老屋，不见儿时夜夜灯。

---

①老屋背靠突兀山峰，而今建设新农村，旧貌换新颜。

七

酷暑老伴夜无眠，苦撑病体泪潸潸。

落叶残荷对秋雨，相顾人生逾耄年。

八

清晨驱车去问道，欲寻名师到兰医。

老鸟还巢知旧路，北国雪雁①情依依。

九

一夜长咳送晨曦，头顶扬尘广求医。

五色药片一大把，苦情心酸和泪吃。

十

液体滴滴无尽时，七尺病躯苦难支。

回想当年秋月夜，送来先锋莫谓迟②。

①雪雁侄女天未亮去医院挂专家门诊。

②20世纪50年代患重病时曾注射过盘尼西林，今名先锋。

雨夜归里

风急云暗天将晚，峡谷森森噪暮鸦。
跨涧千寻红土路，翻山一刻野人家。
老妻端上洗足水，稚子捧来龙井茶。
十月朔风难再冷，满屋情暖乐无涯。

自　白

人生如梦亦如烟，功过是非若等闲。
贫富有别知冷热，得失荣辱忘心酸。
经商迂腐书生气，从政愚拙不重钱。
年逾古稀衣食足，淡泊宁静度流年。

退休述怀

一

莫道归来万事休，人生半世始开头。
太极长剑勤习练，学海波涛任泛舟。
恪守道德存老马，散发余热作黄牛。
星移斗转天无老，笑对未来永不愁。

二

日日临池辛苦事，黄连树下唱乱弹。
晋唐法度堪称许，明清碑学别有天。
眼里群芳齐斗艳，心中流派有高贤。
取法乎上先存道，蹈矩循规再跻攀。

难偿真情

　　1989年冬，余在定西教育学院工作，时老伴久病，思念非常，夜不成寐，口占一首，以寄远思。

天幕低垂万籁寂，熄灯掩卷和衣眠。
一声犬吠惊残梦，四顾空山暗怆然。
几度罹难肠欲断，多年病痛梦魂牵。
人间情意知多少？共苦同甘数十年。

1970学农记事

傍山一溜茅草房，水泥台子且当床。
和面烙饼煮白菜，养鸡养猪养牛羊。
扛起红旗唱起歌，跟上老农事农桑。
日落荷锄归来晚，苞米糊糊分外香。

八秩抒怀兼和任世杰先生
偶感"人生七十古来稀"

孔子思想中"仁"是其核心，其实还有一个重要观点"时"，时与仁交融汇通，谓之中庸，即时中也。

年过七旬古来稀，与时俱进互相持。

践行仁爱消尘粉，甘为时中迎日曦。

寡欲清心修禅意，粗茶淡饭健肤肌。

蜗居陋室清幽梦，云卷云舒应自知。

六十述怀

甘做人梯六十载，粗茶淡饭土布衣。

培桃育李燃烛炬，平淡人生美若诗。

老去潜心读古史，赋闲不忘苦临池。

典籍满架为良友，墨迹千家是我师。

怀念母亲逝世十周年

一

母离儿女事堪伤，欲问苍天泪满裳。
欲把情思留笔下，一腔悲伤乱无章。

二

老娘罹难一世苦，吾辈常念报恩薄。
退身离开樊笼远，秃笔不懈谱新歌。

父亲逝世三十周年祭

天晴气爽正清明，祖厉河边气象新。
抹去泪痕眉宇展，点燃香表杜康陈。
先人懿范传千代，后辈诚心胜万金。
去去不禁频回首，追思往事动心音。

无题二首

一

莽莽荒野寒菊绽，迎风斗雪嗤霜欺。
莫言秋光负春色，花落弯腰谢故枝。

二

坟院苍松弩虎姿，根深杆壮叶满枝。
霜杀雪虐沧桑意，未见伤心落泪时。

怀念祥弟

甲申年闰二月十四日清明，在史祥墓前口占一首，表达怀念之情。
乍暖还寒风料峭，山川二月不飞花。
消残积雪东君意，野草芊芊努细芽。

秋夜读史有感

一

秋月春花不计年，分明非梦更非烟。
幽思缕缕惊残梦，畅想悠悠仰古贤。
许将今生修翰墨，那堪逝水任心烦。
典籍数卷挑灯诵，忽见朝霞映满天。

二

坎坷劳生路，耕读送晨昏。
匆匆风雨步，步步自销魂。
赋闲常品茗，往来有酒斟。
莫道桑榆晚，读史鉴而今。

甲申年闰二月十四日
在母亲墓地口占二首

一

斜阳隐去夜沉沉，小涧鸣泉悲诉声。

噩耗传来慈母去，天惊石破震耳聋。

重逢梦里言难尽，万缕情思伴月萦。

母赴瑶台鹤影远，儿望前途夕照红。

二

风和日丽清明到，慈母坟前烧纸钱。

任怨任劳卅六载，忍饥忍寒护儿男。

日夕回首倚门望，夜静挑灯补汗衫。

无限思量何处寄，诗情凝铸梦阑珊。

癸巳年端午诗人节感怀三首

一

报国无门作九章，发愤离骚耀大荒。
忧伤国事犹未悔，上下求索滞斜阳。
从来昏聩误国是，自古忠贤遭污伤。
今日百姓念屈子，谁知当年楚怀王。

二

屈文沉雄山河壮，青史名流日月长。
愤世离骚起雷电，忧思天问震上苍。
诤臣去国情堪悯，逐客招魂事可伤。
汨罗有幸埋忠骨，三湘黎民笑楚王。

三

举首望月感沧桑，湘水悠悠暗神伤。
吴楚大地共人老，日月经天随恨长。
雄图大略向天问，壮志凌云赋华章。
晚情追思挥枯笔，聊赋嘤鸣寄汨江。

故乡纪行

2011年10月16日，农历辛卯年九月二十日，与陇西教育电视台郑国栋、李虎、李珍等驱车去故乡一游，赋诗记之。

一别桑田五十年，山河迷惘旧时天。
当年背井离乡去，今日驱车返家园。
老宅破败难回首，新屋畅亮最舒颜。
河道断肠久无语，新渠波涌歌舞欢。
问姓儿童粗相识，称名老汉细攀谈。
今日围炉促膝夜，儿时记趣说从前。
游子三更惊雁唳，亲人一枕梦魂牵。
日月如梭看逝水，人生苦短共往还。

故园行

故乡一去四十年，物是人非多变迁。
昔日顽童何处觅？街心十字摆棋盘。

乡 情

　　2005年秋，与50年前小学同学有文、永兴、起茂，相聚一堂，共叙乡情，情真意切，思绪联翩，不计工拙，感而歌之。

　　　　五十余载情难了，昔日顽童白发生。
　　　　破落寒窑存好梦，辉煌雅座入秋声。
　　　　永兴屋内留新照，起茂家中叙友情。
　　　　笑语喧天飞崒羽，万千心事付黄英。

丙戌除夕

　　　　除夕之夜夜如昼，耀眼烟花照半空。
　　　　膝下孙儿争嬉闹，春临抱厦暖融融。

多情明月照人还

1977年秋，在陇西一中农场劳动锻炼，颇有一番情趣，小诗有记。

一声鞭响群羊叫，倏绽雪莲长满山。

唱起曲儿常走调，吟来花腔更心酸。

声声思念传千里，句句传情动宇寰。

霞染高天潜入夜，多情明月照人还。

学书感悟

手把狼毫如醉痴，抑扬顿挫弄芳姿。

胸中除却尘和土，龙走蛇行心底诗。

品书有悟

品位高低唯神韵，雅俗从来区分毫。
登高更见云峰远，潜心传统品自高。

赠承业友

汪兄从教五十年，培育学生有万千。
但愿君心永不老，与时俱进艳阳天。

儿童乐园

绿树红花曲径斜，湖心亭里人喧哗。
小船咿呀桥下过，飞洒雨露润奇葩。

奇　石

巨石兀立势凌空，风雨雪霜不动容。
无叶无枝无妒火，风光独享性情中。

夜读家书

夜读家信泪沾襟，满眼妻儿受苦情。
提笔回书还作罢，炎凉世态与谁听？

九九老人节以文会友

重阳九九好风光，仁寿秋菊送暗香。
碧海蓝天同一色，诗情画意满山岗。

与张经①老师攀登桦林山有记

峭壁嶙峋天造化，山路蜿蜒有浮沉。
婆娑竹影舞诗韵，澎湃松涛奏妙音。

咏　笔

小小毛颖力万钧，纵横天地引长风。
难移本性存真理，满纸文章字字情。

故　居

欲进寒窑甚冷清，未闻父母唤儿声。
抬头忽见门前柳，垂丝拂面若相迎。

---

①张经：原陇西一中历史教师。

学作旧体诗有感

一

人老为文数好奇，方言俚语亦入诗。
苦思冥想得佳句，乐趣不忘告老妻。

二

勤学古律气须平，字字行行韵味浓。
百炼千锤求意境，风流蕴藉有真情。

探望病中殿斌弟

千尺岭上莽苍苍，车载惆怅还故乡。
荒野小村愁无尽，旧居卅载犹断肠。
分别残垣情缕缕，相见庭堂鬓染霜。
寒夜长歌多苦忆，故园新曲哪堪详。

怀念岳母逝世十周年

一

西风吹雨夜听音，岳母仙游梦里寻。
老眼穿针缝破被，病躯持帚扫庭门。
呼孙清晨上学去，炊饭夕阳怡温馨。
呕血十年留苦忆，操劳一世瘁身心。

二

躬耕田地瘁身经，扶老携幼护儿行。
慈祥勤俭忠贞范，和善为人谊长青。
心写怀亲挥泪事，思追遗训念真情。
百年谁料平平过，且无烦恼与人争。

怀念三妈南氏

一

驾鹤西归三十年，追思懿范夜难眠。
沐风栉雨操家务，戴月披星耕垄田。
处世为人情万缕，尊老携幼爱无言。
音容欲觅知何处，年年岁岁到阳湾。

二

苍山无语斜阳照，三婶墓前焚纸钱。
依旧庭堂人不在，面对长天涕泪涟。

感怀四首

一

回首方知行路难，只缘世路有险关。

愧无奇才违众望，且多愚痴招诬谗。

胸怀伟业征途远，肩挑重担未歇肩。

人生斑斓欢悲路，无愧平生自是仙。

二

漫漫人生多悲壮，何愁缕缕锁眉头？

偷闲细看杨柳岸，远离尘嚣且自由。

三

有限人生亦无限，桑田沧海有沉浮。

经秋几度逢盛世，饱蘸翰墨歌与呼。

四

眼望高峰独自吟，心追秋月问青松。

纵然大雪重重压，还期春来斗雨风①。

———————

①陈毅《冬夜杂咏》有大雪压青松句。

壬辰扫墓行

2012年4月2日，岁在壬辰龙年三月十二日，去安定为外祖母扫墓，行至外祖母旧居门前，欲敲门而入内……有诗记之。

一

阔别故乡几多秋，依稀梦里喜重游。

陈年洋河香溢漫，百岁土屋笑语稠。

老树峥嵘新有梦，小栽婷娉出名流。

凭栏多少回肠事，纹添玄鬓更何求？

二

还是从前那孔窑，依然崖畔长蓬蒿。

瞩目矮门锁无语，侧耳碎窗风萧萧。

老树点头迎故友，小河拍手唱童谣。

伫立庭院思良久，恐惊老人不忍敲。

怀念罗老仲武先生

丁亥秋，正值教师节，登仁寿山，忽见展室内有罗仲武先生遗作，不觉往事历历，口占斯歌以志念。

一

春来自雪中，月从云海升。
夕阳无限好，迎来满天星。

二

正是登临仁寿时，教坛今日喜尊师，
仲武斯人应未老？一身楷模心底诗。

卢占元先生逝世二十周年祭

铁肩担道力无穷，披星戴月沐雨风。
关爱弱势常济困，纵有业绩不居功。

怀念志诚

己丑三月，登仁寿山，忽见王君志诚先生衣冠冢，不觉往事历历，感慨系之，赋诗二首悼念。

一

西风瑟瑟雨绵绵，信步闲游古寺前。
忽见王君新冢在，无言相对泪涟涟。

二

香客川流谁与语，阴阳两界道共珍。
且将杯酒和诗酹，聊寄黄泉告慰君。

1953年夏[①]于二伯父家夜读

万籁俱寂夜风凉，不见二伯劳作忙。
豆光荧荧鼾震雷，忽地窗缝透曙光。

①1953年夏，余与祥弟寄居二伯父家。

张瑞珍①先生逝世周年祭

风吹落叶箫声咽，痛挽恩师晓梦惊。
蜡炬成灰留余烬，春蚕到死茧丝成。
终身辛苦了无尽，挥手人寰自在行。
今已难陈方寸义，诗笺遥寄谢师情。

怀念襟弟李守业先生

噩耗传来语震怀，天愁地恸故人哀。
孤身流浪多艰苦，举户西迁累骨骸。
难忘破屋烦恼绕，还期故地画图开。
眼前兄弟难相认，一纸阴阳泪满腮。

①20世纪50年代，张瑞珍先生为陇西师范音乐教师。

唯有诚信最为先

旧雨重逢菜香园，相投志趣意绵绵。
经年岁月多风雨，蜀道秦关且等闲。
不忘往昔腾墨海，还期来日结文缘。
世间自古仁义重，唯有诚信最为先。

无　题

旱塬三月雪纷纷，论道谈经笑脸红。
自古人情多反复，从来泾渭总分明。
青松不随疾风倒，老柳且向细雨倾。
平淡人生千帆远，心怀国是再鞠躬。

故里扫墓

　　戊子清明返里，行至旧宅，见断垣残壁，闻鸟雀争鸣，往事历历、不堪回首，小诗有记。

扫墓时节到故园，大河无语小河干。

春风不解人间梦，独立苍茫问断垣。

记《岁月留痕》完稿

岁月悠悠留梦痕，腾龙开泰大江东。

人间万象观无尽，尘世沧桑看未穷。

健笔凌云非易事，抠字索句总关情。

和谐催绽百花艳，跃马加鞭赴新征。

高楼雅室适逢君

2008年3月4日，与蒋世雄、马绍林等相聚李氏饭庄，乡情浓浓，感触良多，不计工拙，记之。

高楼雅舍适逢君，相互擎杯谊更深。

难忘中秋旧交宴，更谢新朋陇右恩。

酒过三巡更论经

2010年，岁在己丑腊月廿九，王东邀请陇西县文化界诗友在中天酒店举行酒会，口占斯歌，戏耳。

中天酒店喜相逢，岁月悠悠染鬓星。

愚顽积习终未改，酒过三巡更论经。

忆秦娥·悼念进庭胞兄

2016年9月19日(农历8月19日)上午9时，进庭胞兄在定西逝世，时正在张家界至宜昌途中。

秋风咽，风吹雾笼窗前月。窗前月，陇山渭水，泪眼无色。

一腔心血全劳竭，亲人难舍长离别。长离别，阴阳隔绝，哀与谁说？

忆江南·雪夜梦母

极难忘，雪夜梦乡中。还是童年娘在日，粗茶淡饭乐融融。长忆母恩浓。

虞美人·七秩抒怀

七十岁月悠悠去，如梦人生路。一编诗册养心清，高唱大风描绘天地情。

寄怀文苑思飘远，夜夜伴坟典①。云舒云卷不须论，还冀诗书文墨寄情真。

采桑子·七秩赠老妻

辛辛苦苦沧桑历，远走锡城②。心绪难宁，遥想时时慰寂灵。

战天斗地终无悔，几度悲情。大写人生，白发频添意纵横。

---

①坟典：三坟五典，泛指古代典籍。
②锡城：指内蒙古东北之锡林浩特。

卜算子·戊子新春赏竹
兼怀志诚①先生

飒爽赛红英，一派天真趣。纵是惊雷敲旧窗，笑看风和雨。
不向世人媚，荣辱随时去。待到春来添秀枝，自有伊人顾。

鹧鸪天·秋夜感怀

苦坐无言意纵横，老蝉断续诉平生。青山寂寂生秋意，绿水淙淙伴月明。

思去路，悟前程。沧桑世事任飘零。虽言艺苑多崎路，且觅知音翰墨行。

---

①志诚：王志诚，曾任陇西县县长、县委书记、定西地区行政公署副专员。2002年逝世。

长相思·丁亥重阳抒怀

过重阳，问重阳，何故登高赏重阳？千山白枸香。

吐丝忙，吐丝忙，蜡炬成灰生华章。爱心心底藏。

怀念戴老楚石先生

百岁年华，育千树桃李，耕耘不歇。循循善诱解疑惑，呕尽一番心血。古郡陇西，史传伟绩，谁建金石功业？上下求索，烛光长照不灭。

春夏秋冬数易，风云难测，几番泪雨泻！酿蜜吐丝月西斜，愁苦无须长说。随遇而安，胸怀坦荡，清苦堪羞月。与时俱进，满怀壮志超越。

长相思·别友

菊花香，菊花香，雪虐霜杀色更黄。清风日夜香。
落霞红，染夕阳，河岸新村是故乡。何愁各一方。

破阵子·戊子夏忆志诚先生

绿树红花如故，蓝衫灰帽伶俜。一去数年无觅处，几问苍天未有声。
梦魂几心惊。

渭水陇山无语，街坊故旧知情。夙愿未酬人竟去，来日文坛谁共鸣。
犹闻谈笑声。

渔歌子·夜读《红楼梦》

一幕世态眼前呈，万缕情思心头生。看长天，忘晴明。暮鼓声息听晨钟。

风入松·悼念闫尚人①先生

芒种方过近端阳，巷里粽飘香。欲将美酒献仁友。共来话、里短家长。八十年华辗转，今朝盛世辉煌。

随缘行迹自难量，风雨却无常。相逢何日梦一场，有谁胆敢问上苍。垂泪古城相送，此去天国无恙！

---

①闫尚人，曾任陇西、临洮县长、临洮县委书记，定西市人大副主任。

乔迁金泰润园新居感赋一百句

一

壬辰逢节庆，金泰挂彩虹。

七秩迁新宅，高楼几多层。

雄踞渭州路，紫气东来升①。

八景②共争奇，古迹列画屏：

仁寿紫烟绕，钟磬动禅心。

陇西堂乐起，李室祭宗亲。

火焰诉沧桑，渭河咏古风。

双塚③照日月，文峰戏天穹。

老城铺锦绣，新区露峥嵘。

风雨八百载，佳境胜东瀛④。

春风暖万家，岁岁五谷丰。

地灵人杰誉，古郡正中兴。

①雄踞渭州路，紫气东来升：言渭州路、长安路交汇于新城区即紫来古村。

②八景：史载陇西境内有八景之说。

③双塚：指城西首阳山伯夷、叔齐墓，墓前有清人所立墓碑。文峰指文峰塔，塔高七层，坐落在城东塔坪山。

④东瀛：特指传说中之仙山。

二

楼前植绿竹，楼后栽青松。
曲径镶彩石，弯溪绕石峰。
峰顶鸟雀闹，溪水载歌行。
飞瀑鹅池里，小桥八角亭。
鱼儿潜水戏，鸭子结伴吟。
幽幽芳草地，翩翩绿蜻蜓。
野花暗香远，蜂舞落缤纷。
庭院多群雕，造型各不同。
风雅通今古，故事集大成。

三

闻鸡重起舞，索句忆征程。
解甲还奋力，盛世人精神。
清晨仍苦练，午后有新朋。
老妪一台戏，耄翁酒三樽。
话旧虽堪思，新闻总关情。
心系天下事，情烈兴浓浓。
吾居新陇西，常忆凤凰城①。
两地相去远，移动②近乡亲。
短信匡时势，长歌赋心声。
每逢佳节到，煮茗论英雄。

①凤凰城：指定西古城，今之安定。
②移动：泛指通讯、交通之便捷。

四

有寄心常乐，泼墨弄翰青。

位不在高下，贵有公仆心。

从小多历练，专注一本经：

温良恭俭让，做事先做人。

奔走春复秋，平凡写人生。

清风拂两袖，黄卷伴青灯。

岁月蹉跎去，对镜白发生。

几番风雨过，铁骨响铮铮。

五

夜景最堪美，广场耀千灯。

进城务工女，狐步①情至深。

农家②书声琅，华盛客盈门。

翠湖水扬波，游船荡晚晴。

牧歌新道外，月隐影胧朦。

楼耸风光丽，登顶爽气生。

纵目凭眺望，古郡万点星。

金泰润园好，和谐气象新：

风尚能育人，氛围可养心。

经济大发展，一都两中心。

紧跟后来者，迈步新长征。

---

①狐步：狐步舞，交际舞的一种，起源于美国黑人的民间舞蹈。

②农家：指农家书屋。华盛，指华盛书画院。

风物杂咏

年　关

一

街灯盏盏吐霓虹，犬吠声声入夜空。
倩影盈盈倏尔去，高楼歌舞曲应终。

二

腊八已过年关近，脚下生风久未休。
直面人潮心自问，几家欢乐几家愁。

药圃溢香

芳郊翠野远尘嚣，药圃溢香万药娇。
放眼山巅花正艳，红霞朵朵亦逍遥。

飞雪迎春

朔风瑟瑟暮烟寒，广宇萧疏暗六盘[1]。
片片雪飞风伴舞，春潮滚滚满人间。

野　望

乍暖春风百草萌，近山泛绿远峰青。
回眸河岸白杨树，占尽春光照眼明。

谷　雨

时逢谷雨雨纷纷，绿柳红桃驰荡风。
草长莺飞催岁月，母亲河畔闹春耕。

---

①六盘：指六盘山。

春　日

夜来细雨洗埃尘，庭院海棠别样红。
山寨农家闲不住，小楼夜夜读书声。

秋　思

飒飒西风送露霜，黄花红叶现苍茫。
吾侪坦荡胸怀远，秋气萧疏碧水长。

久旱思雨

烈日炎炎似火烧，祥云远去意寂寥。
焦禾梦断三春雨，思水人心起浪潮。

咏花四首

牡 丹

我家庭院牡丹花，玉润冰清无点瑕。
浩荡东风花怒放，香飘十里百姓家。

秋　菊

雪虐霜杀全不顾，花妍叶碧抗寒秋。
风骚独具非心愿，装点江山自风流。

无名野花

星星点点满山开，千万彩蝶天上来。
添彩增光看世界，落花无迹土中埋。

蜡　梅

铁骨铮铮岭上栽，昂然屹立顶风开。

清香洒遍非心愿，驱走寒冬落尘埃。

秋日偶得

秋尽再无花竞艳，菊残犹有傲霜枝。

一年佳景君须记，最好黄花绿柳时。

丙戌中秋抒怀

舒袖嫦娥舞碧空，一时玉兔又东升。

遥思半百年前月，曾照同胞受苦情①。

---

①第三四句：引申前人"古月照今人"句之意。

无　题

年高不必失童心，写字读书情性真。
送往迎来勿道老，叙说往事有知音。

观"古襄武邑"牌坊

春风杨柳万千条，接踵比肩任逍遥。
古襄武邑曾记否？硝烟滚滚渭水潮①。

祖　训

我家世居安定州，祖上遗训数从头。
不与世人争高下，扶弱济困乐自由。

---

　①硝烟句：指1943年日寇飞机9架轰炸陇西县城，死伤数十人，激起全县人民抗
日怒潮。

祝贺藏真苑画廊开业

林静藏真苑，方家眼界宽。
诗书皆上品，天外有新天。

渔歌子·故地重游

重访平西①尽兴游，七十年月亦风流。
双鬓雪，几多秋。举杯一笑愿相酬。

自　嘲

少小习文老赋诗，积习大半余为痴。
莫说古曲知音少，东施效颦最耐思。

---

①平西：指平西古城，位于安定北35公里处，系甘肃省文物保护单位。

戊子春访安定北山

　　戊子春，驱车至安定北山史家庄，四周崇山峻岭，峡谷地膜连片，鸡犬之声相闻，新村屋舍俨然，村头老树枝叶繁茂，乃世外桃源也。

一

驱车百里定西北，刹那重山细雨霏。
曲径通幽人迹少，寒鸦兀自入林飞。

二

童山新貌望眼惊，各显神姿韵自成。
老树含情送晚照，试问沧桑历几经？

陇西经漳县至岷县途中

又是千峰竞秀时，群芳斗艳柳弄姿。
洮岷春色纵情望，正好桃花第一枝。

己丑清明感怀

一

细雨清明春色满，缘何晨起泪欲潸。
回眸往事皆需报，一炷长香谢地天。

二

伫立萱堂思往事，泪眼愁心问世尘。
时光流逝情难渝，莫忘上苍养育恩。

洮水谣

山庄寂无语，垂柳笑迎春。
洮水关山越，豪情高比云。

秋夜絮语三首

一

一生作嫁累双肩，笔作鱼竿钓犹酣。
历尽艰辛谁知味？身体力行启后贤。

二

天降我才无大用，七十方悟误韶华。
早知不是从文料，不如学牛侍犁耙。

三

蹉跎岁月记沧桑，长梦乍醒鬓有霜。
坐看彩云空自羡，遐思缕缕送斜阳。

癸巳秋遥寄陈镒、张永兴①同学二首

一

人生数度不消闲，年过古稀夜无眠。
万里行踪多少事？童心会典梦怡酣。

二

又是一年菊花黄，秋声阵阵响耳旁。
客居古郡思故里，骋目北国胜酒香。

啄木鸟

千树弄姿频起舞，争鸣翠鸟伴和声。
丁丁声响传千里，卫士寻诊忙捉虫。

————————
①陈镒、张永兴：中学时期同学。

蚯　蚓

深居地下苦耘耕，终生匍匐难远征。
只为群芳花烂漫，装点春色绿映红。

蝴　蝶

对对双双结伴舞，忽向河畔忽山崖。
不与虫虹争食斗，寻花觅粉育奇葩。

蜜　蜂

雨过初晴日影斜，幽谷曲径笼烟霞。
为采花粉忙鼓翅，一路轻歌问黄花。

油菜花

黄花朵朵黄似金，串串山歌荡三春。
风送醇香美酒味，熏醉田间劳作人。

笋

芽埋黄土下，盘根养精神。
一朝破土出，节升自虚心。

月　季

陪桃伴李花初绽，笑送红梅最有情。
四季风流芳菲尽，香飘万里醉流莺。

野菊花

遍野菊花呈五彩，红黄紫白斗艳开。
碧天朵朵摇云影，千万蜂蝶共舞来。

秋 菊

秋雨洗埃尘，轻足登仁寿。
风送菊香远，云摇翠竹秀。

荷令箭

一枝令箭瓶中插，粗颈墨绿无点瑕。
引得春意进寒舍，不传将令只开花。

竹

峭壁扎根有追求，轻风细雨落怀中。
发芽破土越关隘，拔节展叶总有情。
心守高风浩气在，身蕴翰墨韵味浓。
精神不朽感天地，阁榭亭台万象兴。

水仙花

自幼文气石作友，一生清苦水当粮。
不做附丽风流事，无意争春惹群芳。
身居深宅志天外，心逐奇卉散余香。
细观倩影多情趣，明月高照纳晚凉。

无　题

天行人增寿，旧雨会新朋。

少年曾立志，耄耋仍远征。

旭日堪高誉，夕阳不染尘。

种瓜且得瓜，种花草必芬。

诗文成集感赋

新朋旧雨举壶觞，岁月无情爱更长。

励志赋诗足欣慰，陶情不忘著文章。

千寻绝顶千番过，万亩心田万亩香。

身退咏吟存古意，多亏名士巧束装。

赠宋文翰①同学

又是一年中秋月，万家亲友团聚时。
分别听令各修炼，相见调侃互笑痴。
数度凤城云路冷，多年古郡雨露湿。
晨昏纵有诗书伴，天下新闻争先知。

无　题

莫道今世有几何？哪管土洋吹牛多。
人皆聪明唯吾朴，世间万象耐琢磨。
广纳细流成大海，善开众智汇长河。
几卷诗书同品味，酸甜苦辣逐逝波。

---

①宋文翰：中学、师范同学。

躬行创业

姑表弟兄四五人，弱势群体一娘生。
童趣温馨成过去，壮志豪情与日增。
相逢一叙言无尽，流连忘返倍深情。
前路漫漫多坎坷，创业万难唯躬行。

入 厨

锅碗瓢勺奏新曲，七十大几始入厨。
沧桑岁月靠老伴，时到晚年我学徒。
高雅书法还磨炼，繁杂家务也赖吾。
饭香缕缕溢窗外，手勤脚勤不糊涂。

辛卯年夏重访一中农场有记

难忘四十三年前，走出教室去种田。

千名师生"学大寨"，五七干校作样板。

两溜茅屋泥土炕，猪倌羊倌加牛倌。

三间草棚当灶房，煮饭烧水炊事员。

陡疝杜湾①种谷物，堵河淤地试稻田。

科学施肥勤除草，粮食总产过万关②。

白天耕耘流汗水，晚上挥毫"大批判"。

革命师生争先进，"老九"埋头改造关。

邮差叫声家书到，字字句句润心田。

小儿学业有长进，念书写字敢争先。

老妻重担双肩挑，教书务农苦兼甜。

学农故事数不尽，风里雨里整十年。

历历往事成过去，苍痍满目人心酸。

脚踏故地念同道，家业兴旺人平安？

①陡疝、杜家湾：指农场土地分布。

②万关：1977年农场粮食总产超过万斤。

与1966届学生聚会于瑞泽山庄

青山换装秋暗临，瑞泽野调远红尘。
近水若绸风拂面，远山如烟雨渗渗。
碧潭一泓歌幽涧，白鹿双鹤爱芳林。
如戏人生多故事，小令初成告相亲。
晴日黧面朝黄土，雨夜泥脚陋巷行。
六十光阴淡如水，谁知却如在梦中。
步步如棋前路险，襟怀赤诚自匆匆。
莫道年华如逝水，白发频添重晚晴。
瓮锅流汁飘三味，酒液倾杯和佳音。
今日相逢拼一醉，情深原本是草根。

鹧鸪天·戊子清明安定扫墓

含恨西归五九秋，音容笑貌入吟眸。悲情日日寸心裂，遥想当年不胜愁。

黄冢畔，绿茵幽，鸟雀活跃大山沟。经年风雨儿成长，祈愿萱慈免挂忧。

自度曲·怀念鲁太[1]同学

明月清辉廖枝头，披衣独坐高楼。遥想古镇奈何愁，正当清秋。

浓酒难消永夜，凤城时光悠悠。朝来梦醒意难休，谁解情柔。

①鲁太：中学师范同学。

卜算子·喇叭花

偶过小河边，野卉开无数。忽见些个喇叭簇，相竞爬高树。
本性好攀缘，最喜登高处。伸展腰身献媚时，哪顾群芳妒！

清平乐·昙花

冰清玉洁，花戏溶溶月。风雅清韵天下绝，乍见倏忽又别。
琪花吐艳流芳，灯前弥漫清香，何故含情脉脉，俨然秋水文章。

渔父·迎春花

暮色茫茫风声细，迎春花开香新宇。
花胜蜜，叶富丽。五湖四海送春意。

清平乐·野草

道旁崖畔，遍野丝绒幔。不与群芳争丽艳，雨润芳添翠展。
千山万壑为家，一生不慕荣华，至死平平淡淡，无言装点天涯。

古城记事

GU CHENG JI SHI

古城纪事（节选）
——献给我的老师刘滋培先生

引子

千年古城沐浴着七彩朝阳，
校园里荡漾欢笑的春风。
老校长刘滋培终于回来了啊，
像迎接传奇式英雄那样振奋人心……

天真活泼的"红领巾"奔走相告，
黑眼珠流露出神秘的神情：
"左腮上有一个发亮的枪疤？"
"爷爷说他是作家也是军人！"

两鬓斑白的老教师格外激动，
抑制不住翻卷巨澜的心情；
分明是洋溢期盼的笑脸，
却闪动一串泪花透亮晶莹……

最是那一班中青年教师哟，
心中的喜悦更是无法形容！
手捧着八十年代的攻关计划，
迸发出烈火一般燃烧的决心。

整个校园像母亲张开双臂，
紧紧拥抱劫后重逢的亲人——
钟楼上华表传来激越旋律，
教学大楼响起清脆的铃声。

那欣欣透碧的参天白杨，
一排排齐刷刷列队欢迎；
那泛出墨绿的苍松翠柏，
一行行齐整整肃立致敬！

那蓄积浓郁芳菲的红梅，
此刻正为新春喷香吐蕊；
沉思的绿叶舒展开笑脸，
花瓣儿捧出醉人的深情。

门楼上"锲而不舍"的金字牌匾，
更加焕发出青春的光辉——
像老校长那样坚韧不拔，
闪烁出思想品格的高尚纯贞！
……

曾亲手凿开无数心灵的泉眼，
用知识的奶浆哺育学步的孩童；
毕生扬起的科学风帆啊，
永远疾驰在每个学生的心中……

你经过革命战争的洗礼，
你前进的步履更加沉稳；
走进实验室、图书馆，

走进欢呼雀跃的人群：

"盼来这一天真不容易啊，
革命的道路是何等艰辛！
古人说'老骥伏枥，志在千里'，
我将重新唤起富于幻想的童心！

"这里储存着人类的精神财富，
青年们要立志潜心探测精蕴——
向着现代化的世界屋脊攀登吧，
摘下科学皇冠把红旗插上峰顶！

"教育的春天迈开了大步啊，
党中央号召向2000年进军——
跟着党中央，再走二万五千里……
向着伟大祖国'四化'的锦绣前程！"

端详着老校长果敢有力的手势，
我好像听见他浑身铁骨铮铮！
咀嚼老校长岩浆般炽热的语言，
我仿佛看见他英勇征战的身影……

第一章

一九四九年风调雨顺，
渭河两岸的庄稼茂密如林；
东风送来三秦大地的丰收之歌，
解放军歼灭胡马的消息更加振奋人心。

人们萎缩的心灵悄悄地舒展，
憔悴的脸上洋溢着欣慰的神情；
苦日子总算要熬出了头啊，
解放陇右的炮声催开一脸笑纹……

"八·一三"漆黑的夜幕徐徐升起，
霞光万道的黎明倏然来临；
蜿蜒的高山翩翩起舞，
弯曲的河水唱着悦耳的歌声。

十里八乡的穷乡亲向古城疾走，
提篮和背篓里装着鸡蛋烙饼；
古城广场上人山人海啊，
随风飘扬的彩旗汇成璀璨绣锦。

无数双泪眼凝视天外的大道，
无数颗狂跳的心要冲出喉咙；
传奇式的英雄即刻就要到来啊，
谁不想亲眼看到当年的红军？

忽然人们簇拥着一张熟悉的面孔，
啊！他正是当年被衙门通缉的刘滋培先生；
曾经是古城最高学府的校长哟，
隐姓埋名不知多少个冬春？

穿一双青色的圆口布鞋，
浅蓝的裤褂上缀满补丁；
可他还是那么精神抖擞啊，
分明揣一腔火热的激情。

他当过温文尔雅的教师，
还当过走乡串户的郎中；
他四处燃点革命的烈火，
穷苦百姓说他是杀富济贫的英雄……

猛然间一股铁流涌来城下，
迎上去成千上万个阶级弟兄；
雄壮的口号震撼着山川河谷，
狂欢的巨浪席卷千年古城。

看，多少双大手紧握不放，
多少人拥抱着互诉衷情；
一遍又一遍倾吐心中的思念，
激动得两腮热泪滚滚！

你看那举着红旗的红小鬼王忠，
如今是有名的战斗英雄；
他是刘滋培当年的革命战友，
多么熟悉啊，军帽上闪亮的红星！

刘滋培举着迎风飘扬的红旗，
大步走向屡建奇功的王忠；
两双手高擎着的红旗啊，
此刻，又洒满战友重逢的泪水……

一位名叫郭克的英俊首长，
正和各界父老畅怀谈心，
最后紧握刘滋培的双手：
"革命需要你在陇右坚持斗争……"

首长转身登上城楼，
向指战员下达西进命令——
"解放兰州!解放大西北!
不怕疲劳、连续作战、日夜兼程……"

……

这是一座历经百年的礼堂，
数百名师生排列得齐齐整整。
老校长滚烫的语言飞溅激情的火花哟，
欢呼声像春雷响彻夜空——

一九三五年九月的激烈战斗，
红军在这里播下革命火种。
不同昔日分享胜利的喜悦，
从此迈上了更加曲折的征程……

跨越过无数座高山无数条大河，
战胜了无数次恶浪狂风!
万里长征终于走完了第一步啊，
抖擞精神迎来新中国光荣诞生!

老校长微笑着挥动双手，
礼堂里顷刻间鸦雀无声——
"胜利永远属于人民啊，
党中央号召我们进行新的长征。

"教育是人类最神圣的事业，
中国将屹立于世界民族之林。

革命就像一台巨大的机器，
教育事业是它转动的齿轮！

"建设新中国需要大批人才，
培养人才是一项战略工程；
办学校要依靠党来领导，
还要有尽忠竭智的园丁。"

师生们心头像春潮涌涨，
一个个像展翅高飞的大鹏：
"党啊，我们决心跟你走啊！
永远做人民忠诚的园丁。"

脱下散发着战争硝烟的戎装，
捧起一沓沓沉甸甸的课本；
肩负党和人民的重托，
老校长又踏上新的征程……

多少个风光明媚的春天，
胸中编织着美好的图景！
多少个冰封雪涌的严冬，
倾注着园丁火热的激情！

多少个万籁俱寂的夜晚，
陪伴着他的只有天上的星星；
多少次光辉灿烂的晨曦，
映照着他巡视校园的身影？

无论眼前横起悬崖峭壁，

无论迎头遇上困难重重；
伏案疾书从未有片刻消停，
遨游书海常常是忘餐废寝……

校园里每一寸土地上，
留下了他多少层密集的脚印？
案头那一袋袋卷宗里，
记录着多少青年奋进的足音？

多少次令人难忘的时刻，
迎来一个个稚气未脱的学生？
多少次热烈的掌声伴着诚挚的祝愿，
送走了一批批革命事业接班人。

……

真是桃李满天下哟，
无数学生在神州大地大显神通。
老校长如同技巧高超的乐队指挥，
演奏出激越雄浑的时代强音……

人都说他具有蜡烛的高尚情操，
甘愿牺牲自己为他人奉献光明；
人都说他具有甘为人梯的非凡气度，
宽阔的肩膀让人踩着勇攀科学高峰！

他心里永远盛开理想的花朵，
一年四季结满甜蜜的感情；
因为眼前是一条金色的大道，

一直通向共产主义光辉的峰顶！

燃烧的青春永放革命光热，
哪怕无情的岁月染白双鬓；
只有撕去的一万一千张日历，
记录着奋勇前进的历程……

怀念H君长歌

夜色朦胧
你看了最后一眼喧嚣的红尘
走完人生旅程
去了那头
阴阳两相隔
我泪洒街头　悬想
没有尽头的那头
往事历历
涌上心头

在很久很久以前
我们的根
同在渭水源头
你在绿树芳草的南头
我在荒山枯岭的北头
多少个冬夏
多少个春秋
看东山升起朝霞
送西山沉落的日头

上世纪
那个特殊的岁月
我们共同

经历过一场劫难　也曾
品尝过三年自然灾害的苦头
历尽艰辛
度日如年
我苦修在黄河岸边
你放羊在旱原山头

世事沧桑
岁月峥嵘
你披星戴月挥刀亮剑
守卫在边境线上
哨卡滩头
我夜以继日砚蓄春秋
耕耘在教育战线
田间地头
种瓜得瓜　种豆得豆

改革开放
经济转型
我们奋进在小康建设的队伍中
骄傲地
挺起胸
扬起头
党的嘱咐牢记心头
沿着中国特色社会主义道路
品味建设新生活的甜头

星斗转移
天路如织

你从洮河那头
走到渭河这头
人生苦短
容不下那么多忙头
完成了同人生岁月的谈判
人生路
走到尽头

只是一瞬间
你去了那头
生死两茫茫
我泪洒街头　怅望
没有尽头的那头
你模糊的背影
永远定格在古郡街头
你超凡脱俗的品格
永远留在人们的心头

山村——一道亮丽的风景

不坐豪车
在柏油马路上奔跑
靠双脚
去丈量弯曲的山道
注目采药老人的背影
凝听牧羊姑娘的歌谣
渴了掬一捧山泉水
品尝纯正天然的味道
累了倚坐在石头旁
观测多变的风向云飘
放飞
中国梦神圣使命的思考

一直以站立的姿势
勇往直前不弯腰
只是一身过时的棉布男装
惹路人眯着眼抿着嘴笑
没有一个随从
肩上挎着学生用过的旧书包
分明是陌生人擦肩而过
倏忽间跨越深涧登上梁峁
攻坚克难的决心在心底涌动
浑身洋溢着满足和自豪

遵循
中国梦设计师特色大道

看看古村的变迁
听听新农村的热闹
走进空巢老人的土屋
留守儿童扑进怀抱
问话的客人
虔诚的问暖嘘寒
答话的主人
喜悦向往爬上眉梢
怀里揣着同样的梦想
脸上绽开会心的微笑
牢记
中国梦共绘锦绣山坳

路

人生天地间
忽如远行客
一座以直线存在的高山
一条以硬土存在的长河
记录
无名伤痛
荣耀时刻

这条路
状如一根根燃烧的火柴棒
那是宇宙之火
历史的光亮
永远
侍奉岁月
滋养时光

这条路
向着远处无限延伸
寂寞是它的命运
沉默是它的声响
坚守
正直本分
大地脊梁

这条路
是一串串耐读的故事
小到羊肠小道
大到连接山庄
上演
世界上最壮观的戏剧
——人类文明史诗的乐章

这条路
侵略者的铁蹄踏过
反动派的军警皮靴响过
人民的布鞋反复丈量
彰显
血泊中不屈的脊梁
——正义 和平的力量

这条路
堪称一部光辉典籍
一部浩瀚历史的容量
一代代华夏儿女
走向未来时光
为着
中国梦
勇敢担当

这条路
不论高山长河
放弃一切炫目的诱惑
空想和奢望
昂首阔步
迎接中华复兴万道霞光

人　生

人跟着路走
路有多长　不知道
只知道
一步一步
就会走进深藏不露的未来世界

路有多老　不晓得
只晓得
从第一户人家扎根
依依炊烟里
演绎平凡而瑰丽的故事

脚印重重叠叠
——省略的日月年华
承载着圆梦人
宗教般虔敬解读
和渐次老去的留白

跋
BA

《史祯诗文集》发行有贺

任世杰

　　史祯先生为余中学时的老师。先生热爱文学，从20世纪50年代开始学习创作，为实现文学梦进行了冷峻而执著地探索与实践。按照先生的说法，这一历史时期的文学创作是遵命文学。而旧体诗词创作，则是跨入新世纪以来"老树经霜更着花"的思想情怀和精神境界的体现。先生积极倡导诗贵真情，重意境，富禅心，主张与时俱进，求正容变，反对无病呻吟，坚持不以词害意。先生不遗余力，满腔热情，讴歌新时代，高唱主旋律，真正肩负起了一个文化人的社会责任担当。这也正是先生在新的历史时期为实现文学梦想而身体力行的大胆尝试。

　　　　　　诗文成集喜飞觞，墨翰知交师谊长。
　　　　　　春雨如丝织奇句，秋原似锦映华章。
　　　　　　佳篇载得千年史，妙构凝成一瓣香。
　　　　　　清韵流芳写情志，雄文宏健颂乡邦。
　　　　　　腕中造就烟霞美，笔底赋来河岳殇。
　　　　　　步宋追唐藻思远，求新汲古意悠扬。
　　　　　　老树著花霜后艳，大鹏展翅日边翔。
　　　　　　遥看归雁青天外，云涌南山翠且苍。

　　（任世杰，中华诗词学会会员，甘肃诗词学会理事，陇西嘤鸣诗社名誉社长。）

感念生活

马青山

　　史祯先生是一位敦厚长者。苍黑冷峻的面孔，黄土生成的古道热肠，久经历练的冲和旷达……对于这样一座可资挖掘的富矿，我有一种天然的认同。

　　我与史祯先生的初识，可以追溯到20世纪70年代末我就读于陇西一中期间。当时，语文老师为了激发同学们的写作热情，在课堂上向我们介绍了不少课本以外的散文佳作，其中就有史祯先生发表在省报上的文章。从此，我对这位黑黑瘦瘦清爽精干给邻班上课的师长顿生好奇和敬畏。四季轮回的校园时光，或远或近，打量他的身影，我每每揣想：能在省报上发表文章的人，心里装着多大的学问啊？

　　其间，有近距离观察和接触史祯先生的时候。彼时，学校设有供学生劳动锻炼的农场。与其说大家在那里学习稼穑，不如说是回归天性、放纵自然。彼时干了些什么已不甚了了，记忆犹新的是那三两大小暄白的馒头，那油汪汪足量的饭菜，学校的大灶上是绝难享受到的。我不知道干部家庭的孩子怎么想的；作为寒门子弟，每学期一周的农场劳动于我简直比得上节日，而且至今不改温情的回忆——请原谅我的觉悟之低！我要说的是史祯先生约有一年的时间在农场主事，似乎担任着场长之职，安排生产劳动和师生的生活等诸多事务。我还同家在农场附近的一部分同学参加过一个暑假的夏收劳动；因此，史祯先生早期给我的印象大多是在农场完成的。那个朴朴素素平平常常的人，那个揣着一肚子学问又和我们一同劳动的人，那个见证了我们的成长并同我们一起成长的人，处在他的位置，从他的角度想问题，当有许多难言的苦涩和不如意吧？但若干年后的今天，一读他的诗文，我时有难以掩抑的亲切，因着曾经的一泉之饮、一锅之食、一季之劳，往往会发出会心的微笑。

1980年代初，我从外地求学归来后，一直在家乡从事中学语文教学工作。十多年间，与史祯先生的直接交道甚少。一是我不善交往，二则主要是身份有别，地位不同。其间，史祯先生工作变动频繁，干过中学、师范学校和教育学院校（院）长，县委、地委有关部门负责人，县领导，创办了地区报。关于他的为人处事，我大都是从其他同学或熟人那里听来的，坊间亦广有口碑。

史祯先生担任县委副书记主管宣教工作期间，《飞天》编辑部与有关方面在陇西举办过三次全省性的文学笔会，这既得力于文化部门的具体操办，也离不开县委及主管领导的支持。至今留有余响。在陇西师范副校长任上，他制定了这么一项奖励政策：师生凡发表文学作品、教育教学文章及译作者，凭稿费通知单可获得校方同样数额的奖金。一时，陇西师范校园文学创作与教学研究呈勃兴之势。因为他做过多年的先生，在陇西这方土地上就有许多弟子；因为他不摆官架子，就有一些弟子向他诉说难心事并求他解决难心事……事情办与不办，可为或不可为，他都能坦诚以待。先生亦有对我个人的关爱，我自默然于心。作为一地文化工作的组织领导者和身体力行者，史祯先生做了大量求真务实、推介新人的工作。卸任党政领导职务后，他又在县文联主席的岗位上，广泛团结文化人，为地方文化事业的发展推波助澜。陇西文艺创作队伍能有目前的阵容，陇西文艺创作成果能引起外界的如许关注，自然凝结了众人的智慧和心血，内中就包含着史祯先生的才情和努力。世纪末，他主编的《陇西历代文学作品选》是对陇西籍作者的一次较为全面的检阅，是陇西文人的一次集体亮相。其意义非同小可！

与其主业并行，业余写作始终是史祯先生生活的一个重要组成部分。摆在我们面前的这本诗文集，既有小说、散文、新诗还有旧体诗词。文字质朴率真，表述确当，比较忠实地记录了作者个人的心路历程和他与时俱进的奋斗足迹。这把陇中文坛公认的刷子，饱蘸真情，抒写大爱，表达他爱人、爱生活、爱世界、爱我们生存环境的主题。毫无疑问，他目下的写作，极少个人功利色彩；他对文化的迷恋，来自于传统文人的心态；汉字里有民族的血脉；文化的传承，舍我其谁？

感念生活，让一个敬畏文字的人能够一生与文字打交道，并演绎出命运的平平仄仄。感念先生电话相托，因着赶写这篇粗陋的文章，牵起点点旧时光。昨日，前日，我应皋兰县委、县政府之邀，两度踏上什川古镇，与金城文友聚首梨花诗会，赏梨花盛宴，观滔滔逝水；慨叹八秩又六的袁第锐先生依然精神矍铄地登台赋诗、向主办方敬献书法作品，不由人进一步生发对汉字的神往。而此际，我的脑海中则一片空茫。除了冷峻苍黑的面孔，除了黄土生成的古道热肠，我对一座心灵的探问戛然而止；一片空茫，仿如大美无言的故土。

（马青山，中国作家协会会员，甘肃省文联副主席，甘肃省作家协会常务副主席，《飞天》文学月刊原主编。）

致先生

王　东

立冬不久的一天中午，暖阳洒在铺满金黄色银杏叶的机关庭院，我正要去餐厅，中学老师，准确地说是我的文学启蒙老师史祯先生打来电话："我准备再出一本诗文集，想请你写几句话。"我一时诚惶诚恐地说："史老师，这使不得。陇西是文化大县，社会贤达者众，学生岂敢冒昧。还是再斟酌一下。"先生朗朗地笑着说："第一本是学生写的，第二本依然是学生写。"我顿悟了先生的美意，连忙应承了。

初识先生，我十三四岁。先生亦风华正茂，睿智练达。当时的陇西一中集贤纳士，可谓风光无限，数理化、音体美各科名师可圈可点者聚。先生乃文才卓著，屡有文章见诸报端，令学子敬仰崇拜。上初中时，先生给我们上语文课，有一次课堂上写作文，记叙春耕的题材。记得我在作文开头写道：

鸡鸣儿刚叫过头遍，静寂的山庄便在昏暗的黎明前骚动了起来。春天来了，唤醒了大地，催绿了树枝……

第二堂课，先生高兴地夸我的作文写得好，并让我当堂朗读。那一刻，我萌生了想当作家的愿望。后来在先生的指点下学习写作，且有了一点小收获，先生每每鼓励鞭策。光阴荏苒，先生的德才得以施展。历任中学校长、党报总编、学院书记、政协主席。宦海数载，初衷不改；身在官场，心系文章。

　　有一次，我与先生默坐，先生说："人生在世，多少要有些安身立命的本钱，做人靠本分，做事靠本事。"对此，我细细品悟，慢慢践行，修身养性铭记在心。

　　先生从政，似偶然，亦必然。科班出身的先生，学养丰厚，道德文章俱佳。做校长，抓教育；做书记，管教育；做主席，促教育。即使解甲赋闲，依然在文联主席的位置上为文化、为艺术、为教育鼓与呼。骨子里的文人情结，愈老愈坚，顽固不化。正是他的这种精气神，县里的文化屡有建树，也使得自己的第二本集子煌然面世。

　　岁月如织，转眼先生已届古稀，学生亦近半百。回首当年，幸福有如眼前。青春年少时的快乐时光，本真率性，可谓心无挂碍。步入社会，或为功名，或为世俗，或为养家所累，更加眷顾回味过去。往往是十八岁之前的情形历久弥新、有滋有味。之后的情形或过滤、或淡化、或左耳进右耳出，甚至视而不见，听而不闻。偶有寂寥，眼前映现的依然是钟鼓楼下演绎生发的故事。正是这些故事温暖和丰满着我与先生的人生。

　　前不久，县里领导说，正在用汉白玉修葺钟鼓楼基座。我的脑海里立马反映说："一定要留出供人进入的豁口。老百姓亲近不了，做它干甚！"时时感恩故乡的我，亦满怀私心，希冀赋闲之后与先生盘坐在钟鼓楼下的台阶上，看风云际会，说往昔古今。

　　适逢先生的诗文集付梓，我想起了国人的说辞，为人类教育和健康做出贡献的士子方可称为先生，我的老师史祯——当之无愧！

　　致先生，不为跋。

　　（王东，甘肃省作家协会会员，甘肃日报副总编辑，甘肃省委《党的建设》杂志社原社长。）

补　遗

编完这本集子，我忽然觉得还有话要说。

散文是什么？人们常说散文是文艺的轻骑兵，散文是作家的通行证。散文贵在"形"散而"神"不散。每当手捧古今中外散文大家凌云健笔的名篇，驰骋在思想和艺术的广阔天地之间，真是人生一大乐事。

然而，写散文不易！郁达夫曾提出寻找"散文的心"的主张，认为散文最具自我色彩，最见性情，散文贵在有真我，这是对这一文体的独特风神之论。是说散文相对于其他文学门类，距离作者的本心最近，是作者真情实感的流露与审美情趣的坦呈。散文的心，是深藏、包裹在散文的血肉里的。主题是在散文的血肉饱满的内容里孕育、生发、生长、表达出来的。所以，散文的真，不是小说、戏剧的那种幻设之真，不是诗歌那种意境之真，也不完全是通讯、特写那种事实之真，它主要是作者为文时流露出的那种展示"我"的意态之真。因此，对于这种关联数千年文脉的高贵文体，绝不能用虚构编织夸张的情节而摒弃散文最为宝贵的本真。

我是教师出身，数十年坚守一隅，生活单调，天地狭窄，没有轰轰烈烈，也没有豪言壮语，没有图谋进取时的深藏不露，也没有处理日常事务时的周密细致，更没有涉足政坛时的远见卓识和宽广胸怀，笔下只能是浅浅蔓草，点点思绪。更何况，在20世纪六七十年代那些特殊的岁月，思想空虚呆滞，缺少独立思考，艺术触角迟钝，视觉转换能力差劲，哪能写出好的散文啊！

诗是什么，这个问题不好回答，至今也没有一个法定的标准。诗也不易写呀！除了客观原因之外，本人天生缺少完美的形象思维和丰富的想象力，这是写不出好诗的主要原因。但是，在实践中，我却有一点体会：诗贵新意，意犹帅也。诗不管是旧体还是新体，切忌说教而应富于崇高的思想精神境界。这是不争的事实。

著名诗人夏羊先生说："诗贵立意高超，主真情，主精诚。"作家黄英先生说："诗忌平庸，我仰慕崇高。"我非常赞同这种观点。有人说，诗有律而诗亡，词有谱而词衰。这话似有一定的道理。所以，今天我们对于格律诗，遵循其客观规律，革新诗词韵律，是符合时代要求的，是必要的。故在创作中对略有犯格者，无须大忌，不以词强合律而害意为好。但是，对于它在句数、字数、平仄、用韵、对仗等方面的严格规定，不能抱有任何偏见，甚至全盘否定。一句话，格律诗还必须依照严格的格式、声律和韵律进行创作。对于自由诗，我以为也要遵循诗本身的发展规律，进行创作。总而言之，我对于文学创作仅仅是一种尝试，并未入门。

现在，把这些散文、诗歌作品结集成册的时候，我立刻想到这是文人的积习，虽自惭形秽，却终究难以割舍。本集所收录的诗文，一些发表于《飞天》《陇苗》《定西文艺》《岷州文学》等文艺刊物，一些发表于《甘肃教育》《中学语文》等专业刊物。散文《绿的浅唱》《根的品格》入编《中国散文大系》抒情卷和旅游卷，《童年琐忆》入编《新时期甘肃文学作品选》，《岁月留痕》入编《新时期陇西文学作品选》，近体诗入编《飞天60年典藏·诗词卷》，还有一些发表于《甘肃日报》《定西日报》……

站在朝夕相伴的黄土高坡，面对熟悉的陇山渭水，暗自思忖，我的同学和朋友，如能从我的这些晨雾般脆弱、柳絮般飘忽的思绪中感触到一点时代的变化，回味昔日万花筒般的世态人情，从而更加珍惜今天的幸福生活，则心愿足矣！

编　后

　　进入21世纪，在人的价值观、审美观和思维方式发生深刻变化的情势下，转变观念，与时代同步是老年人必须面对的一个现实问题。有个很流行的词语为老年人不忘初心、奉献余热亮起了一盏灯。这个词语叫与时俱进。鉴于此，在许多友人的鼓励和支持下，我把多年来所写的一些散文随笔、诗词结集成册，奉献给读者，也算顺应潮流，与时俱进了。

　　从艺术角度看，虽缺乏一定的高度，但作为自己亲身经历的记录抑或不乏对平凡人生的感念和生活历练中深切体悟的亮点。徐悲鸿先生说，只有文字才能留下人生轨迹。如此来看，这本集子，不仅仅是我一路走来的人生印记，也是和同龄人多了一种思想交流方式，给子孙留下一份精神食粮……

　　活到老，学到老，这是一种人人赞许的生活状态。退休之后，回顾过去，展望未来，心情愉悦，读书作文，其乐无穷。

　　这本集子，能与读者见面，绝非一人之功，与友人的精心策划和辛勤劳动紧密相连。他们是（以姓氏笔画为序）：王小全、王小忠、王克明、付立新、安旺、任世杰、何强、李虎、李珍、李政荣、齐成、张东昀、张成林、张鹏、张德武、郑国栋、段虎灵、郭俊泽、贾兴隆。王志刚、何强（县委办）、张云、林录焕、蒲新龙等同志对文稿校阅，在此一并表示诚挚的谢意。

2018年6月